唐宮二十朝演義

從隋煬帝豔事至隱太子得勢

正史 ✕ 各家筆記雜著 ✕ 民間傳說

各種禍亂和復仇情節層出不窮
壯闊史詩,以隋唐宮廷生活為背景
細述宮中的私情糾葛、權謀角力、愛恨情仇——

許嘯天 著

目錄

淺笑輕歌內府開家宴　遺紅拾翠深宮戲宣華 …………………………… 007

金盒傳來子占父妾　凌波步去儂奪郎心 …………………………………… 019

誇國富海市陳百戲　訴衷情明燈映紅顏 …………………………………… 031

眼波當筵會心默默　火光匝地群盜凶凶 …………………………………… 043

燕子入懷嬌魂初定　才郎列座慧眼頻親 …………………………………… 059

紅拂姬人奔公子　紫髯俠客盜兵符 ………………………………………… 071

茶蘼架下苦雨破好事　都護帳裡烹兒饜饞涎 …………………………… 083

花嫩不經抽春風幾度　眼媚宣露洗柳色無邊 …………………………… 095

剪綵成花奏夫人弄巧　望輦結怨侯家女投環 …………………………… 109

談天文袁紫煙得寵　貼人情大姨娘多情……123

玉環贈處郎心碎　錦纜牽時殿腳行……137

畫長眉絳仙得寵　幸迷樓何稠獻車……149

玩童女初試任意車　砍瓊花忽得長春藥……161

烽火連天深宮讀表　笙簫徹夜絳帳搖身……175

樓外烽煙書生劃策　宮中酒色將軍入彀……187

聚家室李淵起義　相英雄虯髯讓賢……199

陳水戲燈火澈御沼　步月光鹿影驚帝座……211

巡宮闕月下遇紅顏　坐錦屏裙邊訂白首……227

撤宮禁私通魏氏　入閤門慘殺朱妃……239

白絹繞頸煬帝就死　紅顏貼體蕭后貪生……253

恩怨分明美人成烈女　忠義昭著內宮護幼君 ………… 265

寶建德自立為王　寶線娘巧戰得婿 ………………… 277

舊事重提蕭后忍辱　新仇暗結秦王遭擒 ……………… 289

馬上墜弓鞭世民結襪　宮中正帝位李淵點妃 ………… 303

通貴妃父子聚麀　爭良田妃嬪結怨 ………………… 315

淺笑輕歌內府開家宴　遺紅拾翠深宮戲宣華

繡戶微啟，湘簾半卷。那戴黑頭巾的男僕，在門外來來往往，手中託著盤兒，把一碗一碗熱氣熏騰的山珍海味，盡向門邊送去。簾內伸出纖細潔白的手兒來，把餚饌接進去。屋子裡一陣嬌嫩的歡笑聲，夾著一個男子的哈哈大笑聲，飛出屋子外來，原來今日是中秋佳節，范陽太守朱承禮，在內室中會集他的妻妾兒女，舉行家宴。

這朱太守約有五十來年紀，長著白淨臉兒，三絡長鬚。他夫人榮氏，只生有一個女兒；長得嬌嫩不過，取名便是嬌娜兩字。今年十八歲，正是女孩兒髮長的時候。加上她花一般的容貌，玉一樣的肌膚，腰肢裊娜，身材苗條，真是行一步也可人意兒，看一眼也使人魂銷。這是朱太守夫婦二人的掌上明珠，嬌生慣養，輕憐熱愛。這位小姐也讀得滿腹詩書，行坐端莊，全不見半點輕狂。

朱太守有一位如夫人，小名飛紅，年紀二十四歲，性格兒完全和嬌娜相反，談吐鋒利，行為敏捷；一張嘴說得鶯聲嚦嚦，滿屋子只聽得她的說笑聲。她說的話，又有趣味，又叫人喜歡。太守共有六位如夫人：什麼醉綠、眠雲、漱霞、楚岫、巫雲，卻沒有一個能趕上她的。外加飛紅在六年前又生下了一位公子哥兒，取名安邦；這一下，莫說朱太守把個飛紅寵上了天去，便是夫人榮氏想起朱門有後，也便

把個飛紅另眼相看。這飛紅原也有可寵的地方，面龐兒俊俏，眉眼美秀，固然可以顛倒夫主；便是她知書識字，能算會寫，偌大一座太守府第，上上下下裡裡外外，全是這位如夫人看管照料。

那閤家三四十個丫鬟小廝，外至門公奴僕，不敢扯一句誑，漏一點水兒，這是何等的才幹！哪由得朱太守不寵愛她？

如今在內室家宴，朱太守在正中坐著，左肩下是安邦公子，右肩下是嬌娜小姐，榮氏坐在上首，飛紅坐在下橫頭，那醉綠、眠雲、漱霞、楚岫、巫雲五位姬人，一字兒陪坐在下面，傳杯遞盞，說說笑笑。吃過幾巡酒，上過幾道菜，那楚岫便抱過琵琶來，眠雲吹笙，漱霞吹簫，巫雲拍板，醉綠便頓開了珠喉唱道：

清明寒食踏青遊，生小嬌憐未解愁；
買得揚州花線髻，時新樣子斗梳頭。
曲欄低垂湘竹簾，分明窺月見纖纖；
叢頭鞋子紅三寸，金線編成小鳳尖。
叢桂中秋始作花，一宵香露漫冰紗；
不嫌風露中庭冷，坐向三更看月華。
小庭雨過碧薑薑，採晶群芳各自攜；
斗草歸來香徑裡，裙花深處桿芹泥。

她唱一段，朱太守讚一聲：「好鮮豔的句子！」

009

醉綠把四闋唱完，太守便問：「是誰做的新詩？譜在這金貂換酒的曲子裡，分外覺得婉轉動人。」

醉綠見問，不敢隱瞞，便站起來說道：「這是嬌娜的新詩，譜在曲子裡，婢子們在三日前才唱得上嘴呢。」

太守聽說是自己女兒做的詩，喜得他笑逐顏開；忙伸過臂兒去，握住嬌娜的手，笑說道：「好孩子！難為你做出這好句子來。」

說著，回過頭去對飛紅說道：「你去把那翡翠硯兒拿來。」

那飛紅聽說，便帶了一個丫鬟，轉身進房去了。

停了一會，見果然捧出一個黃緞子包裹的匣子來，交在太守手裡。隨手交給嬌娜。嬌娜接過去，開啟包裹來看時，見裡面一個玉匣，匣子裡面端端正正地嵌著一方翡翠硯兒，光潤翠綠。

嬌娜把纖指去撫摸著說道：「這可愛的硯兒，爹爹賞了孩兒吧！」

朱太守含笑點頭說道：「好孩子！你拿去好好地用著，多做幾首好詩吧。這是咱在五年前，從海南得來的；雖算不得稀世活寶，也可算得貴重的物品了。藏在箱子裡，幾年來不捨得拿出來，如今便賞了你吧。」

嬌娜聽了，喜得忙裊裊婷婷地站起身來，向他父親道了萬福。飛紅在一旁接著說道：「小姐得了這硯兒，從今以後做起詩來，不但是句子精，意思新；將來嫁了姑爺，眼見你兩口兒酬和到天明呢！」

嬌娜聽了，羞紅滿面，低低啐了一聲。朱太守撐不住哈哈地笑起來。在這笑聲裡，便走上一個大丫

頭來說道：「汴梁申家的公子來了！」

榮氏聽了，由不得歡喜起來，一迭連聲地說：「快請進來吃酒！想他千里迢迢地跑來，肚子也餓了。」

那大丫頭聽了，急轉身傳話出去。

這裡五位姬人和嬌娜小組，聽說有陌生人來，忙迴避進去。

停了一會，軟簾一動，只見玉立亭亭的一位哥兒，踅進屋子來；搶步上前，向朱太守夫婦兩人請下安去。榮氏伸手去拉在懷裡，一邊捏著手，一邊喚著：「好孩子！」

又問他：「路上辛苦嗎？家裡父母都健康嗎？」

那哥兒一一都回了話。飛紅送上椅子來，便在榮氏肩下坐著。丫鬟送上杯筷來，榮氏不住地勸酒勸菜。吃過幾杯，朱太守說：「甥兒在此，都是一家人，快喚他姐弟二人出來陪表兄吃酒。」

飛紅聽了，急進裡屋去，把安邦拉了出來。他表兄弟二人拜見了。榮氏指著飛紅對他外甥說道：「這是你舅父的愛寵，也便是我家的潑辣貨！好孩兒，你也見識見識。」

這哥兒聽說，原知是庶舅母，便也上去行了半禮；慌得飛紅忙拉住袖子，連說：「哥兒折殺我了！快莫這樣。」

又笑著說：「六年不見，哥兒出落得這樣風光了！可記得六年前在我家作客的時候，常常愛溜進屋子來瞧人梳頭，又在鏡子裡看人搽胭脂，我那時初來，見了哥兒還十分怕羞呢；現在我孩兒也養得這般

大了，哥兒若再來瞧我梳頭兒，我便把哥兒和抱自己孩兒一般抱在懷裡呢！」

榮氏聽了笑說道：「了不得！潑辣貨又顯原形了！」

一句話引得滿屋子人哈哈大笑。

笑聲未住，只見兩個丫鬟捧著一位嬌娜小姐出來；上下穿著錦繡衫裙，打扮得珠圍翠繞，粉光紅豔，把人耀得眼花。榮氏說：「快過來拜見了申家哥哥！」

那申厚卿聽說，早不覺站起身來，搶步上前，在嬌娜小姐裙邊深深地作下揖去，他兩人對拜著。

這一對玉人兒，面貌都長得俊俏動人。厚卿抬起頭來，禁不住在嬌娜臉上深深地溜了一眼；嬌娜小姐被他看得不好意思，忙去在母親肩頭坐下。厚卿也歸了座，說道：「俺們五六年不見，妹妹越發長得和天仙一般了！怪不得我家三妹子天天在家裡少也要念三五回嬌娜妹妹呢！」

飛紅接著說：「哥兒既說我家小姐是天仙，方才你為什麼不多拜她幾拜呢！」

一句話說得朱太守和榮氏也撐不住笑了。嬌娜羞得坐不住身子，悄悄地扶了丫鬟退進內房去了。

這裡朱太守問些路上的情形，厚卿說：「此番出門，一來是奉父母親的命，特意到舅父舅母前來請安的，；二來待到明年春天，就近去趕一趟考。但是甥兒一路下來，看了種種情形，把我肚子裡的功名之念，也灰去了大半！」

朱太守聽了詫異起來，忙問：「外甥，你為什麼要灰心？」

厚卿回答說：「舅父諒來也是知道的。如今聖天子，一味耽玩聲色，任憑那班奸臣，播亂朝政，把

國事弄得糟而又糟。這還不算，從來說的，『民為國本，本固邦寧』；如今據甥兒沿途目擊的情形，那百姓們吃的苦，勝過落在十八層地獄裡。這樣地糟蹋人民，不是甥兒說一句放肆的話，恐怕這隋朝的天下，也是不久長呢！」

朱太守聽了，不禁嘆了一口氣說道：「這情形，老夫做到命官，豈有不明白之理？無奈上有楊素、虞世基一般奸臣，橫行業道，愚弄天子、老夫區區一個太守，也是無能為力。但說雖如此，朝廷昏亂由他昏亂，外甥功名也是要緊；將來得了一官半職，正可以替朝廷整頓國政。」

厚卿聽了，只是搖頭。榮氏伸手撫著厚卿的肩頭說道：「好孩兒！你路上到底見了些什麼，叫你灰心到這步田地？」

厚卿說道：「舅母卻不知道，甥兒住在汴梁，耳目甚近，所有皇上一舉一動，甥兒都知道。當今煬帝自從第一次遊幸江都以後，回宮去日夜不忘記揚州的風景，再加一班后妃奸臣的慫恿，便要第二次遊幸江南。又因皇帝受不得路上的寂寞，要盡將宮中妃嬪帶去，預備盡情遊玩。又因嫌京城到揚州一條旱路，來往辛苦，便打算從水路走去。從京城到揚州，並沒有河道可通；若要走水路，除非漂海過去。

「皇帝帶了后妃漂海，究竟是一件危險事體，便有那湊趣的國舅蕭懷靜出了一個主意說：大梁西北方原有一條舊河道，秦朝時候大將王離曾在這地方掘引孟津的水，直灌大梁，年深日久，如今壅塞不通。現在只須多招人夫，從大梁起首，由河陰、陳留、雍兵、寧陵、睢陽一帶地方重新開掘，引通孟津的水，東接淮河，不過千里路程，便可以直達揚州。

「煬帝心中正因司天監臺官耿純臣報稱睢陽地方有王氣隱隱吐出，上沖房星，須天子親臨壓制。如

013

今聽說可掘斷睢陽地方，可以掘斷王氣，將來臨幸到睢陽，又不愁不把王氣壓住；便立刻下詔，傳征北大總管麻叔謀做開河都護，又傳蕩寇將軍李淵做開河副使。這位李將軍，是正直君子，他知道開河的事是要坑害生靈的，便推病辭職。皇上又補傳了左屯衛將軍令狐達，充了副使，在汴梁地方立了開河公署。各處頒發文書，號召人夫。不到半年工夫，已招得丁夫三百六十萬人；另選少年有力的人，充節級隊長，監督工程。

「可憐連那老人小孩和好人家婦女，都被官家拉去，專做燒飯、挑水、縫衣、洗濯等事務，一共掠去五百四十三萬人，一齊動工。那班丁夫，既被官家捉去，有那節級隊長手裡提著刀棍督看著，早夜不休地做著苦工，只得拼著性命一鍬一鍬掘去，一天到夜，不敢偷懶。個個弄得腰痠背折，力盡筋疲。若稍稍遲延，不是捆了重打，便是綁去斬首。看他們在那裡做工，人人臉上露著驚慌的顏色。每日天未大亮，便要動工，直掘到天色烏漆也一般黑，才許住手。夜間又沒有房屋居住，河邊草地，隨處安身。晴天日暖，還勉強可耐；若遇到雨雪天氣，那班工人便直立在大雨地下，不住地向爛泥地上爬挖，弄得渾身沾滿了泥土，好似泥鰍一般。

「不多幾天，那般工人究竟都是血肉之軀，如何敵得風寒雨雪？早不覺一個一個地病倒了。無奈那管工的官員，凶狠萬分，任你病倒像鬼一般，也不能逃避工作。而且越是害病的工人，越是無力工作。那班隊長見了無力工作的，越是打得凶殘，皮鞭下去，一條一條的血痕，打得那班工人和鬼一般地嘶叫著。

「那河道裡，每天倒下去死的人，橫七豎八，滿眼都是。這情形看在過路人的眼裡，任你是鐵石人

也要下淚的。可恨那班督工的官員，只顧官家工程，不顧百姓性命；那班丁夫死了一批，又補拉上一

批。後來死的越多，拉的人也越多了。一處地方，能有幾多精壯的男子？看看那男子拉完了，只得將那

老幼婦女一齊拉來搬泥運土；便是住在鄉僻小地裡的小家婦女，也沒有一個人能免得。那班老弱婦女，

越發熬不起苦；不多幾日，便死了無數。那屍身填街塞巷，到處哭聲不絕。

「甥兒一路下來，只在死人堆裡走去。有那心腸軟些的縣官，便另僱人夫，借用開河道裝泥土的車

子，先將屍骸搬運到荒野地方去埋葬。一天裡邊，還是埋的少，死的多。一路來，北起河陰，南至雍

丘，那抬死人的和抬泥土的相伴而行。舅母請想想，這種悽慘的情形，果然是那些做官員的凶狠暴戾；

但若遇到聖明當道，不貪遊樂，雖有奸臣，也不可憑藉了。如今昏君在上，奸臣在下，甥兒是生性憨

直的，便是考取了功名，得到一官半職，在奸臣手下討生活，也決弄不出什麼好處來的；倒不如埋頭讀

書，不求功名，養得才華，待他日去輔佐聖明。不然，仗著書生的本色，去上他一本萬言書，盡言竭

諫，也不失為一個忠義的秀才。」

朱太守聽了，拍著他外甥的肩頭，說道：「好一個有志氣的孩子！只怕舉世渾濁？一人獨清。你上

了萬言書，非但得不到好處，反惹下大禍來，倒不是玩的。我勸你還是莫問是非，多喝幾杯酒吧！」

說著，招呼丫鬟替卿斟上酒，舅甥兩人，傳杯遞盞，歡笑痛飲起來。

朱太守這時有了七分醉意廣便吩咐把五位姬人喚出來，說：「今日甥兒在此，不可不求一樂。甥舅

和父子一般，原不用什麼避忌，你們快挑選那好的曲兒彈唱起來。」

一句話未了，那巫雲、楚岫、醉綠、漱霞因一班姬人一齊調弄樂器。眠雲趁著珠喉，唱一曲《醉

花枝》，楚雲也唱了一折《凌波曲》。這《凌波曲》是說甄後的故事，朱太守作了，親自教給眠雲的。曲詞道：

「燃豆萁，釜中泣；乘飛鳧，波中立。有心得，無心失。殺賊今年為此奴，沉水神交夢有無？父兄子弟爭一偶，獨不念彼亦袁家之新婦！」

一句一折，折到高處，餘音娓娓，繞梁不斷。朱太守聽唱自己做的詞兒，襯著嬌喉，愈覺得意，早不覺連喝著三大觥，酩酊大醉。飛紅上來，扶著太守進臥房睡去。

這裡榮氏見丈夫出了席，便招呼五匣姬人一齊坐下吃酒。

這五個姬人，個個都是綺年玉貌，愛說笑遊玩的；見了申厚卿是一位公子哥兒，品貌又美，性情又和順，誰不要和他去兜搭！

大家搶著你一杯我一杯勸他的酒。厚卿原是大酒量，越是多吃了酒，越是愛多說話兒。那班姬人問他：「哥兒在京城地方，可有宮裡的新鮮故事講幾樁給我們聽？」

厚卿聽了，忙丟下酒杯，連說：「有，有！如今的煬帝，原是一個好色之徒，他在宮中乾的風流事體多呢！文帝原有兩個兒子，都是獨狐太后所生。大兒子楊勇，早年立為太子；第二個兒子，就是當今皇帝。當時取名楊廣，先封晉王，出居晉陽；無奈煬帝久有謀奪皇位的心思，他雖封藩在外，卻時時行些賄賂，盡些小心在文帝的近臣身上。那班近臣都替煬帝說好話。煬帝也時時進宮去，在父王跟前盡些孝道。

「獨孤皇太后原是寵愛小兒子的，又時時在文帝跟前替煬帝說話。煬帝又結識上了越國公楊素，裡外合力，生生地把一位無罪的東宮廢了，改立如今的皇上做太子。那煬帝改住東宮，天天在先帝宮中廝混。當時有一位陳氏宣華夫人，原是先帝所寵愛的，夜夜招幸。

「先帝已是年老了，又在色慾上面，不多幾天，弄出一身病來。宣華夫人和先帝正在情濃，見先帝有病，便日夜不離，侍奉湯藥；那煬帝也要博一個純孝的名兒，時刻在父皇龍床前周旋。這時煬帝和宣華夫人天天見面，他見宣華夫人的打扮：黛綠雙娥，鴉黃半額。蝶練裙不長不短，鳳綃衣宜寬宜窄。腰肢似柳，金步搖曳翠鳴珠；鬢髮如雲，玉搔頭掠青拖碧。雪乍回色，依依不語；春山脈脈，幽妍清倩。依稀是越國的西施，婉轉輕盈；絕勝那趙家合德，豔冶銷魂，容光奪魄。真個是『回頭一看百媚生，六宮粉黛無顏色。』」

榮氏聽了笑說道：「痴孩子！美便美罷了，念這一段酸詞兒做什麼？」

厚卿自己也覺好笑，說道：「甥兒也是隨嘴唸唸罷了。總之一句話，煬帝是一個好色的人，他在宮裡天天和美人廝混，豈有不動心的道理？有一天，煬帝進宮去問候先帝病情；正在分宮路口，遇到宣華夫人，他便搶上前去深深一揖，趁勢把袍袖在宣華夫人的裙邊一拂。裙底下露出宣華夫人的小腳兒來。

「宣華夫人見這情形，知道煬帝來意不善，急轉身找路走時，早被煬帝上前來把身子攔住。嘴裡說什麼：『俺楊廣久慕夫人仙姿，今日相逢，實是天緣，倘蒙夫人錯愛，我楊廣生死不忘！』這些醜話。他竟涎皮涎臉地向宣華夫人懷中撲去，嚇得宣華夫人不敢從分宮路走，依舊轉身向文帝的寢宮中逃去。

「文帝這時正病得氣息奄奄，昏昏沉沉地睡著；宣華夫人被煬帝追得慌張，急匆匆地逃進寢宮，不

料頭上一股金釵被簾鉤抓下，巧巧落在一隻金盆上面，哨的一聲響，猛可的把文帝從睡夢中驚醒過來。

這時宣華夫人已走近龍床，只見她氣喘吁吁，紅暈滿臉；文帝是久病的人，易動肝火，見了這情形，便怒聲喝問。宣華夫人知道事情重大，便低著脖子不敢作聲。文帝看了，愈加怒不可抑，顫著聲音喝道：

『什麼事兒如此驚慌？快快說來！你若不說，便當傳內侍立刻賜死！』

宣華夫人見自己到了生死關頭，沒奈何只得跪倒在龍床前，一面淌著眼淚，慢慢地把煬帝調戲她的情形，一五一十地說了出來。文帝不聽猶可，聽了這個話，氣得他日瞪口呆，半響說不出話來；掙了多時，才掙出一句：『這淫賤的畜生！』一口氣轉不過來，便暈倒在龍床上。

宣華夫人慌得忙抱住文帝的身體，大聲哭喊起來。一時裡那獨孤皇后和三宮六院的妃子，通通趕進寢宮去。煬帝也得了風聲，只是不敢去見父皇，卻躲在寢宮門外探聽訊息。這裡文帝隔了多時，才轉過一絲悠悠的氣來。見了獨孤太后，便拿手指著太后的臉，氣急敗壞地說道：『全是皇后誤我，枉廢了吾兒楊勇！』又一迭連聲說：『快傳旨宣楊素進宮！』

厚卿說到這裡，覺得口乾了，便擎起酒杯要向嘴裡倒。榮氏忙攔住說：『冷酒吃不得的，快換熱酒來！』

這才把他的話頭打斷。欲知後事如何，且聽下回分解。

金盒傳來子占父妾　凌波步去儂奪郎心

范陽太守府的內室裡，正排家宴，一群姬妾們，正圍住一個少年哥兒坐著，聽那哥兒嘴裡滔滔不絕地說隋煬帝風流故事，說得有聲有色。那姬妾們都聽怔了，滿桌面排列著好酒好菜，也忘記去吃它；那兩旁站立著的奴僕丫鬟，也聽出了神，忘了傳酒遞菜。直到這少年厚卿說得嘴乾了，才把話頭打斷，榮氏勸他吃些酒菜。內中一個醉綠，最是急性人，她正聽到好處，如何肯罷休，便一迭連聲地央告著道：

「好哥兒，快講給我們聽！那文帝要傳楊素，後來便怎麼樣呢？」

厚卿吃乾了一杯熱酒，眠雲湊趣兒，夾過一片麂肉兒送在厚卿跟前，厚卿忙站起來道了謝，拿筷子夾起吃了。又接下去說道：「這裡煬帝在偏殿候信，文帝傳喚楊素，自有他的心腹太監前去報信；煬帝便吩咐他去候在朝門外，若見楊素到來，千萬先引他到偏殿裡見我。此時文帝臥病日久，百官無主，日日齊集在朝房中問安，忽見皇帝有旨意宜召越國公楊素，便一齊到午門外來探聽訊息。

「那楊素早已和煬帝通了聲氣，聽得一聲宣傳，便隨兩個內史官走進宮來。到大興殿前，早有幾個太監上前來圍住。嘴裡說：『東宮有請。』楊素何等奸雄，他豈有不明白之理！待到得偏殿，見煬帝滿臉慌張之色，見了楊素，便上去抓住袖子，低低地說道：『公倘能使孤得遂大志，定當終身報答大德！』楊

素聽了，只說得『殿下放心』四個字，便匆匆隨著內史官走進文帝寢宮去。

「文帝一見楊素，便大聲說道：『卿誤我大事！悔不該立楊廣這個畜生！』楊素聽了，故作詫異的神色道：『太子一向仁孝恭儉，並無缺德，今何故忽違聖心？』文帝氣憤憤地說道：『好一個仁孝恭儉！這全是平日的假惺惺。如今他欺朕抱病，竟潛伏宮中，逼占庶母，似這樣的禽獸，豈可託付國家大事？朕病勢甚重，眼見不能生存；卿是朕的心腹老臣，諒來絕不負朕。朕死以後，必須仍立吾兒楊勇為嗣皇帝，千萬勿誤！』楊素聽到這裡，陡然變了臉上的顏色，冷冷地說道：『太子是國家的根本，國本豈可屢易？老臣死不敢奉詔！』」

「文帝聽楊素說出這個話來，早氣得渾身打戰，戟指罵道：『老賊明明與畜生同謀，叛逆君父；朕被你們欺瞞，生不能處你們於極刑，死去變成厲鬼，也不饒你們的性命！』聽他喉間一絲氣兒，越說越促。說到末一句，聲嘶力疾，喘不過氣來。他還死掙著大呼：『快喚吾兒楊勇來！快喚吾兒楊勇來！』一口血噴到羅帳上，猛把兩眼一翻，便把身子挺直，不言不語了。」

「文帝死過以後，楊素真地幫助煬帝登了皇帝大位。從此楊素的權勢，便壓在煬帝上面，他引進了許多奸臣，什麼蕭懷靜、麻叔謀一班人，橫行不法，鬧成如此的局面。好在這煬帝自從即了皇帝位以後，從來不問朝政；他這時有了三宮六院，八十一御妻，儘夠他淫樂的了，但他總念念不忘那位宣華夫人。他做天子的第三天，見各處宮院妃嬪夫人都來朝賀過，獨不見那宣華夫人前來朝賀。他便忍不得了，把預備下的一個金盒兒，外面封了口，御筆親自簽了字，打發一個太監去賜與宣華夫人。

「那宣華夫人，自從那天違拗了煬帝，不肯和煬帝做苟且之事。如今見文帝死了，煬帝又接了皇帝

位，知道自己得罪了新皇帝，將來不知要受怎的罪，獨自坐在深宮裡愁腸百結，又羞又惱。後來她橫了

心腸，準備一死，便也不去朝賀。他又想自己究竟是新皇帝的庶母，諒也奈何我不得。

「正是迴腸九曲的時候，忽見一個內侍，雙手捧了一個金盒子，走進宮來，說道：『新皇帝賜娘娘

的，盒內還有對象，皇上吩咐須娘娘親手開看。』宮女上去接來。宣華夫人看時，見盒子四周都是皇封

封著，那盒口處，又有御筆畫押。

「宣華夫人疑心是煬帝賜他自盡的毒藥，想自己綺年玉貌，被文帝選進宮來，陪伴年老皇上，已是

萬分委屈的了；如今卻因為要保全名節，得罪了新皇帝，不想便因此斷送性命。一陣心酸，早不覺兩行

珠淚，直向粉腮兒上落下來。宮中許多侍女，見宣華夫人哭得淒涼，便也忍不住陪著她淌眼淚。合個宮

中，哭得天昏地暗。那送金盒來的太監，守候得不耐煩了，便一迭連聲地催她開盒。

「宣華夫人，延捱一回，哭泣一回，到末一次，她被內侍催逼不過，把牙齒咬一咬，小腳兒一頓，

嗤地一聲，揭破封皮，開啟盒兒來一看。轉不覺把個宣華夫人看忙了。這金盒裡，原來不是什麼毒藥，

卻端端正正地放著一個同心結子。左右宮女，都圍上去一看，一齊歡喜起來，說道：『娘娘千喜萬喜！』

倒把個宣華夫人，弄得嬌羞無地。她把盒兒一推，轉身去坐在床沿上，低頭不語。

「那內侍見宣華夫人既不收結子，又不謝恩，便又催她說：『娘娘快謝了恩，奴才好去復旨！』兩旁

的宮女，誰不巴望夫人得寵，大家也可以得點好處，便你一句，我一句，勸她說：『娘娘正在妙年，難道

就竟在長門深巷中斷送了終身？如今難得新天子多情，不但不惱恨娘娘，還要和娘娘結個同心，娘娘正

可以趁著盛年，享幾時榮華富貴？』這宣華夫人原是個風流自賞的美人，如今聽了眾人的勸，由不得嘆

了一口氣說道：『新天子如此多情，我也顧不得了！』當下裊裊婷婷地站起來伸著纖指把結子取出，又向金盒拜了幾拜。那內侍接過盒子，復旨去了。

「這裡宣華宮的侍女，知今天新皇上要臨幸太妃，便急急忙忙把宮中打掃起來；放下繡幕，撒下御香，那一張牙床上，更收拾得花團錦簇，大家靜悄悄地候著。看看初更時分，不見御輦到來；過了二更時分，也不見動靜。快到三更了，大家正在昏昏欲睡的時候，忽聽得遠遠嘁嘁喝道的聲音。大家驚醒過來，一齊搶到宮門外去守候著。只見御道上一簇紅燈，照著一位風流天子，步行而來。

「原來煬帝初登帝位，六宮新寵，真是應接不暇，在蕭后跟前，又須周旋周旋。又因子占父妾，給旁人看見，究屬不妥；故意延挨到夜靜更深時候，悄悄地來會宣華。這宣華夫人在宮中，又驚又喜，又羞又愧，弄得情思昏昏，不覺和衣在床上矇矓睡去；忽被宮女上來悄悄地推醒，也不由分說，簇擁著走出宮來，在滴水簷前，和煬帝相遇，身旁的太監，高擎著紅燈，照在宣華夫人臉上。宣華夫人不由得匍匐在地，低低地稱了一聲『萬歲』。煬帝見了，慌忙上前用手攙住，領著走進宮去。

「這時屋內紅燭高燒，階前月色橫空，映在宣華夫人臉上，嬌滴滴越顯紅白。煬帝把宣華的手兒一引，引在懷前，低低地說道：『今夜朕好似劉阮入天臺！』宣華夫人只側著頸兒，不言不語。

「煬帝又說道：『朕為夫人寸心如狂，前日之事，幾蹈不測，算來都只為夫人長得美麗風流，使朕心蕩。如今天緣湊合，疏燈明月，又見仙容，夫人卻如何慰藉朕心？』煬帝連問數次，宣華不覺流下淚來，說道：『賤妾不幸，已侍先皇，名分所在，勢難再薦。前日冒犯之處，原出於不得已，萬望萬歲憐恕，況陛下三千粉黛，豈無國色？何必下顧殘花敗柳？既汙聖身，又喪賤節，還望陛下三思。』

「煬帝聽了，笑道：『夫人話原是好話，無奈朕自見夫人以後，早已魂銷魄散，寢食俱忘；夫人倘不見憐，誰能治得朕的心病？』好個隋煬帝，他說到這裡，便深深地向宣華夫人作下揖去，慌得宣華夫人忙把煬帝的袖兒拉住，便情不自禁，抬頭向煬帝臉上一看，月光正照在皇帝臉上，見他眉清目秀，好一個風流少年。自古嫦娥愛少年，煬帝如此軟求哀懇，宣華夫人心中早已下了一個『肯』字，只是羞答答說不出口來。

「正在這當兒，左右送上筵宴來。煬帝吩咐：『把筵席移在簾前，今夜陪伴娘娘賞月。』便攙了夫人的手，同步出簾幕來。

「此時宮禁寂靜，月光如水。；花影樹蔭，參差庭院。煬帝滿斟一杯，遞與夫人道：『好景難逢，良緣不再。；今夜相親，願以一杯為壽。』宣華接著，含羞說道：『天顏咫尺，恩威並重。；今夜定情，但願陛下保始終耳！』說著，也斟了一杯，送在煬帝手裡。

帝手裡。

「他兩人一言一笑，漸漸親熱起來。宣華夫人薄醉以後，風情畢露，輕盈旖旎，把個煬帝弄得神魂顛倒，一時裡搔不著癢處。淺斟低笑，看看已是月移斗換，宮漏深沉，煬帝站起來，握住宣華夫人的手，在月光下閒步了一回，方才並肩攜手，同進寢宮去。一個墜歡重拾，一個琵琶新抱，他兩人你憐我愛，早把先帝的恩情一生的名義置之度外。那時甥兒在京裡聽得有人傳下來兩首詩兒，專說煬帝和宣華夫人的故事道：

月窟雲房清世界，天妹帝子好風流。

香翻蝶翅花心碎，妖嫩鶯聲柳眼羞。

紅紫痴迷春不管，雨雲狼藉夢難收。

醉鄉無限溫柔處，一夜魂消已遍遊。

宮中自喜情初熱，野鴛強認作關雎。

不是桃夭與合歡，殿上誰憐肉未寒？

談論風情直暢快，尋思名義便辛酸！

不須三復傷遺事，但作繁華一夢看。

榮氏聽他甥兒說完了，笑說道：「孩子這樣好記性，囉囉嗦嗦說了一大套，又把詞兒也記上了。」

眠雲接著說道：「這一段故事，敢是哥兒編排出來的？怎麼說來活靈活現，好似親眼目睹的一般？」

聽哥兒說來，當今天子如此荒唐，我卻不信。」

醉綠也接著說道：「俺老爺常有宮裡的人來往，怎麼卻不聽得說有這個？」

厚卿說道：「諸位姨娘有所不知，舅父這裡來往的，都是宮中官員，怎麼能知道內宮的情事？便是略略知道，於自己前程有礙，也絕不肯說給外邊人知道。俺家最近來了一個老宮人，他是伺候過宣華夫人來的，空閒無事的時候，他便把皇帝的風流故事，一椿一椿地講給俺聽。這情景雖不能說是俺親眼看見的，卻也和親眼見的差得不遠。」

大姨娘說：「不信當今天子有如此荒唐。」

厚卿笑道：「你不知道當今天子荒唐的事兒正多著呢！這樣糊塗的天子，滿朝都是奸臣，俺便趕得功名，有何用處？」

說著，不覺嘆了一口氣。楚岫接著說道：「好哥兒！你說當今天子荒唐的事體多，左右老爺不在跟前，再講究一二件給我們聽聽吧。」

說話之間，飛紅也悄悄出來，接著說道：「好哥兒，你說的什麼，我也不曾聽得呢。如今求你快再說一個給我聽聽，我替哥兒斟一杯酒吧。」

說著，從丫鬟手裡接過酒壺來，走到厚卿跟前，親手把整杯中的冷酒倒去，斟上一杯熱酒，把酒杯擎在厚卿唇前。慌得厚卿忙站起身來，接過酒杯去，連說：「不敢！」

榮氏攔著說道：「你們莫和哥兒胡纏了，哥兒一路風霜，想也辛苦了；再他話也說多了，哥兒在我家日子正長呢，有話過幾天再談，你們勸哥兒多吃幾杯酒，卻是正經。」

飛紅聽了，把紅袖一掠，說道：「勸酒嗎？還是讓我呢。」

說著，回頭喚丫鬟在榮氏肩下排一個座兒坐下，趁著嬌喉，三啊六啊和厚卿猜起拳來。看她一邊說笑著，一邊猜著拳兒，鬢兒底下的兩掛耳墜兒似打鞦韆地亂晃著。那臂上的玉釧兒，磕碰著叮叮咚咚地響起來。看看飛紅連輸了三拳，吃下三杯酒去，一時酒吃急了，那粉腮上頓時飛起了兩朵紅雲來；一雙水盈盈的眼珠，卻不住地向厚卿臉上溜去。榮氏在一旁說道：「大姨兒總是這樣蠻幹的，要勸酒也須斯斯文文地行一個令兒，慢慢地吃著，才有意思。」

眠雲聽說行令，她第一個高興，忙說道：「太太快想，俺們行一個什麼令兒，才有趣呢？」

榮氏略低頭想了『想，說道：「俺們來行一個『女兒令』吧。第一句要說女兒的性情和言行舉止，都可以，接一句，要用詩書成句。說不出成句的，罰一大觥，說成句不對景的，罰一中杯，說得不錯的，飲一小杯，門杯繳過令，挨次說出。」

飛紅聽了說道：「太太快飲一杯發令，俺預備著罰一大觥呢！」

丫鬟上來，先替榮氏斟一杯。榮氏拿起酒杯來飲乾了，說道：「女兒歡，花須終發月須圓。」

接著便是厚卿說道：「女兒妝，滿月蘭麝撲人香。」

說著便飲過門杯。坐在厚卿肩下的，便是安邦，他年紀小，不懂得這個。

厚卿說道：「我代安弟弟說一個罷。」

眠雲搶著道：「我有一個了，代安哥兒說了罷。」

榮氏點頭道：「你說！你說！」

眠雲道：「女兒裳，文采雙鴛鴦。」

安邦聽眠雲說了，也飲了門杯繳令。安邦肩下，便是飛紅。聽她說道：「女兒嬌，鬢雲鬆，繫裙腰。」

下去便是醉綠，說道：「女兒家，綠楊深巷馬頭斜。」

緊接著醉綠坐的，便是漱霞，說道：「女兒悲，橫臥烏龍作妒媒。」

接著巫雲說道：「女兒離，化作鴛鴦一隻飛。」

榮氏聽了，不覺向漱霞、巫雲臉上看了一眼。巫雲肩下才是眠雲，她想了一個替安邦說了，輪到自己，卻一時想不出好的來了。只見他低著脖子思索了半天，說道：「女兒嫁，娥皇女英雙姊妹。」

飛紅第一個嚷道：「三姨兒該罰一大觥！」

眠雲聽了，怔了一怔，說道：「我說得好好的，為什麼罰呢？」

飛紅把嘴一撇，說道：「虧你還說好好的呢？你自己聽聽，那嫁字和妹字，敢能押得住韻嗎？」

眠雲這才恍然大悟，連說道：「我錯我錯，該罰該罰。」

榮氏說道：「罰一中杯吧。」

說著，丫鬟斟上酒來，眠雲捧著酒杯，咕嘟咕嘟地吃乾了。這時席面上只剩了一個楚岫，飛紅催她快說。楚岫便說道：「女兒怨，選入名門神仙眷。」

眠雲聽了笑說道：「五姨兒也該罰。我說的，只是不押韻罷了，五姨兒說的，竟是不對景了。」

楚岫問她：「怎的不對景？」

眠雲說道：「你自己想吧，做女孩子選入了名門，又做了神仙眷，還要怨什麼來？」

一句話說得楚岫自己也笑起來，連說：「我罰！我罰！」

自己拿了一箇中杯，遞給丫鬟，滿滿地斟了一杯吃了，又合座飲了一杯完令。

忽然飛紅跳起來說道：「這法兒不妙，我們原是勸外甥哥兒的酒來的。如今鬧了半天，外甥哥兒只飲了一小杯門杯，俺倒和他猜拳輸了，反吃哥兒灌了三大杯，這不是中了反間計嗎？說得滿桌的人，都

不覺好笑起來。眠雲接著說道：「這也怨不得人，是你自己沒有本領敗了下來；你有志氣，還該再找外甥哥兒報仇去。」

飛紅忙搖著手說：「我可不敢了！」

眠雲說道：「你不敢，我卻敢呢！」

說著，喚丫鬟斟上兩杯酒來，笑說道：「外甥哥兒請！」

這三姨兒的指甲，是拿風仙瓣染得點點鮮紅，她伸著指兒猜拳，一晃一晃地煞是好看。

正嬌聲叱吒，嚷得熱鬧的時候，忽見一個大丫鬟走進屋子裡來，說道：「老爺醒了，喚三姨兒和六姨兒呢！」

那眠雲聽了，只得丟下厚卿，和巫雲兩人手拉手兒地離席進去了。這裡安邦也矇矓著眼皮兒，拉著他媽的袖子，說要睡去了。丫鬟正送上湯果來，榮氏說道：「也是時候了，外甥哥兒一路辛苦了，吃些湯果，早些睡去，有話明天再談吧。」

一場家宴，直吃到黃昏人靜；厚卿站起來告辭，退回客房去安睡。

從此厚卿便久居在他舅父朱承禮家裡作客，有他舅父的六位如夫人和他作伴，天天說笑著，倒也不覺寂寞。

朱太守的六位如夫人，飛紅進門最早，闔府上喚她大姨兒，喚醉綠做二姨兒，眠雲做三姨兒，漱霞做四姨兒，楚岫做五姨兒，巫雲做六姨兒。大姨兒為人最是鋒利，模樣兒也最是風騷，只因朱太守日久

029

生厭，只把家務交給她管理。那床第之歡，卻喚三姨兒和六姨兒專夕去。只因三姨兒弄得一手好絲弦，唱得一腔好曲子；朱太守到沉悶的時候，卻非她不可。六姨兒進門最遲，年紀也最小，舊愛果然奪不得新歡，因此六姨兒房中時時有朱太守的歡笑之聲，不知不覺卻把那其餘的如夫人冷落了下來。

如今卻半天裡落下一個申厚卿來，大家見他是一位年輕貌美的公子哥兒，性情又和順，又會說笑，便終日圍著他說說笑笑，解著悶兒。內中那位大姨兒，更是愛鬥嘴兒的。她見了厚卿，風裡語裡，總帶著三分取笑的話兒。厚卿終日埋在脂粉堆裡，心中卻念念不忘那位表妹嬌娜小姐。

原來這厚卿自幼兒在舅家養大的，他和嬌娜小姐，只差得兩歲年紀。厚卿只因生母死了，九歲上便寄住在舅家，直到十四歲上，他父親調任嶺海節度使，便道把厚卿帶在任上，親自課讀。如今厚卿的父親年老多病，告老在家，厚卿和嬌娜小姐足足有六年不見面了。

在這六年裡面，厚卿雖說小孩兒心性，但他卻無日不記念嬌娜。只因兩地隔得又遠，無事又不能到舅父家裡來。厚卿屢次想借探望舅父為名，來和嬌娜見面，卻屢次不敢和他父親說明；如今幸得他父親做主，打發他出門趕考，順路來探望舅父，把個厚卿歡喜得忙著趕路。

卻巧遇到沿路上萬的人夫開掘河道，他眼見那人夫的困苦情形，又處處受工人的攔阻，害他不得和嬌娜早日見面，因此他心中把個隋煬帝恨入骨髓。好不容易，千辛萬苦，冒霜犯露，趕到了范陽城。他不曾見得嬌娜的面，想起六年前和嬌娜在一塊兒那種嬌憨的樣子，真叫人永遠忘不了的。後來在筵席前見嬌娜打扮得端端莊莊出來，看她越發出落得花玉精神，天仙模樣。

不說別的，只看她一點珠唇，粉腮上兩點笑渦，真叫人心醉神迷。只可惜當著舅父舅母的跟前，不

便說什麼心腹話兒，他滿想趁沒人在跟前的機會，把別後的相思盡情地吐露一番；誰知自從當筵一見以後，五七日來，不能再見一面。反是那些什麼大姨兒啊三姨兒啊，終日被他們纏得頭昏腦脹。只因厚卿在娘兒們身上是最有功夫的，他心中雖掛唸著嬌娜，那嘴裡卻一般地和她們有說有笑。

直到第十天上，厚卿走進內堂去，正陪著他舅父舅母談話，嬌娜小姐也伴坐在一旁。她見了厚卿，也只是淡淡地招呼了一聲，低著脖子在她母親肩下坐了一會，便起身回房去了。厚卿見了這情形，真是一肚子冤屈，無可告訴；便即立刻向他舅父舅母告辭，說明天便要動身回家去了。嬌娜正走到門簾下面，聽厚卿說要回去的話，不由得把小腳兒略停了一停。

只聽她父親對厚卿說道：「甥兒多年不來，老夫常常記念。好不容易，千里迢迢地趕來，正可以多住幾天。況你父親也囑咐你，順便明春赴了考再回去，也不算遲。怎麼說住了不多幾天，便要回去了？敢是我家簡慢了你，使你動了歸家的念頭。甥舅原是和父子一般的，甥兒你肚子有什麼委屈，不妨直說出來。好孩子！你在我家千萬挨過了明春的考期回去，使我在你父親面上也對得起。你有什麼不舒服的地方，老實對我和你舅母說出來，俺們總可以依你的。再者，朝廷最近打發內官許廷輔南下辦差，老夫在這幾天裡面，要趕上前站迎接欽差去。這衙署裡還得託甥兒代為照看，怎麼可以說歸家去的話呢？」

欲知後事如何，且聽下回分解。

誇國富海市陳百戲　訴衷情明燈映紅顏

申厚卿住在他舅父內衙裡，一連十多天不得和他表妹說一句知心話兒，心中鬱鬱不樂，便起了歸家之念；當時向他舅父告辭，被他舅父說了許多挽留他的話，又說自己要趕上前站迎接欽差去，託他甥兒照看衙署。這一番話，不容厚卿不留下了。

他舅母榮氏，也把厚卿攬在自己懷裡，一手摸著他脖子，嘴裡好孩兒長好孩兒短地哄著他。又說：「外甥哥兒住在外面客房裡，清靜寂寞，怨不得你要想家了。」

說著，便回過頭去對一班丫頭說道：「你們快把外甥哥兒的鋪蓋搬到花園裡西書房去！住在裡面，俺娘兒也得常見面熱鬧些，沒得冷落了我這孩子。」

只聽得一班丫鬟噢地答應了一聲。

當天晚上，厚卿果然搬在內廳的西書房裡住。到二更時分，忽聽得紗窗上有剝啄的聲息。厚卿急開門出去看時，見嬌娜小姐扶著一個丫鬟，站在月光地下。看她含著笑向厚卿點頭兒，月色映在她粉龐兒上，嬌滴滴越顯紅白。厚卿痴痴地看出了神，也忘了邀她們屋裡坐。倒是那丫鬟嘆哧地笑了說道：「客來了，也不知道邀俺們屋裡坐，只是目灼灼賊似地瞧著人！」

忙讓嬌娜屋裡坐下。

一句話提醒了厚卿，道：「啊喲！該死，該死！」

這時厚卿坐在書桌前，嬌娜背著燈兒坐，兩人默然相對，滿肚子的話抓不住一個話頭兒。半晌，厚卿便就案頭紙筆寫成七絕兩首。嬌娜轉過身去，倚在桌旁，看他一句一句地寫道：

亂惹祥煙倚粉牆，絳羅斜卷映朝陽。
芳心一點千重束，肯念憑欄人斷腸？
嬌姿豔質不勝春，何意無言恨轉深。
惆悵東君不相顧，空留一片惜花心！

厚卿才把詩句寫完，嬌娜急伸著手去把籤兒奪在手裡，笑說道：「這是說的什麼？」

厚卿道：「這是我昨天在花園裡倚著欄杆看花，隨嘴謅的爛詩。如今妹妹來了，我便不怕見笑，寫出來請妹妹修改修改。」

嬌娜聽了，由不得把她的珠唇一撇，說道：「哥哥哄誰呢？這上面的話，明明是怨俺冷落了你。」

一句話說得厚卿低頭無語。停了一會，厚卿便說道：「妹妹自己想吧，六年前我住在妹妹家裡，陪妹妹一塊兒讀書的時候，俺兩人何等親熱？如今六年不見，誰知妹妹人大志大，見了我來了，給你個五日不理，十日不睬，這叫我如何能忍得？妹妹知道的，我母親早已死了，父親自從娶了繼母以後，漸漸地把我冷淡下來。我在家裡，一個親人也沒有，這六年裡面所念念不忘的，只有一個妹妹。如今妹妹又

不理我，我沒得別的望了，只有回家去悶死罷了！」

厚卿說到這裡，不由得他音聲酸楚起來。嬌娜聽了，只微微地嘆了一口氣說道：「俺冷淡哥哥，原

是俺不是；但哥哥也須替俺想想⋯一來，俺做女孩兒的年紀大了，處處著嫌疑；二來，俺如今家裡

也不比從前了，自從爹爹娶了幾位新姨兒在家，人多嘴雜，俺平日一舉一動，處處留神，還免不了她們

說長道短。如今哥哥來了，她們打聽俺和哥哥是自幼兒親熱慣的，便處處看冷眼留心著，倘有什麼看在

她們眼裡，不說別的，只是那六姨兒，是俺爹爹最得寵的，只須她在俺爹爹跟前吐出一言半語，那我便

休想再活在世上了！哥哥卻不知道，如今俺家裡已是顛倒過來了⋯俺母親雖說是一家的主母，卻拉不住

一點權柄。大姨兒當了家，俺母女二人，便須在別人手下討生活；那六姨兒又愛在俺爹爹跟前拿俺母女

湊趣兒。自從她進了門，滿家裡攪得六神不安。俺父親和俺母親，常為這個生了意見；他倆老人家，面

和心不和。撇得俺母女二人，冷清清的！」

嬌娜小姐說到這裡，也便把脖子低了下去，停住了說話。屋子裡靜悄悄地半晌，那丫頭催著道⋯

「小姐來得時候久了，怕老夫人查問，俺們回房去吧。」

嬌娜小姐才站起來，說了一句⋯「明天會。」

慢慢地走出房去。厚卿好似丟了什麼，急站起身來要上去留住，心想又不好意思。嬌娜小姐已走出

屋子去了，他還痴痴地對著燈光站在屋子中間，動也不動。

從這一晚以後，嬌娜小姐便常常瞞著她母親，丫頭伴著在黃昏人靜時候，悄悄地到書房裡來會厚

卿。他二人見了面，不是談一會從前年幼時候的情景，便是談談家務。談來談去，他二人總覺得不曾談

到心坎兒上。嬌娜小姐又是多愁善悲的人，她談起自己在家裡孤單和生世來，便慘淒淒的十分可憐，厚卿聽了，也找不出話來說勸她，只是大家默默地坐一會便撒去了。

厚卿見嬌娜去了，便萬分牽掛；待到一見了面，又找不到話說。

嬌娜又怕母親知道，只略坐一坐，便告辭回房去了。

厚卿偶然到內堂或花園裡走走，遇到了飛紅或是眠雲、漱霞這一班姨娘，大家便和一盆火似地向著他，拉住他便向他打聽隋煬帝的故事。厚卿便說隋煬帝西域開市的故事道：

煬帝自從奪了皇帝座兒，強占了宣華夫人以後，日夜窮奢極欲，在宮中行樂。無奈他做晉王的時候，在外面遊蕩慣了；如今他困住在深宮裡，任你成群的美人終日陪伴他嬉笑狎蝶，他總覺拘束得心慌。這時隋朝正在興旺的時候，西域各路鎮守的將軍，齊上文書，報說西域諸國，欲和中國交市。煬帝打聽得西域地方出產奇珍異寶，又欲親自帶著妃嬪到西域地方去遊玩一趟。只因皇帝這個念頭，便平白地糟蹋了千萬條性命。京城離西域地方，足有三千餘里。一路沙草連天，荊棘遍地。天子的乘輿，如何過得？便由沿路各州縣拉捉人夫，開成御道。

從京城出雁門、榆林、雲中、金河，不知費了多少錢糧，送了多少人命。又有吏部侍郎宇文愷湊趣，打造一座觀風行殿。御道雖造成，路上卻沒有行宮別館。山城草縣，如何容得聖駕？

這觀風行殿，是建造在極大的車輪上。那行殿裡足可容得五七百人，四圍俱用珠玉錦繡，一般的有寢宮內殿，洞房曲戶。妃嬪宮女，一齊住在車裡。車在路上行著，車內歌舞的歌舞，車外吹打的吹打；一天行不上二三十里，便靠山傍水地停下。隨行軍士五十多萬人，一路上金鼓喧天，旌旗蔽日。到了夜

裡，連營數百里，燈火遍野，都圍繞著觀風行殿紮下。煬帝一路游去，到一處便召叢集臣遊山玩水，飲酒賦詩。若見有山川秀美形勢奇勝的地方，便留連著幾天不行。後面輜重糧草，和各處郡縣所貢獻的物產，堆山積海，拉捉了上萬的人夫搬運著。

看看走到金河地方，正是一片沙漠，一陣大風吹來，塵飛沙湧。煬帝避入行殿中，許多妃嬪，在四周圍住，居然風息全無。煬帝坐在肉屏風裡，一邊看著美人，一邊飲著酒，十分快樂。無奈那班美人，都是怯生生的身體，遇見沙漠北狂風，不獨是翠袖衣單，那灰沙塵土，依著風勢，穿簾入幕，那班妃嬪滿頭都罩著黃沙，粉腮珠唇，都堆積起塵垢來。

煬帝看了，心中不快，便有內侍郎虞世基出主意，在行殿外造一座行城：高有十丈，一般地開著四座城門，下面裝著車輪，把行殿圍在中央，用大隊兵士，前推後挽。果然風沙全無。逢到天氣晴和，煬帝便走上城樓去，和百官飲酒望遠；那行殿和行城在御道上緩緩走著，一路遠山近林，都向城邊抹過。

煬帝到快活的時候，便提筆賦詩，百官們都搶著和韻，皇帝便各賜黃金綵緞。

如此快樂過著日子，不覺到了西域地方。由吏部侍郎裴矩，帶領著各路邊將，前來朝賀。接著許多外國可汗，前來朝貢。第一個是突利可汗，他和煬帝是郎舅至親，在文帝開皇年間，把義安公主下嫁給突利可汗，因此和隋朝特別親近。當時煬帝見了義安公主，便宣她上殿賜坐，突利可汗也賜坐在階下。

排上筵宴，殿上傳杯遞盞，殿下鼓吹鐃歌，煞是威武。接著又有室韋靺鞨、休邑女真、龜茲伊吾、高昌、蘇門答臘、撒馬兒罕、波斯等大小二十餘國，逐日挨次前來朝貢，煬帝一一賞他酒宴。飲酒中間，只見蘇門答臘走出位來匍匐在地，獻上一隻鶋鵲兒。那鶋鵲身高七尺，能作人言，原是西域地方的靈鵲。

「煬帝受了，賜酒三大杯。蘇門答臘才下去，那于闐可汗，又上來獻方圓美玉兩方：那美玉各長五寸，光潤可愛。圓玉名叫龍玉，浸在水中，便現出虹霓來，頃刻可以致雨；方的稱作虎玉，拿虎毛拂拭著，便見紫光四射，百獸都逃避。煬帝得了這異寶，十分歡喜，吩咐一聲賞，那幾百萬的金銀綢緞頃刻分完。

「隔了幾天，煬帝便傳旨親臨突利可汗行帳。當時帶領了兩班文武，煬帝親自跨馬，向突利營中走去，看看走了二十里路，望見前面路上突利可汗和義安公主花帽錦衣，掛金披玉，騎了兩頭駿馬，率領各部落小酋長，一隊一隊鳴金打鼓，前來迎駕。迎到可汗營門口，義安公主上來，親自扶皇帝下馬，直升牛皮帳。帳中早已裝置下一張蟠龍泥金交椅，椅前安著一張碧玉嵌萬壽的沉香龍案。

「煬帝升了寶座，文武百官，分作兩行侍立。帳中公主和可汗上去行了大禮。這突利雖說是外國，卻也十分豪富，繡帳中排設的都是精金美玉，珠光燦爛，十分美麗。一剎時獻上酒來，公主和可汗二人，親自斟酒，勸煬帝飲下三杯。煬帝賜他們在一旁陪席。突利可汗和義安公主，方敢坐下。煬帝看席面上金盤玉碗，列鼎而食；雖沒有龍肝鳳髓，卻盡多海味山珍。氈幕外笳樂頻吹，金爐內獸煙輕裊。

「飲過數巡，突利可汗又喚一班女樂來。煬帝看時，卻一個個生得明眸皓齒，長身豐體。個個袒著懷兒，露著臂兒，腰上圍著五彩獸皮，掛上一串小金鈴兒，歌一陣，舞一陣，在煬帝身體前後圍繞著。煬帝目迷豔色，耳醉蠻歌，早不覺神魂怡蕩，睜大了眼，嬉開了嘴，不知不覺地露出百種醜態來。大將軍賀若弼站在一旁，見光景不雅，恐有不測，便以目視高穎。

高穎會意，立刻出班奏道：『樂不可極，欲不可縱，請天子從早迴鑾。』煬帝心中依依不捨，只是沉

吟不語。賀若弼接著奏道：『日已西斜，天色不早，在塞外斷無夜宴之理。』煬帝沒奈何，傳旨回駕，一面吩咐多以金帛賞賜舞女。

他回到行殿去，還是想念那突利可汗帳中歌舞的蠻女。後來打發內侍官悄悄地到突利可汗帳中挑選了十個蠻女來，藏在寢殿裡，日夜迫歡，竟把原來的宮嬪，丟在腦後。這座行城行殿，停在塞外地方，足有半載，卻不見皇帝下回京的詔旨。

看看天氣寒冷，漫天蓋野地飄下雪來，文武百官，雪片似的奏章，勸皇上次蠻。煬帝拗不過眾人的意思，便在八月時節，啟駕回京。那各國的可汗，打聽得煬帝回駕，便一齊送行，直送到薊門。

煬帝忽然轉了一個念頭，他要沿路遊覽邊地的景色，卻不願依來時的御道回去；越是山深林密的地方，煬帝越是愛去。

眾官員再三苦諫，他只是不聽。從榆林地方去，有一條小路，稱做大斗拔谷，兩旁全是壁立的高山，中間山路，只有丈餘寬闊，又是崎嶇不平。莫說這碩大無朋的行殿行城通不過去，便是那平常的車駕，也是難走。但是煬帝一定要打這大斗拔谷中走去，他也不顧後面的一班官員嬪娥，如何走法，便丟下了行殿行城，獨自一人騎著馬向前走去。慌得那班護駕的侍衛，和親隨的大臣，都顛顛撲撲地跟隨著。可憐那班宮娥綵女，沒了行殿行城容身，或三五個在前，或七八個落後，都啼啼哭哭，紛紛雜雜，和軍士們混在一起走著。到晚出不得谷的，也便隨著軍士們在一處歇宿。時值深秋，山谷中北風尖峭，嬪娥軍士，相抱而死的，不計其數。

朝中大臣，只有高穎和賀若弼二人正直些。高穎看了這悽慘情形，對賀若弼嘆道：『如此情況，朝

廷綱紀喪失盡矣！』賀若弼也說道：『奢侈至極，便當受報。』他二人說話，早有討好的奸臣去對煬帝說知。煬帝因為在路上不好發作得，後來聖駕回到西京，又吩咐宇文愷、封德彝兩人，到洛陽去監造顯仁宮。因洛陽居天下之中，便改稱東京，以便不時臨幸。

那不知趣的賀若弼和高穎二人，又來多嘴；趁早朝的時候，便出班奏道：『臣等聞聖主治世，節儉為先；昔先帝教楊素造仁壽宮，見制度奢麗，便欲斬素，以為結怨天下。以後痛加節省，二十餘年，故有今日之富。陛下正宜繼先帝之志，何得造起宮室，勞民傷財？』

煬帝聽了大怒，喝道：『這老賊又來多嘴！朕為天子，富有四海，諒造一座宮殿，費得幾個錢財？前日在大斗拔谷中，因死了幾個軍士，便一個謗朕喪失綱紀，一個謗朕奢侈過分。朕念先朝老臣，不忍加罪。今又在大庭之上，百官之前，狂言辱朕，全無君臣體統。不斬汝二賊之首，何以整飭朝綱！』二人又奏道：『臣等死不足惜，但可惜先帝錦繡江山，一旦休也！』煬帝愈怒道：『江山便休，也不容你這樣謗君父的人！』說著，喝令殿下帶刀指揮，推出斬首示眾。

眾官員見天子動怒，嚇得面如土色，抖衣顫慄，哪個敢上去討一聲保。只有尚書左僕射蘇威，和刑部尚書御史大夫梁昆，同出班奏道：『高穎、賀若弼兩人，都是朝廷大臣；極忠敢諫，無非為陛下社稷之計。縱使有罪，只可降調削職，萬不可處以極刑，令天下後世，加陛下以殺大臣之名。』煬帝冷笑說道：『大臣不可殺，天子反可受辱嗎？爾等與二賊，都仗著是先朝大臣，每每互相標榜，朋比為奸。朕不斬汝，已是萬幸，還敢來花言巧語，保留他人。』便喝令削去二人職位，亂棍打出。蘇威和梁昆二人，又得了罪名，還有什麼人敢來勸諫。眼看著高穎和賀若弼兩人相對受刑。

這裡宇文愷、封德彝二人，領了造仁壽宮的旨意，竟到洛陽地方開設匠局，大興土木。一面相度地勢，一面差人分行天下，選取奇材異木，和各種珍寶。水路用船，陸路用車，都運送前來。騷擾天下，日夜不得安息。不用說幾十圍的大樹，三五丈的大石，搬運費事；便是那一草一木，也不知花費多少錢糧，害死多少人命，方能到得洛陽。不用說經過的地方，百姓受害；便是在深山窮谷裡面，因為尋覓奇花異獸，也攪得雞犬不寧。弄得百姓怨恨，府庫空虛，只換得一座金碧輝煌和九天仙闕一般的顯仁宮。

顯仁宮造成以後，煬帝車駕，便向東京出發。宇文愷、封德彝二人領著皇帝，走到顯仁宮前。果然造得樓臺富麗，殿客崢嶸。御苑中百花開放，紅一團，綠一簇，都不是平常顏色。

煬帝便問：『這些花木，卻從何處移來，這般鮮妍可愛？』宇文愷在一旁奏道：『花木四方皆有，只那碧蓮、丹桂、銀杏、金梅、垂絲柳、夾竹桃，諸品豔麗的花草，都是揚州出產的。』煬帝聽說『揚州』二字，心中已是萬分豔羨，說道：『怪不得古人有「腰纏十萬貫，騎鶴上揚州」的詩句兒。』接著封德彝又奏道：『御苑中這許多花木，還算不得揚州的上品；臣聞得揚州蕃釐觀，有一株瓊花，開花似雪，香飄數十里遠近，遍天下再無第二株，這才是揚州的第一名花呢！』

煬帝說道：『既有這樣的神品，何不把它移植到禁苑中來？』封德彝奏道：『這瓊花原是揚州的秀氣所鍾，不能移動，一移便枯。』煬帝聽得高興，便問：『東京離揚州共有多少路程？』宇文愷說：『約有一千餘里。』煬帝聽了，躊躇起來，說道：『朕欲往遊，只苦道路遙遠，不能多帶宮妃，恐途中寂寞，這便奈何！』封德彝道：『這卻不難，以臣愚見，只須三十里造一宮，五十里造一館；造得四十餘座離宮別館，便可從東京直達揚州了。那宮館裡多選些美女佳人住著，分撥幾個太監，掌管宮館裡的事務，陛下

要臨幸揚州，也不必行軍馬，動糧草，只消輕車減從，一路上處處有宮有館，有妃有嬪，陛下可以隨心受用，任意逍遙，勝如在宮禁中苦悶，何愁寂寞？」煬帝聽了大喜道：『既如此，朕決意往遊。二卿莫辭勞苦，那些離宮別館，還須二卿督造，不限年月，卻須盡善盡美。』當時煬帝賞宇文愷、封德彝二人在宮筵宴。

「宴罷，便各各領了聖旨，依舊號召了一班奇工巧匠，拉捉了幾萬人民伕役，往揚州地方，相度地勢，起造宮殿：或隔三十里一處，或離五十里一處，或是靠山，或靠水，都選形勝的地方，立下基礎。從東京到揚州，共選了四十九處地方，行文到就地郡縣，備辦材料催點人工。可憐那些郡縣，為一所顯仁宮，已拖累得倉空庫盡，官疲民死。怎當他又造起四十九所宮館來，早見得四境之內，哭聲遍野。

「宇文愷和封德彝二人，卻裝作耳聾眼瞎一般，一味地催督郡縣，一毫也不肯寬假。在東京點出二百名官員來，專去催督地方；如有遲誤，即指名參奏處死。那郡縣官，看自己的功名性命要緊，便死逼著百姓，日夜趕造；不上半年工夫，百姓的性命，卻逼死了十萬條。你道慘也不慘！那隋煬帝卻安居在顯仁宮裡，新選了幾位美人，晝夜行樂。

這隋家天下，全虧文帝在日節省，各處兵精糧足，外國人都畏威懷德，年年進貢，歲歲來朝。煬帝到東京的時候，又值各國使臣前來朝貢。煬帝要誇張他的富足，便暗暗傳旨，不論城裡城外，凡是酒館飯店，但外國人來飲食的，都要拿上好酒餚哄他，不許取錢。又吩咐地方官員，把御街上的樹木，全拿錦繡結成五彩。在通宮門的大街一帶，處處都有嬌歌豔舞，雜陳百戲。使外國人見天朝的富盛，便不敢

起藐視的心思。

百官們領了旨意，真的在大街一帶搭起了無數的錦柵，排列了許多的繡帳，令眾樂人或是蠻歌，或是隊舞。有一處裝社火，有一處打鞦韆，有幾個舞柘板，有幾個玩戲法。滾繡球的，團團能轉；耍長桿的，高入青雲。軟素橫空，弄丸夾道，百般樣技巧，都攢簇在鳳樓前。雖不是聖世風光，卻也算是點綴昇平；把一條寬大的御街，熱鬧得擁擠不開。

那班外國人一路看來，果然個個驚詫，都說『中華天朝，真是富麗！』引得他們三五成群，四五結伴的在大街上游賞不厭。也有到酒肆中飲酒的，也有到飯館裡吃飯的，拿出來都是美酒佳餚，吃完了給錢時，都說道：『我們中國是富饒的地方，這些酒食，都是不要錢的。』外國人見有白吃白耍的地方，都歡喜起來；便來來去去，酒飲了又飲，飯吃了又吃，這幾個醉了，那幾個又來，那幾個飽了，這幾個又來，好似走馬燈一般，不得個斷頭。

後來煬帝又在殿上賜各國使臣御宴，便問波斯國使臣道：『汝外國也有俺中華這等富盛嗎？』雖知這使臣，卻十分狡猾，他當時回奏道：『外臣國裡雖無這樣富盛，那百姓們卻個個都是飽食暖衣，不像上國還有沒衣穿沒飯吃的窮人！』又隨手指著樹上的綵綢說道：『這綢子施捨與那窮人穿穿也好；拴在樹上，有何用處？』煬帝聽了大怒，便要殺外國人，眾官員慌忙勸諫道：『這班外國人，生長蠻夷，原懂不得什麼禮節；但他們萬里跋涉而來，若因一言不合，便將他殺死，只道陛下無容人之量，恐阻他向化的心思。』煬帝才把氣平了，傳旨一律打發他們回國去。

厚卿只因心中瞧不起煬帝，所以把這些淫惡的故事，盡情說出來，那大姨兒、三姨兒、五姨兒、六

姨兒、和一班丫鬟，在一旁聽一陣笑一陣，她們越聽越有精神。正講到熱鬧的時候，忽見榮夫人身旁的一個大丫頭，名叫喜兒的，匆匆跑來說道：「太太請諸位姨娘快去替老爺餞行呢！」

欲知後事如何，且聽下回分解。

眼波當筵會心默默　火光匝地群盜凶凶

一抹斜陽，掛住在楊樹梢頭；輕風吹來，那柳葉兒擺動著。

在柳陰下站著一個英俊少年，他兩眼注定在一涯池水裡出神。

柳絲兒在他臉上抹來抹去，他也化作臨風玉樹，兀立不動。池水面上一對一對的鴛鴦，游泳自如；岸旁一叢一叢的秋菊，爭紅鬥綠的正開得茂盛。這少年便是申厚卿，他到花園裡來閒步，原指望遇到他表妹嬌娜小姐，可以彼此談談心曲；他兩人雖在燈前月下，見過幾面，只因有丫鬟在一旁，也不便說什麼話。

又因瞞著母親，來去匆匆，便到底也不曾談到深處。不想他到得花園中，卻遇了一群什麼大姨兒、三姨兒，被他們捉住了，圍著他要他講隋煬帝的風流故事。厚卿沒奈何，只得把煬帝西域開市的故事，一情一切的講給她們聽。五七個娘兒們圍坐在湖山石上，足足聽了有一個時辰。直待榮夫人打發大丫頭喜兒出來傳喚，她們才一鬨散去。

這裡丟下厚卿一個人，站在池邊出神。他嘴裡雖和一班姨娘講究，心中卻念念不忘那嬌娜小姐。他想出了神，不覺耳背後飛過一粒石子來，打在池面上，驚得那一群鴛鴦，張著翅兒，拍著水面，啪啪地

飛著逃去。厚卿急回過臉來，原來不是別人，正是嬌娜小姐身邊的一個小丫頭；她在柳樹背面拋過石子去，驚散鴛鴦，猛不妨柳樹前面卻轉出一個人來。小丫頭見了厚卿，只是開著嘴嘻嘻地笑。厚卿問她：

「小姐在什麼地方？」

那小丫頭把手指著前面的亭子，厚卿會意，便沿著柳蔭下的花徑走去。果然見前面亭子裡，嬌娜小姐倚著欄杆，低著脖子，在那裡看欄外的芙蓉。厚卿走上亭子去，笑著說道：「這才是名花傾國呢！」

嬌娜小姐聽了，慍地變了顏色，低著頭，半晌，說道：「這樣的嬌花，卻開在西風冷露的時節；它的命，卻和俺一般的薄呢！」

說著，又不覺淚光溶眼。厚卿忙拿別的話去攪亂她。他兩人一邊說著話，一邊走出亭子來，順著園西小徑，慢慢地走去。迎面一座假山，露出一個山洞來。厚卿先走進去，嬌娜扶著小丫頭，後面走來。

洞中只有外面空隙中放射幾縷微光進來，腳下卻是黑黝黝的。厚卿只怕嬌娜滑倒，走一步便叮囑一聲：

「妹妹腳下小心。」

嬌娜笑說道：「你不用婆婆媽媽的，這洞裡夏天來來乘涼，是俺們走熟的路。哥哥卻是陌生路，須自己小心著。」

一句話不曾說完，只聽得厚卿嚷著啊唷一聲，他兩手捧著頭，急急奔出洞去。嬌娜小姐也跟在後面，連問：「怎麼了？」

厚卿說：「不相干，只顧和妹妹說話，冷不防山石子磕了額角。」

嬌娜小姐走近身去，意思要去攀他掩在額角的一隻手。嘴裡說道：「讓我看，磕碰得怎麼樣了？」

厚卿放開了手，讓嬌娜看。只見他左面額角上，高高地磕起了一大塊疙瘩。嬌娜連聲問道：「哥哥痛嗎？」

她從袖裡掏出一方羅帕來，上去按在厚卿額角上才揉了一下，便覺粉腮兒羞得緋紅，忙把那羅帕遞給厚卿，叫他自己揉去。

厚卿這時，被嬌娜脂光粉面，耀得眼花；又聞得一縷甜香，從嬌娜袖口裡飛出來，把個厚卿迷住了。他接了羅帕，也不搓揉，只是笑微微地看著嬌娜的粉腮兒。嬌娜羞得急低了粉頸，轉過身去，看著路旁的花兒。正一往情深的時候，忽見嬌娜身邊的大丫頭，正分花拂柳地走來。說道：「我找尋得小姐好苦，誰知卻躲在這裡！」

嬌娜小姐聽了，啐了一聲，說道：「誰躲來？」

那大丫頭說道：「老爺明天要起身接欽差去，今天夫人排下筵席，替老爺餞行。六位姨娘都到齊了，獨缺了小姐一個，快去快去！」

嬌娜聽了，也便轉身走去。走不上幾步，便回臉兒去，對厚卿說道：「哥哥回房去歇歇再來。」

厚卿站著點點頭兒。這裡大丫頭扶著嬌娜小姐，走出內堂去；只見他父親和母親，帶著六位姨娘，團團地坐了一桌。見嬌娜來了，榮氏拉去坐在她肩下。朱太守便問：「怎不見外甥哥兒出來？」

那大丫頭，重複走進花園去，把個厚卿喚了出來。大家看時，見他額角上起了一個大疙瘩。榮氏忙拉住手問：「我的好孩子，怎麼弄了這個大疙瘩？」

厚卿推說：「是走得匆忙了，在門框子上磕碰起的。」

榮氏把厚卿攬在懷裡，著實揉搓了一會，便拉他坐在自己的左首肩下。厚卿和嬌娜兩人中間，只隔了一位榮氏。

厚卿偷眼看嬌娜時，見她只是含羞低頭。榮氏對厚卿說：「你頭上磕碰壞了，快多吃幾杯酒活活血。」

說著，擎起酒杯來，勸大家吃酒。

今天這桌席，是餞朱太守行的，所以叫六位姨娘，也坐在一起，是取團圓的意思。朱太守對厚卿說道：「老夫明天便要趕到前站去迎接欽差，此去有一個月的耽擱。衙署裡的公事，自有外面諸位相公管理；內衙裡，只有一個安邦是男孩子，他年紀太小，不中用的，其餘都是女娘們，我實在放心不下。好孩子，還是你年紀大些，懂得人事。我去了以後，你須替我好好地看管內衙裡，門戶火燭，千萬小心！」

當時厚卿一一答應了。

丫鬟送上熱酒熱菜來，大家吃喝了一陣。朱太守見今天吃酒人多，便想行令。吩咐丫頭傳話出去，把外書房裡一個酒令匣兒拿來。停了一會，簾外的書僮捧著一個錦緞包的大匣來，交給簾內的丫鬟，送在朱太守跟前。開啟匣子，厚卿看時，見裡面橫睡著五個碧玉的籤筒；此外便是一個小檀木令籤盒兒，上面雕著篆字的酒令名兒。朱太守隨手拿了一個「尋花令」籤盒兒，開啟盒兒，拿出一個像牙令籤來，點了一點人數，見是十一個人，便把十一支牙籤，放人籤筒，又把籤筒安在桌子中央。先由朱太守起，挨著次兒，每人抽一支令籤去縮在袖裡。大家低頭看籤上刻的字，知道自己是什麼，便含著笑，

不告訴人。

忽然聽得飛紅嬌聲嚷著道：「這可坑死我了！怎麼叫我這個莽撞鬼尋起花來了呢！」

大家看她牙籤上，刻著「尋花」兩字。榮氏便笑說：「你快尋，尋到誰是花園的，便和花園對飲一杯

完令；倘尋錯了人，便須照那籤上刻的字意兒吃罰酒呢！」

飛紅看了，只是皺著眉心，搖著頭，拿手摸著腮兒，向各人臉上看去。大家都看著她暗暗地好笑。

飛紅看了半晌，忽然伸著指兒向嬌娜小姐指著說道：「花園在小姐手裡！」

嬌娜拿出牙籤來給大家看時，見上面刻著「東閣」二字，下面又刻著一行小字道：「無因得入，罰飲

一杯。」

飛紅看了，便拿起一杯酒來，一口飲乾。漱霞在一旁拿筷子夾了些雞絲兒，送到她嘴裡去。她一邊

吃著，一邊又向別人臉上找尋去。厚卿看她烏溜溜的兩道眼光，不住地向眾人臉上亂轉，真是神采奕

奕，那面龐兒越覺得俊美了，忍不住嗤地笑了一聲。飛紅聽得了，急回過臉來，拿手指著厚卿笑說道：

「好外甥歌兒！不打自招，這一下可給我找到了。」

厚卿聽了，忍不住大笑起來說道：「大姨兒你找到醉人，這可盡你吃個爛醉的了！」

說著，把手裡一支牙籤送在飛紅眼前，給她看，只見上面有「醉人」兩字，下面又刻著一行小字

道：「拉尋花人猜拳無算，飲爵無算。」

榮氏看了說道：「這夠你們鬧的了！」

飛紅見說猜拳，這是她第一件高興事體，當下使喚丫鬟一字斟上十杯酒來，捲拳擼袖地和厚卿對猜起拳來。只聽她嬌聲嬌氣地一陣五啊六啊嚷了半天，誰知她手氣真壞；十拳裡面卻整整輸了十拳，這十杯酒卻都要飛紅一個人消受。飛紅看了，不由得娥眉緊鎖，向厚卿央告道：「好外甥哥兒！你素來知道你大姨兒量淺，受不住這許多酒的，請你醉人饒了我吧！我還要往下找尋去呢。若找尋不到花園，還不知道要罰我吃多少酒呢！好外甥哥兒你也疼疼你大姨兒吧！」

幾句話說得合座大笑起來。眼雲在一旁也幫著說道：「外甥哥兒，你聽你大姨兒說得怪可憐的，便饒了她，一杯也不叫她吃吧。」

厚卿說道：「一杯不吃，令官面上也交代不過去。這樣辦吧，吃個對數兒吧。這對數兒裡面俺再幫助大姨兒吃兩杯，三姨兒幫著吃一杯，大姨兒自己兩杯，也便交過令去了。」

飛紅聽了，忙合著掌說道：「阿彌陀佛！謝謝外甥哥兒的好心腸！」

她一邊說著，一邊把兩杯酒吃下肚去。接著又尋花園去。

這一遭，她不瞧人的臉色了，便隨手一指，指著楚岫說道：「五姨兒一定是花園了！」

那楚岫笑說：「我不是花園，我卻是個柴門。」

她拿出手中的牙籤兒來一看，見上面果然有「柴門」兩字，下面也有一行小字道：「勝一拳，方開門。」

楚岫便擎著粉也似的拳兒，豁過去，一拳竟被飛紅猜贏了。沒得說，楚岫飲乾了一杯酒。飛紅這時

又猜醉綠是花園，醉綠拿的牙籤上，卻刻著「深院」兩字，又注著：無花飲一杯。飛紅依令飲了一杯。

接著又猜榮氏是花園。榮氏拿出牙籤來，卻寫著「小山」兩字，又注著招飲一杯。飛紅又飲了，去拉著

安邦說：「好哥兒！你可是花園了？」

去拿過安邦手裡牙籤來看，上面是「酒店」兩字，小字是「拉尋花人飲酒」。安邦說：「我還要拉姨娘

量淺了，和你做一杯酒的買賣吧！」

飛紅笑說道：「糟了！連哥兒也要捉弄你自己媽起來了！好哥兒！你店裡的酒太凶了！我這個酒客

大家聽了她的話，忍不住撥笑起來。飛紅吃乾了一杯酒，安邦便拿筷子夾一片火腿去送在她媽的嘴

裡。飛紅一邊咀嚼著一邊說道：「出得酒店來，去找一處花園遊玩遊玩！」

說得眾人又鬨堂大笑起來。在這笑聲裡，飛紅便走出席來，去拉住朱太守的袖子說道：「花園一定

在老爺手裡，拿出來放大家進去遊玩遊玩！」

朱太守笑說道：「我幫你去尋花吧！」

說著，把手裡的牙籤拿出來一看，見上面是「仙蝶」兩字，下面小字注著「請其尋花」。飛紅說道：

「天可見憐我也找到替身了。」

眠雲接著說道：「老爺最疼你，老爺不替你，誰來替你呢！」

飛紅回座兒去，正走過眠雲身旁，聽她說這個話，便悄悄伸手去在她粉腮兒上輕輕地擰了一把，急

急逃回座位去了。眠雲狠狠地向飛紅溜了一眼。

接著聽朱太守在那裡說道：「我做仙蝶的尋花，一尋便著——花在六姨兒身上。」

果然巫雲拿出牙籤來一看，上面是「花園」兩字，下面一行小字是「尋得者，對酌完令」。朱太守便和六姨娘對飲了一杯酒。飛紅在一旁笑說道：「怪道老爺常常到六姨娘房裡去，原來六姨娘身上是一座花園！老爺又是一隻仙蝶，怎不要唱起蝶戀花來呢！」

一句話說得合座大笑。榮氏笑指著飛紅說道：「也不見你這個貧嘴薄舌的促狹鬼。」

笑住了，眼雲、漱霞交出令籤來。眼雲的令籤上是「石徑」兩字，下面小字是「無花飲一杯」；漱霞的令籤上是「水亭」兩字，也注著「無花飲一杯」。朱太守說：「你們各飲一杯吧。」

完了，這一場熱鬧，只有飛紅酒吃得獨多。看她兩腮和蘋果似的鮮紅，眼珠兒水汪汪的，看一眼愈覺勾人。聽她拍著手說道：「有趣有趣！老爺再找一個令出來行。」

榮氏笑說道：「你還不曾醉死嗎？」

說著，朱太守又挑選出一個「捉曹操」令來。大家說：「這個令又熱鬧，又有趣。」

朱太守依舊挑選了十一支牙籤，放在籤筒裡，依次抽去。各人把牙籤藏在袖子裡不作聲，榮氏卻抽得了一支諸葛亮，便尋捉曹操。榮氏笑道：「曹操是大鬍子的，老爺也是大鬍子，老爺是曹操了。」

朱太守拿出牙籤來看時，是「張遼」兩字，下面注著「七拳」。榮氏便和朱太守三啊五啊的猜起拳來。七拳裡，朱太守卻輸了五拳，榮氏只輸兩拳，各人依數吃了酒。接著又找了厚卿，拿出牙籤來看，上面是「漢壽亭侯」，下面注著「代捉曹操」，又注著「遇張遼對飲，餘具猜拳。」

榮氏笑說道：「好了！我也找到替身了！」

厚卿笑說道：「俺奉丞相軍令，來到華容道上，拿捉曹操。曹操，曹操！你還不快快跑出來下馬投降，更待何時？」

說得眾人又大笑了。飛紅接著說道：「外甥哥兒，我便是曹操，你為什麼不來捉我？」

厚卿道：「我便捉你這個曹操。」

待拿出令簽來看時，上面寫著「趙子龍」，下面注「代捉曹操」，又注「猜過橋拳」。

厚卿先找他舅父充張遼的對飲了一杯以後，和飛紅猜起過橋拳來。飛紅又輸了，飲過了酒，兩人便一起去代捉曹操。飛紅說道：「我知道，曹操再沒有別人，定是小姐拿著。」

嬌娜笑說道：「你們找錯了，我是老將黃忠！」

那牙籤上注著「代捉曹操，遇夏侯淵加倍猜拳。」

厚卿說道：「這倒有趣，三個人一塊兒捉曹操，不怕曹操飛到天上去！」

嬌娜說道：「這屋子裡的曹操，年紀還小呢！」

厚卿接著說道：「我也這般想，一定是安弟弟。」

安邦聽了，先臉紅了；嬌娜把他的牙籤搶過來一看，果然是曹操。小字注道：「被獲，飲酒三杯；一捉即獲，飲五杯。諸葛亮與五虎將，各飲一杯慶功。」

飛紅替安邦討饒說：「哥兒年紀小，酒量淺，三杯改作三口吧。」

朱太守也點頭答應。安邦便吃了三口酒。這裡榮氏點五虎將，除厚卿拿的「漢壽亭侯」，飛紅拿的「趙子龍」，嬌娜拿的「黃忠」，大家已知道了以外，眠雲拿的「張飛」，巫雲拿的馬超，六個人各飲了一杯慶功酒。籤子上寫明：張飛遇到夏侯惇，是要加倍猜拳的；這時漱霞拿的「夏侯惇」，他兩人便對猜起拳來。

一連猜了六拳，漱霞卻輸了四拳。她不肯服氣，還要找眠雲猜拳。是榮氏攔住了說：「猜拳的時候多著呢。馬超和許褚是要猜十二拳的。」

這時醉綠拿的「許褚」；這醉綠的酒量很大，巫雲的酒量很小，聽說要猜十二拳，吃十二杯酒，早已捏著一把汗。待到猜拳，誰知巫雲卻完全輸了。丫鬟酌上酒來，十二杯一字兒排在巫雲跟前，把個巫雲急得緊鎖眉心，說不出話來。

醉綠滿意要吃幾杯酒，卻沒得泛；見巫雲跟前擺著許多酒，她便搶過去，一杯一杯的十二杯酒一齊倒下肚去。安邦在一旁說道：「許褚投降到蜀國去了！他幫著馬超吃酒呢！」

說得巫雲和醉綠兩人也大笑起來。

黃忠遇到夏侯淵，是要加倍猜拳的；這時楚岫拿的是夏侯淵，便和嬌娜對猜起拳來。一連五拳，嬌娜卻輸了三拳。丫頭斟上三杯酒，嬌娜是不能吃酒的，正在躊躇的時候，厚卿便伸過手去，把三杯酒拿來，通通替她吃下了。安邦看見，在一旁拍著手道：「關公在那裡替黃忠吃酒呢！」

把個嬌娜羞得低下頭去，一邊卻溜過眼去，看了厚卿一眼。厚卿笑著對安邦說道：「黃忠年老了，吃不得酒；關公原是酒量很大的，替人吃幾杯酒，算不得什麼事。」

安邦說道：「怪道關公把一張臉吃得通紅。」

飛紅接著說道：「如今關公的臉不曾紅，卻紅了不吃酒的黃忠！」

大家向嬌娜臉上看時，果然粉腮上起了兩朵紅雲。

榮氏怕她女兒著惱，便催著朱太守道：「老爺看還有什麼好的令兒，俺們再行一個？」

朱太守見說，便隨手在戶簽盒子裡拿出一個訪西施令來，把十一支牙籤，放在碧玉筒裡，各人依次抽去一支藏著。這令兒抽得范蠡的，便聲張出來，去找尋西施。厚卿便在滿桌面上看人的臉色，嬌娜小姐怕厚卿找不著西施，要吃罰酒，他兩人坐得很近，便低著頭向厚卿遞過眼色去，又把那支牙籤在桌下面搖著。厚卿會意，卻故意沉吟了一會，先故意猜錯，拉著榮氏的手，說道：「舅母是西施了。」

榮氏笑說道：「你看我這樣年老，還像得西施嗎？」

拿出牙籤來一看，上面是「越王」兩字，又注著「賜酒慰勞范大夫立飲」一行小字。

厚卿看了，心裡歡喜，便站起身來。榮氏把酒送在他嘴邊，便在榮氏手裡飲乾了酒，坐下來，指著嬌娜說道：「妹妹美得和西施一般，妹妹一定是西施了！」

羞得嬌娜把手裡的牙籤向桌上一丟，看著別處。大家看桌子上，果然是西施，那小字道：「歌一曲，勸范大夫飲。」眾人都說：「妙妙！小姐原唱得好曲子，只是輕易不肯唱的。；如今可憐見，小姐恰巧抽得這唱曲子的簽子，酒令重如軍令，小姐快唱一支好的，賞給俺們聽聽。況且外甥哥兒是客，小姐也不好意思怠慢這位范大夫呢！」

嬌娜小姐被眾人你一言我一語勸得無可推諉，便背著身子，低低地唱道：

「蓴蘆村裡柳絮飛，幾家女兒制羅衣。

怪的西家有之子，亂頭粗服浣紗溪。

亂頭粗服天姿絕，何物老嫗生國色？

向人含顰默默無言，揩人揮淚嬌難匿。

一朝應詔入吳宮，珠衫汗溼怯曉風。

歌舞追歡樂未央，運籌襯席建奇功。

奇功就，霸圖復。

畫槳芙蓉瘦，胥臺麋鹿走。

響屧廊空館娃秋，遺香殘月黃昏候！」

唱來抑揚頓挫，十分清脆。嬌娜小姐唱完了，合座的人都飲一杯酒，慶賀范大夫，厚卿也跟著吃完了一杯酒。飛紅卻不依，說道：「俺小姐卻為范大夫唱的，你做范大夫的只吃了一杯酒便算了嗎？」

厚卿笑問道：「依大姨兒說不算便怎麼樣呢？」

飛紅道：「依我說，范大夫還須拜謝西施。」

厚卿巴不得這一句，真地站起身來，搶到嬌娜小姐跟前，深深作下揖去，羞得嬌娜小姐急向她母親懷裡躲去。大家看了，又笑起來。

榮氏把厚卿拉回座去，朱太守叫大家拿出牙籤來看：見朱太守自己拿的是「文種」，小字注著：和范

大夫對飲，厚卿便和他舅父對飲了一杯酒；安邦拿的是「諸稽郢」，小字注著：對飲各一杯，便也和厚卿對飲了一杯酒；飛紅拿的是「吳王」，註明「犒賞范大夫立飲，勸子胥酒，酌定拳數。」

飛紅笑對厚卿道：「大夫站起來，待寡人賜酒！」

說得屋子裡的人都笑起來。厚卿真的站起來，飲了一杯酒。飛紅又看著嬌娜小姐道：「小姐從此做了我的妃子呢！這樣的美人，怎不叫寡人愛煞！」

一句話說得滿桌的人大笑。嬌娜小姐啐了一聲，低下頭去，又偷溜過眼波去向厚卿笑了一笑。眠雲拿的是「伯嚭」，註明「范大夫說笑話，奉酒太宰飲。」

眠雲笑說道：「大夫快酌酒來，待老夫痛飲一杯！」

朱太守聽了，也撐不住大笑起來。厚卿真的親自執壺，走到眠雲的跟前，滿滿地斟了一杯，雙手捧著，說道：「丞相飲酒！」

眠雲飲過了酒，還催著厚卿說笑話。朱太守說道：「今天大家也笑夠了，不說吧，還是罰他唱一支曲子吧。」

榮氏看了，笑說：「都是老爺引得大家都成了瘋人呢！」

厚卿聽了，也低低唱道：

「六宮誰第一？天下負情痴。耽悶豈獨癖？為看不多時。臥而思，影何翩翩而垂垂？立而望，步何姍姍而遲遲？真耶幻？是耶幻？瑟瑟兮帷風吹，盼彼美兮

魂歸，細認還疑不是伊。」

大定聽他唱完了，都說好，獨有嬌娜在暗地裡溜了他一眼。

接下去漱霞拿的是「東施」，註明「作媒吃謝媒酒，回敬范大夫」，厚卿和漱霞都依著飲了一杯；楚岫拿的是「王孫雄」，注著「拇戰一字清五拳」；巫雲拿的是「華登」，注著「一認五，一認對，啞戰三拳」；大家都照例行了。醉綠拿的「伍子胥」，註明「拇戰無算，由於胥定數」；醉綠原是愛猜拳的，當下她便嬌聲叫著嚷著，和合席的人猜拳，滿屋子嚷得十分熱鬧。厚卿的酒量原是淺的，這天他又多吃了幾杯酒，便覺得頭昏眼花，胸頸一陣作惡，便哇地吐了出來，大丫頭心來扶住。

榮氏說：「快扶哥兒回房睡去！」

這裡大家也散了席。

厚卿這一睡，直睡到第二天下午，才清醒過來。急急到他舅父房裡去送行，他舅父早已在清早動身去了。厚卿陪他舅母談了一會話，精神還覺十分疲倦，便入房睡去。到了晚上，榮氏便吩咐把外甥哥的晚飯送進房去，丫鬟伺候著。厚卿吃完了飯，見窗外月色十分明亮，便獨自一人步出院子去，在一株梧桐樹下，仰著臉看天上的月兒；只見一個十分明淨的月兒，四周襯著五色的薄雲，飛也似地移向西去，照得院子裡外透澈。

正靜悄悄的時候，忽聽得身後有衣裙窸窣的聲兒。厚卿急轉過身去看時，見嬌娜小姐，正傍花徑走來。看她身旁也不帶丫鬟，厚卿心中一喜，忙搶上前去，兩人並著肩。嬌娜小姐靠近了厚卿的肩頭，迎著臉兒，拿一手指著天上，低低地問道：「哥哥！天上的牽牛織女星在什麼地方？」

厚卿看月光照在她臉上，美麗清潔，竟和白玉雕成的美人一般。夾著那一陣一陣的幽香，度進鼻管來，不由得痴痴地看著，說不出一句話來。正在出神的時候，忽見嬌娜又向西面天上指著，只嚷得一聲：「啊喲！」

早已暈倒在厚卿肩頭。厚卿急抱住她的腰肢，看四周天上時，早已滿天星火，那火光直衝霄漢，反映在院子裡，照得半個院子通紅，連他兩人的頭臉上也通紅了。欲知後事如何，且聽下回分解。

燕子入懷嬌魂初定　才郎列座慧眼頻親

范陽太守府裡，忽然失了火。一剎時，火光燭天，人聲鼎沸。起火的地方，在後衙馬槽。那馬槽四面緊貼監獄，東面緊貼花園圍牆。那火頭一球一球和潮水似地向花園牆裡直撲進來，正當那厚卿和嬌娜小姐站立的地方。可憐嬌娜小姐，自幼兒嬌生慣養，深居在閨房裡的，如何見過這陣仗兒？早嚇得她倒在厚卿懷裡，玉容失色，不住地喚著「哎喲！」

厚卿一條臂兒，扶定她的腰肢。伸手到她羅袖裡去，握住她的手，說道：「妹妹莫慌！俺送妹妹到母親跟前去。」

他兩人正向通內堂的廊下走去，耳中只聽得天崩地裂價似的一聲響亮，那西面的一堆圍牆，坍下一丈多寬的缺口來，恰恰把那座通內堂的月洞門兒堵住。那火炎炎滾滾，一齊向這牆缺裡直擁進來。接著牆外一陣喊殺連天，越喊越響。看看喊到牆根外面了，嬌娜實在驚慌得撐不住了，她一轉身，伸著兩條玉也似的臂兒，抱住厚卿的頸子。只喚得一聲：「哥哥救我！」

早已暈絕過去了。這時火已燒到花園裡的走廊，那喊殺的聲音，越逼越近，厚卿也顧不得了，把嬌娜小姐攔腰一抱，轉身向園東面奔去。直奔過荷花池，向那假山洞裡直鑽進去。

那洞裡原是有石凳石桌的，厚卿坐在石凳上，把嬌娜坐在自己懷裡。又低低地湊著嬌娜耳邊喚著：

「妹妹快醒來！」

嬌娜慢慢地轉過氣來，兩行珠淚，向粉腮上直淌下來，點點滴滴落在厚卿的唇邊。厚卿忙摟緊了嬌娜的身體，臉貼著臉兒，低低地說了許多勸慰的話，又連喚著「好妹妹」。這時，聽山洞外兀自洶洶湧湧的人聲火聲，十分喧鬧。厚卿抱定了嬌娜的嬌軀，一個一聲喚著「哥哥」，一個一聲喚著「妹妹莫慌，有哥哥在呢。」

他兩人靜悄悄地，躲在山洞裡，足過了半個多時辰。聽那外面的聲息，漸漸地平靜下來。厚卿才放下嬌娜的身軀，扶著走出了假山洞。看時，四圍寂靜無聲，只那西邊半天裡，紅光未退。那一輪涼月，照得滿地花蔭。樹腳牆根，蟲聲喞喞。再看嬌娜時，雲鬢半偏，淚光溶面。月色照在她臉上，真好似泣露的海棠，飲霜的李花。不由厚卿萬分憐愛起來，攏住她的手，又伸手替她整著鬢兒，嘴裡又不住地喚著妹妹。

他兩人手拉著手兒，肩並著肩兒，緩緩地在月下走去。

看看走到小紅橋邊，嬌娜說道：「俺腿兒軟呢！」

厚卿便扶她去坐在橋欄上，自己卻站在她跟前。那月光正照在嬌娜臉上，真覺秀色可餐，厚卿不覺對嬌娜臉上怔怔地看著。嬌娜這時驚定歡來，見厚卿目不轉睛地看著自己，便忍不住噗哧一笑，低下頭去。厚卿這時，真是忍不得了，便大著膽，上去摟定玉肩，伸手去扶起嬌娜的臉兒來。；嬌娜也乘勢軟綿綿地倚在厚卿懷裡，厚卿俯下脖子去，在她珠唇上甜甜接了一個吻。接著緊貼著腮兒，四隻眼兒對看

著，在月光下面，越覺得盈盈清澈。

彼此靜悄悄的，只覺得她酥胸跳動。半晌，嬌娜把厚卿的身體一推，兩人對笑了一笑。

正情濃的時候，忽聽得池那邊有喚小姐的聲兒，厚卿替嬌娜答應著；那四五個丫鬟和嬌娜的奶媽，慌慌張張地尋來。見了嬌娜，氣喘吁吁地說道：「小姐快去，險些兒不曾把個夫人急死呢！」

便有兩個丫鬟，上來扶著嬌娜。這時月洞門口已挖出一條路來，他們都爬著瓦礫堆兒，走進內堂去。榮氏見了嬌娜，喚了一聲：「我的肉！」

一把拉進懷裡。嬌娜嗚嗚咽咽地哭起來，榮氏再三撫弄勸慰著，嬌娜才住了哭。停了一會，丫鬟傳進來說：「外面伍相公候著。」

那飛紅、醉綠、眠雲、漱霞一班姬妾，正在淌眼抹淚；一聽說伍相公來了，大家便躲進屏後去，那奶媽也上去把嬌娜扶進房去。

這裡榮氏才說一聲「請」，丫鬟出去把伍相公領進屋子來。榮氏見了，站起身來讓坐。那伍相公上來請過了安，才退下去打偏著身兒坐下，說道：「夫人和小姐哥兒二夫人都請萬安，外邊沒有事了。那班死囚徒，也已一齊捉住，不曾漏走得一個。只是累得夫人們吃了這一場大驚嚇，全是學生們防範不周的罪，還要求夫人們饒恕這個。」

說罷，又站起來請下安去。

榮氏忙喚老媽子拉住，說道：「如今火已救熄，囚犯不曾走得一個，這都是相公的大功，和老爺的宏福。內宅女眷，雖說受些驚慌，虧得不曾給囚徒打進來，這真是一天之喜。只是如今須打發一個妥當

的人，趕到前站去通報老爺，請老爺公事完畢，趕快須回來。再者，這花園是通內宅的，那牆垣坍倒了，趕快須傳喚匠人來修理完好，方可放心。這幾天須點撥幾名兵丁來，早晚看守這個缺口，是要緊的。」

榮氏說一句，那伍相公答應一個「是」；吩咐完了，便站起身來，請了一個安，倒走著退出去了。

這裡眾姬妾和嬌娜小姐，見伍相公去了，便又走出內堂來。

厚卿向他舅母打聽，是怎麼樣起火的。榮氏說：「全是那看守囚徒的節級不小心鬧出來的。那班囚徒，買通了小牢頭，打聽得俺老爺要出門去，他們便約在今夜。先點派小牢頭在馬槽裡放一把火，接著趁火勢擁進馬槽院裡，意思要打從花園外面推翻牆頭，衝進內宅來。當時三、四十個囚徒，扛著大木柱子，拚命地撞著牆，嘴裡亂嚷亂喊，這是何等可怕的事？」

得住？

便急去報知伍相公。在這個時候，已有三十多個囚徒，逃出在外面。他們若只圖逃去性命，原可以脫得身了。；不料內裡有一個領頭的囚徒，他打聽得老爺姬妾眾多，便起了不良之念，重複打進衙門來。那班囚徒打破了獄門，一齊衝出牢來。到那時，這個節級看事體鬧大了，手下雖有幾個士兵，如何抵擋

榮氏說到這裡，嬌娜不由得向厚卿偷偷地看了一眼。那飛紅也接著說道：「那時嚇得我摟住安哥兒，只有打戰的份兒。後來還是太太出了個主意，吩咐俺們一齊鑽進地窖去躲著。太太又因不見了小姐，急得她四處亂找。虧得皇天保佑，那都尉官得了訊息，立刻帶了人馬，趕進衙門來。這時那班囚徒，正撞翻了花園的牆垣，當頭已有幾個凶悍的囚徒，從火窟裡爬進園來。那都尉手下的兵丁，把個馬槽院子團團圍住，又把那爬進牆來的幾個囚徒捉了回去，才算把一天大禍，平服了下來。」

榮氏說道：「這一場功勞，全虧那都尉，和俺衛門裡的幾位相公；明天吩咐廚房裡，須辦上好的酒席，把都尉請來，請伍相公陪著，好好管待一天。便是俺內宅裡，也須擺一席酒壓壓驚呢。」

那班姬妾，聽說要辦酒席，便把愁容淚眼收去，個個歡喜起來。那安邦聽了，快活得在屋子裡打旋兒。榮氏說：「時候不早了，大家睡去吧；明天早點起來，俺還要痛痛快快地喝一天酒呢。」

說著，一眼見了厚卿，又笑說道：「我幾乎忘了，如今花園的牆垣打破了，園子裡也住不得人了。外甥哥兒快搬進來，在我後院睡吧！」

厚卿巴不得這一句話，當時許多丫鬟聽了，便到西書房裡七手八腳的一陣，把厚卿的鋪陳書籍，一齊搬到榮氏的後院的東屋子裡。

當夜各自散去，厚卿也回房去。聽更樓上已打過四更，他兀自在床上翻來覆去地不能入睡。他做夢也想不到今晚一場亂子，卻給了他一個親近嬌娜的機會。他愛嬌娜的心，原不是一朝一夕，此番見他心上人出落得異樣風神，更惹得他魂夢難安。

他在燈前月下，常常想著，今生今世不知可有和他握一握手親一親肌膚的機緣？他萬想不到在今天這一夜裡面都得到了。當他在月光下和嬌娜小姐唇兒相接，腮兒相搵的時候，早已神魂飄蕩。如今靜悄悄地一個人睡在被窩裡，細細地咀嚼著，越想越有味兒，心裡甜膩膩的，心花也朵朵地開了，卻叫他如何得睡？

他這個好夢，直不曾睡醒。直待外邊擺下酒席，榮氏打發丫鬟到後院去請，才把他的好夢驚醒。

丫鬟去揭起他的帳門看時，只見他抱住了枕角兒兀自矇矇朧朧地睡著。丫鬟伸手推醒他，他第一句便問：「小姐呢？」

丫鬟說：「小姐和幾位姨兒，都在內堂候哥兒入席去呢。」

厚卿聽說小姐候著，忙跳下地來，急匆匆地梳洗完了，跟著丫鬟走出內堂來，果然見榮氏帶了姬妾們團團地坐了一桌，看嬌娜小姐時，坐在榮氏右首肩下，左首肩下卻空著一個位兒。榮氏拉厚卿過去坐下了。他第一句話問著嬌娜妹妹道：「妹妹夜來安睡嗎？」

嬌娜向他溜了一眼，一陣紅雲上了粉腮兒，答不出話來。

榮氏也問著厚卿：「哥兒夜來想不得安睡，所以直睡到中午才起身？」

一句話也不覺把厚卿說臊了，回不出話來。這個心事，只有他二人會意，大家一時也不留意他。一時丫鬟送上酒菜來，榮氏勸眾人吃喝了一陣。那三姨兒便又催著厚卿，要他講隋煬帝的故事消遣。

厚卿見有嬌娜在座，心中也便高興。他思索了一會，說道：「我如今講的，卻是當朝宰相楊素家裡一個姬人的事體。那楊素自從幫著煬帝謀奪了太子以後，便自以為有大功的人，常常在宮中進出，見了煬帝也是大模大樣的。見宮裡有標緻的宮女，他便向煬帝要回家去，陪他飲酒作樂。煬帝也因他是先朝的老臣，又是同謀篡位的人，自然諸事盡讓他些…，誰知楊素驕橫之氣，日甚一日。

這一日，是長夏天氣，煬帝駕臨太液池納涼，便派兩個內相，傳旨宣楊素進宮。楊素得寵的兩位姬妾，一個是張美人，一個是陳美人，這時正伴著楊素在長楊館下棋避暑。聽得有旨宜召，便坐了一肩涼轎，帶幾個跟人，直進內殿來。到了太液池邊，他還不下轎，反是煬帝迎下殿來，兩人並肩走上殿去。

煬帝賜他坐，楊素也不拜謝，只把手略地拱了一拱，大模大樣地坐下。

兩人略略談了幾句，楊素開口老臣，閉口老臣，老氣橫秋，說的全是自己稱功的話。煬帝甚覺無趣，便說：『朕和卿赴太液池釣魚如何？』楊素只把頭點了一點，兩人起身，慢慢地向太液池邊走來。這太液池水，直通外面江河，魚類原是很多的。池身足有五七里開闊，一灣小港，繞過殿來，港面上駕著白石大橋，繞岸齊齊的楊柳，臨風飄拂。這時他君臣二人，並坐在柳蔭下面，清風徐來，柳絲拂面；看那水面遊魚結隊，來去自如。

煬帝說道：『遊魚活潑可愛，朕為卿親釣一尾下酒可好？』楊素說：『怎敢勞動陛下，待老臣釣一尾獻與陛下。』煬帝又說道：『俺君臣二人，同時下釣。誰先釣得為勝；遲釣得的，回殿去罰飲一大杯。』說著，內侍們送上釣竿來，又把君臣二人坐的金椅緊緊移在岸邊。

這時岸邊柳蔭稀薄，從柳梢頭微微地射下一層陽光來。那宮女忙取兩柄黃羅御傘，一柄罩了楊素，一柄罩了煬帝。兩旁簇擁著無數的官員，圍定看著。宮人上去把香餌裝上釣鉤，兩縷釣線，一齊投下水去。煬帝專心一意地看著水面，那楊素手中雖擎著魚竿，那腦袋卻好似撥浪鼓的向東西前後搖晃著。

原來煬帝是好色之徒，在他身旁伺候侍奉的，全是選那絕色的女子。這時他君臣兩人身後，足足有一百個宮女圍繞著。那班宮女，都施著香脂豔粉，一陣陣的甜香飛來，裹住了他二人的身體。恰恰這楊素也是一個好色之徒，這時他見站在他身體左面一個捧茶盤紫色袖口的宮女，長得玲瓏面貌，小巧身材，那十個指兒，和春蔥兒似的，白潔纖細。楊素恨不得伸手去摸她一摸。只因礙著煬帝的面，不好意思動得手。但他的兩隻眼睛也夠忙的了，看了這個，又看那個。魚在水裡把他的鉤上的香餌偷吃了去，

他也不曾知道。倒是煬帝才把釣竿垂下去，便釣得一尾三寸來長的小金鯽魚。

煬帝十分歡喜，笑對著楊素說道：『朕釣得一尾了，丞相可記一觴。』楊素正看得出神的時候，聽煬帝說釣得一尾，只道是自己釣得了一尾，急把釣線扯起看時，卻是一個空鉤兒，那香餌早已沒有了。宮女上去再替他裝上香餌。在這當兒，煬帝又釣得了一尾小鯉魚。那兩旁的官員，齊呼萬歲。煬帝笑對楊素說道：『朕釣得二尾了，丞相可記二觴。』

這時楊素的釣絲在水面上微微地正動著，他十分性急，扯起釣竿來看時，又是一個空鉤兒。眾官員都掩著嘴在那裡竊笑，不覺把楊素羞惱了，他滿臉怒容。說道：『燕雀安知鴻鵠志？這兩個小魚，不足辱王者之綸，待老臣試展釣鰲手段，釣一尾金色大鯉魚為陛下稱萬壽之觴。』煬帝聽楊素說話無禮，心中十分不樂，便把竿兒放下，只推淨手，遂起身直進內宮去。楊素竟裝作不曾看見一般，只把手支著頭坐著釣魚。

那煬帝走回內宮，蕭皇后見他臉有怒色，忙問時，煬帝道：『楊素這老賊！驕傲無禮，在朕面前，十分放肆。朕意欲傳旨出去，就宮中殺劫，以洩胸中之氣。』蕭皇后忙勸道：『這卻使不得。楊素是先朝老臣，又有功於陛下；今宣他進宮來，無故殺了，外官必然不服。況他又是個猛將，幾個宮人，如何敵得他住？一時弄巧成拙，他兵權在手，猖狂起來，社稷不可保矣！』

煬帝被皇后說得怒氣和緩了下去，更了衣服，依舊來到太液池邊；見楊素一個魚也不曾釣得，卻故意問道：『丞相可釣得了幾個魚？』楊素卻冷冷地說道：『化龍的魚，原能有幾個！』一句話不曾說完，他把手一提，一尾金色大鯉魚，卻隨釣絲提了上來。看時，足有一尺二三寸長，楊素大笑著，把釣竿丟

在地上，說道：『有志者，事竟成！陛下以老臣為何如？』煬帝只得忍著氣說道：『有臣如此，朕復何

憂？』說著，便傳旨看宴。

君臣二人，回上便殿，宴席早已預備下了。他二人坐定，飲過數巡，左右便把剛才釣得的鯉魚做成

美羹，獻上桌來。煬帝便吩咐宮女斟了一巨觥，賜楊素飲。說道：『釣魚有約，朕幸先得，丞相請滿飲

此杯，庶不負嘉魚美味。』

楊素接著酒慢慢地飲乾了，也吩咐他近侍，斟上一杯酒，奉與煬帝道：『老臣得魚雖遲，那魚卻比

陛下的大。陛下也該飲一杯賞臣之功。』君臣二人，你一杯，我一杯，吃得都有些醉醺醺的。煬帝吩咐

宮女再斟上一巨觥賜丞相相飲道：『朕釣得的魚，卻有二尾，丞相也該補飲一杯罰酒。』

楊素酒已足了，見了這大杯，卻不肯飲。又見那捧酒杯的宮女，正是在池旁捧茶盤紫色袖口的那個

絕色的宮女；他依著酒醉，帶推帶讓的，隔著袖子去捏那宮女的手。那宮女雖說在皇帝跟前伺候酒飯

的，卻也是好人家的女兒，見楊素摸她的手，忙把手一縮，不提防噗噹的一聲響，金盃兒打翻，沾了楊

素滿身滿臉，把一件淡青暗蟒紗袍都溼透了。

楊素見那宮女不肯依從，他便老羞成怒，大聲道：『這蠢婢子如此無狀，怎敢在天子面前戲侮大

臣，要朝廷的法度何用！』喝叫左右：『揪下去重責！』煬帝見宮女潑翻了酒，正要發作；不想楊素全不

顧君臣面子，竟自高聲喝打。煬帝轉不好發作，又不好攔阻，只得默默不語。那左右見煬帝不言不語，

楊素又一迭連聲地喝打，沒奈何把那潑翻酒的宮女揪下殿去，打了幾棍。

楊素轉過身來，對煬帝說道：『這些女子小人，最是可惡。古來帝王稍加姑息，便每每被他們壞

事。今日不是老臣粗魯懲治她們一番，使她們知道陛下雖是仁愛，卻還有老臣執法，以後自然不敢放肆了。』

煬帝雖是昏憒，他卻是極愛惜女子的；他在宮中，只有和宮女玩笑的事，卻沒有責打宮女的事。如今見楊素擅自責打宮女，又剝了天子的臉面，又憐惜那個宮女，心中便萬分不樂，卻只是默默無言。停了半晌，冷笑著說道：『丞相為朕外治天下，內清官禁，真功臣也！』楊素聽了，也知道煬帝有些不樂，起來謝了宴，由他的跟人扶掖著出去。他一邊走一邊嘴裡還吶吶地罵著宮女，直罵出朝門，才上轎回去。

從此以後，他君臣二人，各自在宮中府中尋歡作樂；那煬帝也永不宣召楊素進宮，楊素也永不入朝。他自從調戲宮女以後，回府去，便也廣備姬妾，託人在揚州、荊襄一帶地方選購小女進府去，教她歌舞。內中有絕色的，他便自己取做姬妾。行動坐臥，都有十多個姬人圍隨著他。有捧巾的，有托盤的，有執拂的，有掌扇的，有拿吐壺的，有拿坐褥的，真是粉白黛綠，鬢影釵光，耀得人眼花，看得人心醉。楊素是一個六七十歲的老頭兒，在眾姬妾裡邊，好似一叢紅杏林子圍著一株梨花，怎不叫他顛倒痴迷呢？

有一天，他在內院，正和姬妾快樂飲酒的時候，忽然外面傳進來說：『有一個少年求見。』楊素便問：『那少年有什麼事須見老夫？』左右報說有機密話，要面見丞相才肯說。楊素一聽說有機密話，便吩咐把那少年傳進內院來想見。停了一會，果然見家丁領進一個清秀的少年來。

楊素盤腿兒坐在大椅子上，見了那少年，也不起身，也不招呼。便問道：『你這個小娃娃有什麼機

密話對老夫講？」那少年見楊素這一副驕傲的樣子，便轉過臉去，向庭心裡看著，冷冷地說道：『我常聽人說，丞相禮賢下士，上比周公；然周公一飯三吐哺，一沐三握髮，決沒有如此居傲能得天下賢士的。』

楊素被他這幾句話說得酒也醒了，心也清了，忙站起來，離了坐椅，吩咐給來客看座。那少年才轉過身來，下了一個長揖，坐了下來。楊素又問：『有什麼機密話？』那少年劈頭一句便問道：『丞相願做亂世的奸雄，還是做救世的仁人？』楊素問：『奸雄怎麼樣？仁人又是怎麼樣？』少年道：『奸雄如西漢的王莽，後漢的曹操，一味篡奪，受後世千萬人的唾罵；仁人卻如商朝的湯王，周朝的文王，仁心愛民，天下自然歸之。如今隋煬帝荒淫無道，萬民籲怨。丞相位極人臣，權侵百僚，既不行吊伐之事，也不盡輔佐之力，只是朝酒暮色，苟圖淫樂。上昏下憒，隋家天下不保，還怕丞相做了人民的怨府。那時丞相的性命，也是岌岌可危的了！因此小生今日為拯救百姓計，為保全丞相計，特來勸丞相上宜效法商周，做一個萬民歸心的仁人；下亦須效法操莽，躬行篡奪之事，早登斯民於衽席。』一席話說得楊素閉口無言，只是垂著頭，默默地想著。

這時楊素左右有許多姬妾圍繞著，只因有生客在座，大家一齊把粉頸子低著。獨有一個手執紅拂的姬人，在那少年侃侃而談的時候，時時溜過眼去偷看著。那少年說完了話，便抬起頭來，他兩道眼光，和那姬人的眼光碰個正著。那少年心頭一動，心想天下怎麼有這般絕色的女子。正含情脈脈的時候，忽聽那楊素說道：『先生且去，待老夫慢慢地思量。』

那少年知道楊素不能用他的話，便也站起身來，打一躬告退。轉身正走出院子，楊素忽然想起不曾問得他的姓名住處，忙吩咐出去問來。一句話不曾說完，那拿紅拂的姬人答應著，急急追出院子去，喚住那少年問道：『俺丞相問相公姓甚名誰？住居何方？』那少年見問，便答道：『小生姓李名靖，暫時住在護國寺西院。』那姬人聽了，說道：『好一個冷靜的所在！』說著，向那少年盈盈一笑，轉身進去了。』

欲知後事如何，且聽下回分解。

紅拂姬人奔公子　紫髯俠客盜兵符

李靖從相府退出來，回到護國寺裡，滿肚子不高興，一納頭便倒在床上去躺下。

原來李靖是一個有大志氣的少年，他見煬帝荒淫，知道朝廷事不足為，便捨棄了功名，奔走四方，結識了許多豪傑。

他們眼見國家橫徵暴斂，民不聊生，早打算效法陳勝，揭竿起義。一面殺了昏君，一面救了百姓。還是李靖勸住了他們，親自到相府裡來下一番說辭；楊素兵權在握，若能依從他的話，弔民伐罪，易如反掌。誰知這楊素老年人，只貪目前淫樂，卻無志做這個大事，倒把這李靖弄得乘興而來，敗興而返。

且他數千里跋涉，到得西京，已是把盤川用盡；如今失意回來，頓覺行李蕭條，有落拓窮途之嘆。

那護國寺的方丈，起初聽說是來見丞相的，認他是個貴客，便早晚拿好酒好菜供奉。又因外間客房門戶不全，怕得罪了貴客，便把他邀進西院去住。這西院是明窗淨幾，水木明瑟，十分清雅的所在。李靖住下了十天，也不曾拿出一文房飯金來。

如今這方丈見李靖垂頭喪氣地從相府裡回來，知道他房飯金是落空了，便頓時換了一副嘴臉，冷冷地對李靖說道：『老僧看相公臉上，原沒有大富貴的福命；不好好的安著本份，在家裡多讀些書，他日

趕考，也可得一半個孝廉，在家中課讀幾個蒙童，也可免得飢寒。去痴心妄想地來見什麼丞相！如今丞相封相公做了什麼官？敢是封的官太小了，不合相公的意，所以這樣悶悶不樂？相公官大也好，官小也好，都不關老僧的事。老僧這寺裡的糧食房產，卻全靠幾個大施主人家抄化得來的。如今相公做了官，也曾打攪過小寺裡幾天水米，老僧今日特來求相公也布施幾文。」這句話說得冷嘲熱罵，又尖又辣。

李靖是一個鐵錚錚的男子漢，如何受得住這一口骯髒氣？無奈這時囊無半文，自己的事業又失敗下來，沒得說，在人門下過，不得不低頭，只得拿好嘴好臉，對那方丈說：『丞相改日還須傳見，房飯金改日定當算還。』千師父萬師父地把個方丈攢了出去。

這裡李靖一肚子牢騷，無處發洩，獨自一人，走在院子裡，低著頭踱來踱去。秋景深了，耳中只聽得一陣一陣秋風，吹得天上的孤雁一聲聲啼得十分悽慘。那樹頭的枯葉落下地來，被風捲得東飄西散。

李靖看了這落葉，驀然想起自己的生世來，好似那落葉一般，終年奔走四方，浮蹤浪跡，前途茫茫，不覺心頭一酸，忍不住落下幾點英雄淚來。

那西風一陣一陣刮在身上，頓然覺得衫袖生寒，忙縮排屋子去。這時天色昏黑，在平日那寺中沙彌早已掌上燈來，今天到這時候，西院子裡還不見有燈火。李靖納著一肚子氣，在炕上暗坐著。想起幼年時候和舅父韓擒虎講究兵書，常說：『丈夫遭遇，要當以功名取富貴，何至作章句小儒？』這一番誇大的說話。不想現在卻落魄在此。

他正感慨的時候，忽見一個男子推門進來，看他頭上套著風兜，身上披著斗篷，手中提著一個大包，便在靠窗的椅子上坐了下來。李靖看他詫異，忙上去問：『是什麼人？』一問再問，他總給你一個不

開口。這時屋子裡昏暗萬分，來客的臉面，卻一些也分辨不出來。李靖沒奈何，只得親自出去，央告那沙彌，掌上一盞燈來。一看，那來客眉目卻長得十分清秀。

李靖看著他，他也只是看著李靖含笑。待那沙彌退出房去，那人卻站起身來，裊裊婷婷地走著，去把那門兒閉上。轉過身去，把頭上兜兒，一齊卸下。嬌聲說道：『相公可認識我嗎？』李靖看了不覺大驚。「原來她不是別人，正是日間在相府裡遇到的那位越國公楊素身旁手執紅拂的姬人。這時她綠裳紅衣，打扮得十分鮮豔，笑嘻嘻地站在李靖面前。李靖連問：『小娘子做什麼來了？』

那姬人便和雀兒投懷似地撲在李靖膝上，那粉腮兒貼在他的胸口，嗚嗚咽咽地說道：『相公日間在丞相前說愛國愛民，多麼仁慈的話，難道說：『相公便不能庇一弱女子嗎？』說時，那一點一點熱淚，落在李靖的手背兒上。李靖心中不覺大動起來，扶起那女子的臉兒來一看，只見她長眉入鬢，鳳眼含羞，玉容細膩，珠唇紅豔，竟是一個天人。慌得忙把她扶起來，說道：『丞相權侵天下，小生如何能逃出他的手掌？·美人空自多情，只恐小生福薄！』那女子聽了，笑說道：『天下都懼憚丞相，獨有俺不畏丞相。楊素屍居餘氣，死在旦暮，何足畏哉！』

李靖聽了，也不覺膽大起來。迴心一想，如今一身以外無長物，如何供養美人？轉不覺又愁悶起來。那女子問他：『何事發愁？』李靖說：『旅況蕭條，只愁無以供養美人。』那女子聽了，不禁噗哧一笑，拉著李靖的手，走到炕前去。把那大包裹開啟來一看，只見裡面黃金珠玉，大包小包鋪滿了一炕。另拿出一錠黃金來，攔在李靖不禁把這女子攬在懷裡，連呼妙人！他兩人歡喜多時，重複把金珠收起。

李靖出去，把那方丈喚進房來，拿一錠金子賞他。樂得案頭，叮囑這姬人，依舊套上兜兒，披上斗篷。

這和尚把光頭亂晃，滿嘴的大相公長，大相公短；又說大相公臉上氣色轉了，富貴便在眼前。李靖也不去睬他，只吩咐他快備上酒飯來。那方丈聽了，喏喏連聲，出去預備了一桌上好的素席，打發沙彌，送進西院去。

李靖和這紅拂姬人，促膝談心，交杯勸酒，吃得非常甜蜜。這姬人自己說是張一娘，進丞相府已有三年，見丞相年老志昏，沉迷酒色，這場富貴，絕不能久的了。自己年紀輕輕，不甘同歸於盡，早有賞識英雄的意思；只因到相府來的少年，全是卑鄙齷齪，只圖利祿，不知氣節的。今日見李靖個儻風流，又是有氣節的少年，知道他前途遠大，所以情不自禁地問了姓名住址，親自投奔了來。

這一席酒直吃到夜深人靜，李靖看看這姬人嬌醉可憐，便擁入羅幃去。這一夜的恩情，便成就了千古的佳話。第二天，李靖和紅拂雙雙起得身來，並坐在窗下；捧定了這美人的臉兒，越看越愛，便親自替她梳頭，畫眉敷粉，依舊套上風兜，披上斗篷，居然一個俊美的男子。李靖和她並頭兒在銅鏡中照著，兩張臉兒居然不相上下，喜得他兩人只是對拉著手，看著笑著。

李靖忽然想起越國公家裡忽然走了一個寵愛的姬人，豈有不追蹤搜尋之理；楊素自封了越國公以後，威權愈大，這西京地面，遍處都有丞相的耳目，我們須快快逃出京去才是。當時便把這意思對紅拂說了，紅拂也稱郎君見地很是。兩人便匆匆地告別方丈，跨兩頭馬急急向城關大道走去。看看快到城門口，李靖回頭向紅拂看了一看，打了一鞭，兩匹馬直向城門飛也似跑去。

待到得城下一看，李靖不覺把心冷了半截。原來城門緊閉，城腳下滿站著雄糾糾的兵士，便上前來查問，李靖說道：『俺兄弟二人，是出外經商去的，請諸位哥兒快開城放俺兄弟出去。』內中有一個兵頭

說道：『昨夜奉丞相的大令，叫把四門緊閉起來，不論軍民人等，非有丞相的兵符，不能放走；你哥兒兩人要出城去，也很容易，只須拿出兵符來。倘然沒有兵符，且回家去靜候苯相挨家逐戶地搜查過以後，自有開門的一日。』李靖聽了這話，不覺酥呆了半邊。

那紅拂在馬上聽說丞相要挨家逐戶地搜查，知道自己的性命難保，一個頭暈，幾乎要撞下馬來；虧得李靖眼快，忙趕上去扶住。兩人回轉馬頭，退回原路去；在長安大街上，找一家客店住下。「這時滿西京沸沸揚揚傳說丞相府中走失了一個寵愛的姬人，如今四門鎖閉，須候丞相挨家逐戶搜尋過以後，總準放行。李靖和紅拂聽了這個話，嚇得他們躲在客房裡不敢向外邊探頭兒，耳中只聽得馬嘶人沸，原來丞相府中，已派出無數軍士，在大街上四處驅逐閒人；趕他們回家去住著，聽候查點。

李靖得了這個訊息，只是摟住了紅拂發怔，他得了這個美人，心中十分感激；自己的生死，早已置之度外。卻看看這紅拂天仙也似的美人，倘然給丞相搜尋了回去，少不了吃亂棍打死，也許拿白絞吊死；可憐她只圖一夕歡娛，便把千古豔質，委棄塵土。想到這地方，也禁不住英雄熱淚，向紅拂的粉腮兒上直滾；倒是紅拂投在李靖懷裡，卻滿面笑容，毫無憂愁之色。她說：『依得郎君一夜恩愛，雖碎身萬段，亦是甘心！如今時勢緊急，郎君前程遠大，快下妾身，前去逃命要緊；倘念及妾身，只望郎君在每年昨夜，在靜室中點一炷清香，妾的魂魄，當永遠隨著郎君。』紅拂說著，也忍不住珠淚雙拋。他兩人互相摟抱著，臉貼著臉兒，眼看眼兒，你替我拭著淚，我替你搵著腮；一場慘泣，互訴著衷腸，訴過了又哭，哭過了又訴。

紅拂一聲聲地催著郎君快去，李靖卻只是摟定了紅拂的腰肢不放。聽聽街道上軍士們驅逐行人，

越趕越凶了。紅拂說道：『郎君快出去，再遲一步便行不得了！』這李靖如何肯走，紅拂沒奈何，掙脫了身，親自替他帶上方巾，又拔下鬢上的珠釵來，塞在李靖的懷裡。說：『妾的魂魄，都寄在這支釵上了！』又在包裹裡拿出兩大錠金子來，替李靖裝上招文袋裡。李靖看她這一番行動，越發不忍得走開；無奈吃紅拂軟語溫言的勸著，又帶推帶送的看看送到房門口，伸著纖手替他開門。

才開得一線縫時，忽見一隊軍士，正從門外廊下走來；慌得她忙把門兒緊緊閉上，耳中聽得那軍士一迭連聲地傳店小二，吩咐著道：『丞相的鈞旨，你店中若無丞相兵符，不許一人出門，靜候丞相派人來搜查，違令者折！』那店小二便沒嘴巴似地答應。那房裡卻苦壞了李靖和紅佛二人，眼見得他二人插翅難飛，性命不保。紅拂噗地跪倒在李靖的跟前，口口聲聲說：『都是妾身陷害了郎君！如今俺兩人準備著死吧！天可憐，俺們死過以後願生生世世做著夫妻。』李靖把紅拂抱在懷裡，打疊起千言萬語安慰著。這時已是日近黃昏，聽裡外都人聲寂靜，只有這客室裡，發出悲悲切切的哭訴聲來。

李靖和紅拂兩人，正在難拿難分的時候，忽覺眼前一晃，從視窗跳進一個人來，站在當地。紅拂見了，急向李靖懷中倒躲。李靖看時，見那人是一個偉岸丈夫，皂靴直裰，頷下一部大鬍子，滿滿地鋪在兩肩，睜著銅鈴似的眼睛，只是向李靖臉上瞪著。把個李靖也看怔了。

半晌，只聽得那大漢哈哈大笑道：『好一對痴兒女！』一般的，急得也走投無路；你李靖，江湖上也頗有聲名，如何遇到這小小事兒，便也急得手足無措？虧你還說什麼弔民伐罪軍國大事！』李靖聽他口氣，知道是有來歷的人，便忙上前去一揖，說道：『英雄救我！俺李靖縱橫天下，原不怕什麼凶險事兒；如今遇到這婦女的深情，卻弄得俺束手束腳，無計可施。大英雄既能到此，想來俺二人的話都已聽

得了，可有什麼計較救救俺二人的性命？』

那大漢聽了，一手捋著鬍子，說道：『這也不難，只須問小娘子，丞相府中兵符藏在何處？俺立刻去替你盜來，救你二人出城。』一句話點醒了他二人，紅拂這時也不畏懼了，忙把丞相府中內宅的路徑，細細地對那大漢說了；又說：『那兵符藏在丞相臥房東面炕上一隻大拜匣裡。』這句話才說完，只見這大漢把雙腳一頓，他身子向窗外一飛，去得無影無蹤。

這裡李靖和紅佛兩人，半憂半喜，捏著一把汗，痴痴地候著。聽聽遠處樵樓上，打過二更，卻還不見那大漢回來。向視窗望去，只見長空一碧，萬里無雲，一丸冷月，照著靜悄悄的大地。李靖和紅拂二人，手拉著手，你瞧著我，我瞧著你，不作一聲。

正寂靜的時候，李靖聽得遠遠的有一陣馬蹄聲，不由他從椅上直跳起來，一手摟著紅拂，一手指著窗外。紅拂聽時，那馬蹄聲越走越近，聽聽直向窗外跑來，一陣震動，那窗戶都搖撼起來。那一隊騎馬的人，竟一齊跑在客店門口停下，一陣馬鞭刮門的聲兒，嚇得紅拂攀住李靖的肩頭，玉肩顫動著，一會兒聽店小二去開了店門，擁進二十多個軍士來，滿嘴裡嚷著：『查人查人！』又聽他打著客房門，挨次兒搜查著，直查到隔房來了。把個李靖也急得雙眼直瞪，目不轉睛地向那扇房門望著。接著便聽得有人打著房門，李靖不由得回過臉去看著紅拂，那眼淚點點滴滴地落在她粉腮上；紅拂也慌得暈倒在李靖肩頭。香喘微微，星眸半合。

聽那房門被軍士打得應天價響，李靖知道躲不住了，便低下頭去，在紅拂的珠唇上接了一個吻，說道：『我和他們拚命去，願一死報答娘子的恩情！』他正要放手，忽見那大漢跳進窗來，把那兵符向案上

一拋，上來把紅拂搶過來，搯在肩頭，只說得一句：『俺們在東關外十里亭想見。』一聳身，去得個不見影兒。

接著唧唧一聲響亮，那扇房門被軍士打倒了。十多個人，和猛虎一般地撲進房來。

李靖這時見紅拂去了，膽子也放大了，見了眾軍士，忙喝聲站住！一手指著案頭上的兵符道：『現有丞相的兵符在此。這客店裡俺已祕密查過，並不見有丞相的姬人，你們快到別處查去。』那軍士們見了丞相的兵符，誰敢不服？早齊齊答應一聲喏，一窩蜂似地退出房門，跳上馬，著地捲起一陣塵土。那人馬去得無影無蹤。

這裡李靖卻慢條斯理地收拾行囊，吩咐店家備馬，騎著趕到東關。那把關軍士驗明瞭兵符，便放他出關。他在馬上連打幾鞭，一口氣直追趕到十里亭下，下馬看時，那紅拂早已站在亭口盼望；那大漢哈哈大笑，走出亭來。李靖和紅拂兩人，不覺雙雙拜倒在地，那大漢把他二人扶起。在月光下面，一個美人，一個書生，走出亭來，那大漢把他二人扶起。在月光下面，一個美人，一個書生，一個大鬍子的大漢，煞是好看。

李靖連連叩問大漢姓名，那大漢笑說道：『俺在江湖上專一愛管閒事，從不曾留下真姓名；如今成全了李相公一段婚煙，使俺看了快活也便罷了。何必定要留下姓名，鬧許多怯排場，給天下英雄知道了，笑俺量淺？相公倘然少一個名兒相稱，咭咭咭，這大鬍子便是俺的好名兒！只稱我虯髯公罷了。』

李靖聽了，便兜頭拜下揖去說：『髯公恩德，改日圖報；你我後會有期，便此告別。』說著，他扶著紅拂，轉身便走。

虯髯公搶上前來，一把拉住，說道：『相公到哪裡去？如今天下洶洶，群龍無主；相公前程萬里，正可以找一條出路。此去三十里地面，佟家集上，有俺的好友住著。相公和娘子且跟俺去住下幾時，包

在俺身上，替相公找一個出身，將來飛黃騰達，也不辜負了娘子一番恩意。」李靖正苦無路投奔，聽了

虯髯公的話，便也點頭應允。

他三人各跨著馬，在這荒山野地裡，趁著月光，穿林渡澗地走去。紅拂自幼深居閨閣，如何經過這

荒野景象；只因心中愛著李靖，便也不覺害怕。他二人馬頭並著馬頭，人肩靠著人肩慢慢地談著心走

著。直走到月落參橫，晨光四起，才到了佟家集地方。虯髯公領著去開啟了一家柴門，進去見了主人；

那主人眉清目秀，長著三綹長鬚，姓陳，號木公，也是一位飽學之士。虯髯公把來意說明瞭，那陳木公

十分歡喜。從此李靖和紅拂兩人，便在佟家集住下。那虯髯公卻依舊雲遊四海去了。

看看秋去冬來，漫天飄下大雪。李靖和陳木公，正在圍爐煮酒。忽見虯髯公踏著雪走來，一進屋

子，便催著李靖：『快去，快跟我去！有一條大大的出路。』這虯髯公生成忠義肝膽，從不打誑語的。李

靖聽了他的話，便立刻放下酒杯，回房去穿上雪披。說給紅拂知道了，她如何肯捨得，便也把風兜和斗

篷披上。依舊騎著三頭馬，衝風冒雪地走去。

看看走的是向西京去的路，李靖卻立住馬，遲疑起來。虯髯公瞪著眼，說道：『敢是李相公不信俺

了嗎？』李靖忙拱手謝過，一路上不言不語，低著頭騎在馬上，一直跟進了京城。看看走到越國公府門

口，李靖不禁害怕起來，低低地說道：『髯公敢是賣我？』髯公拍拍自己的胸脯說道：『倘有差池，一死

以謝！』李靖沒奈何，只得硬著頭皮，跟他走進府去。紅拂到此地步，便也說不得膽小兩字，只緊緊地

跟定在李靖身後。看看走進內堂，她止不住小鹿兒在胸頭亂撞。

他三人走到滴水簷前，便一齊站住。停了一會，只聽得屋裡嚷一聲：『丞相請見！』便有人上來揭起

門簾，虯髯公第一個大踏步走了進去，那李靖去拉住紅拂的手，也挨身進去。見楊素在上面高高坐著，他兩人腿兒一軟，不由得齊地撲倒在地。楊素一見，不由得哈哈大笑，忙走下座來，親自把他兩人扶起，說道，『好一對美人才子！老夫如今益發成全了李相公，已在天子跟前保舉你做一個殿內直長，從此一雙兩好地去過日子吧！』

「原來楊素聽了虯髯公的勸，不但不罪李靖，索性拿自己的愛姬贈送給他，又推薦李靖做了官，自己博得一個大度的美名，成就了紅拂的一場恩愛。如今楊素雖已死了，那李靖的功名，卻青雲直上，從吏部尚書外放做到馬邑丞。這才是替閨中人吐氣呢！」

厚卿說到這裡，才把話頭停住，拿起酒杯來飲了一杯。

這一個故事，足足講了一個多時辰。講到危險的時候，那班姨娘和嬌娜小姐都替他急得柳眉雙鎖；講到淒涼的地方，大家拿出手帕來搵著眼淚，替他兩人傷心；講到恩愛的地方，那飛紅和嬌娜小姐都偷偷地向厚卿度過眼去，盈盈含笑，楚岫、巫雲這一班姨娘，都低著粉頸，抵著牙兒痴痴地想去；講到快活的地方，把滿桌子人都聽得揚眉吐氣，大說大笑起來。一屋子連丫鬟女僕二十多個娘兒們的心，都讓厚卿一個人調弄得如醉如痴。榮氏笑拍著厚卿道：「你真是一個可兒！自從你來我家，無日不歡歡笑笑。好孩子，你便長住在我家，我家上上下下的人，都捨不得你回去呢！」

飛紅的嘴最快，聽了榮氏的話，笑說道：「要外甥哥兒長住在俺家，也是容易的事，；只是找不出那個又美貌又多情的拂姬人來！」

一句話說得滿桌子五個姨娘一齊臉紅起來。大家笑罵道：「這大姨兒可是聽故事聽病了！索性把自

己的心事也說了出來。

眠雲也笑說道：「大姨兒外面有什麼心上人兒？想做紅拂姬人儘管做去，再莫拉扯上別人！」

一句話說得飛紅急了，便和燕子入懷似的，搶過去拉住眠雲的手不依。還是榮氏勸住了說：「給外甥哥兒看了，算什麼樣兒呢？」

她兩人這才放了手。這一席家宴，熱熱鬧鬧直吃到黃昏月上，大家都有醉意，便各自散了席。

從這一晚起，厚卿便睡在他舅母的後院，嬌娜小姐睡在前院的東廂樓。前樓後院，燈火相望。他兩人自從在月下花前，相親相愛以後，心頭好似有一個人坐著，一刻也忘不了的。這一晚，厚卿大醉了，回房去睡著，頭腦雖昏昏沉沉，心中卻忘不了嬌娜這可意人兒；對著熒熒燈火，不覺矇矓睡去。忽覺有人來搖他的肩頭，急睜眼看時，嫋嫋婷婷站在他床前的，正是嬌娜小姐。

厚卿心中一喜，把酒也醒了，急坐起身來，只覺頭腦十分眩暈，撐不住又倒下床頭去。嬌娜小姐上去扶住，替他拿高枕墊著背，又去濃濃地倒了一杯參湯來，湊著他唇邊，服侍他一口一口地呷下去。略覺清醒了些，便又坐起身來，一倒頭倚在嬌娜懷裡。嬌娜坐在床沿上，一隻左手托住厚卿的頸子，一隻右手被厚卿緊緊地握住了。嬌娜低聲說道：「哥哥酒醉很了，靜靜躺一會吧。」

厚卿竟在嬌娜懷裡，沉沉睡去了。欲知後事如何，且聽下回分解。

荼蘼架下苦雨破好事　都護帳裡烹兒饜饞涎

厚卿對這一群姬人，講說楊素姬人私奔李靖的故事，聽的人也聽出了神，說的人也越說越高興；說到情濃的時候，便飲一杯，說到危險的時候，又飲一杯。一杯一杯地不覺把自己灌醉了。他不但把酒灌醉了，且把那嬌娜的眼波也迷醉了。嬌娜自從在月下讓厚卿擁抱接吻以後，這一點芳心，早已給厚卿吊住。凡是厚卿的一言一笑，她處處關情；何況聽他講說紅拂姬人和李靖，何等情致纏綿？女孩兒家聽了，怎不要勾起她滿腹的心事來？在厚卿原也有心說給他意中人聽聽。

到散席以後，嬌娜小姐回房去，對著孤燈，想起厚卿的話來，她便把那厚卿比作李靖，自己甘心做一個紅拂姬人。她想這才算是才子佳人的佳話呢！他兩人的事，怕不是留傳千古。

自己對著鏡子照看一會模樣兒，不覺自己也動了憐借之念，心想一樣的女子，她怎麼有這膽子去找得意郎君？我一般也有一個他，卻怎麼又不敢去找呢？想起在那夜月光下的情形，覺得被他接過了吻，嘴上還熱剌剌的，一顆心早已交給他了。待我去問問他，拿了我的心去，藏在什麼地方？聽聽樓下靜悄悄地，她便大著膽，站起身來，輕輕地走出房去。才走到扶梯口，便覺寸心跳蕩，忙回進房去，對著妝臺坐下。看看自己鏡子裡的容貌，心想這不是一般地長得寵兒俊俏，自己倘不早打主意，將來聽父母作

主，落在一個蠢男子手裡，豈不白糟蹋了一世？再者，我如今和哥哥相親相愛，我的心早已給他拿去了，如何能再拋下他呢！待我趁這夜深人靜的時候，和他商量去。

她這才大著膽，一步一步地踅下樓去；悄悄地走進厚卿房裡，見厚卿醉得個不成樣兒。那厚卿見了嬌娜，真是喜出望外。

他幾次要支撐著起來，無奈他頭腦昏沉，口眼矇矓，再也掙扎不起，身不由主地倒在嬌娜懷裡。軟玉溫香，只覺得十分舒適，口眼都慵。嬌娜初近男子的身體，羞得她轉過臉去，酥胸跳蕩，粉腮紅暈。

她一隻臂兒被厚卿枕住了，那隻手尖也被他握住了，看他兩眼矇矓地只是痴痴地睡著。

嬌娜也不忍去攪醒他，一任他睡著。臉對著臉，嬌娜這才大著膽向厚卿臉上看時，只見他長得眉清目秀，口角含笑；那兩面腮兒被酒醉得紅紅的，好似蘋果一般。嬌娜越看越愛，情不自禁地低下頭去，拿自己的粉腮在厚卿的臉上貼了一貼，覺得熱灼灼地燙人皮膚。嬌娜便輕輕地把他扶上枕去，替他蓋上被兒，放下帳兒，走到桌邊去，剔明瞭燈火，又撮上一把水沉香，蓋上盒兒。坐在案頭，隨手把書本翻弄著，忽見一面花籤上面，寫著詩句兒道：

「日影索階睡正醒，篆煙如縷半風平；
玉簫吹盡秦樓調，唯識鶯聲與鳳聲！」

嬌娜把這詩句迴環誦讀著，知道厚卿心裡十分情急，不覺點頭微笑。略略思索了一回，便拿起筆來，在詩籤後面和著詩道：

085

「春愁壓夢苦難醒，日迴風流漏正平；

飄斷不堪初起處，落花枝上曉駕聲。」

寫罷，把這詩籤依照夾在書中，退出屋來，替他掩上門，依舊躡著腳回房睡去。

厚卿這一次病酒，在床上足足睡了三天；嬌娜也曾瞞著人去偷瞧了他九次，無奈她背著人想的千言萬語，待到見了面，卻羞得一句話也說不出來。直到第五天黃昏時候，榮氏在屋子裡拉著三位姨娘鬥紙牌玩耍，厚卿也坐在他舅母身後看著。他留神偷覷著，卻不見了嬌娜，便也抽身退出房來，繞過後院尋覓去。只見嬌娜倚定在欄杆邊，抬頭看著柳梢上掛的蛾眉月兒。

厚卿躡著腳，打她背後走過去。低低地說道：「月白風清，如此良夜何！」

嬌娜猛不防背後有人說起話來，急轉過身來，低低地啐了一聲，說道：「我道是誰，原來是吹玉簫的哥哥！」

厚卿接著也說道：「原來是壓夢難醒的妹妹！」

兩人看著笑了起來。厚卿搶上去拉著嬌娜的手，步出心去。從那月洞門走進花園去，看那被火壞的牆垣，已拿木板遮著。他兩人走到花蔭深處，厚卿兜著頭向嬌娜作下揖去，說道：「那夜我酒醉了，辜負了妹妹的好意；如今俺當面謝過！」

嬌娜故裝作不解的樣子，說道：「什麼好意？」

厚卿說道：「妹妹說誰呢？如今只有我和妹妹兩個人，對著這天上皎潔的明月，還不該說句肺腑話嗎？實說了吧，我這裡天為了妹妹，神魂不安，夢寐難忘。恨只恨我那一夜不該吃得如此爛醉，妹妹來

了，丟下了妹妹，冷冷清清地回房去，妹妹心中從此當十分怨恨我了？妹妹啊！求你饒我第一次，我如今給你磕頭，你千萬莫怨我吧！」

他說罷，真的在草地上噗地跪了下去。慌得嬌娜也跪下，撲在厚卿的肩頭，嗚咽著說道：「哥哥如此愛我，我也顧不得了，從此以後，我的身體死著活著都是哥哥的了！水裡火裡都不怨，哥哥再莫多心。」

這幾句話樂得厚卿捧住了嬌娜的臉兒，千妹妹萬妹妹地喚著，又說道：「我替妹妹死了也願意。」

說著，眼眶中流下淚來。他兩人在樹蔭下對跪著，對拭著淚；那月光照得他兩人的面龐分外分明，又密密切切地說了許多海誓山盟的話，彼此扶著站起來。厚卿躊躇著道：「我後院屋子，離舅母睡房太近，妹妹又遠在樓上，夜裡摸索著走上來，又怕磕碰了什麼，發出聲息來，驚醒了丫鬟，又是大大的不妙。這便如何是好呢？」

嬌娜也思量了一會，說道：「今夜三更人靜，哥哥先來到這裡茶蘼架下相候；此地人少花多，妹自當來尋覓哥哥也。」

正說話時，只聽得那大丫頭在月洞門口喚著小姐我尋著，嬌娜忙甩脫了厚卿的手，急急答應著走去。

那榮氏紙牌也鬥完了，桌子上正開著晚飯，停了一會，厚卿也跟著來了，大家坐下來吃飯。厚卿心中有事，匆匆忙忙吃完了飯，便推說要早睡，回房去守著。他又重理了一番衣裳，在衣箱裡找出一件新鮮的衫兒來穿上，再向鏡子端詳了一回，便對著燈火怔怔地坐著。耳中留心聽那邊屋子裡，人聲漸漸地

寂靜下來。接著打過二更，他便有些坐立不穩了，站起來只在屋子裡繞著圈兒。一會又在燈下攤著書本，看那字裡行間，都好似顯出嬌娜笑盈盈的臉來。他心也亂了，眼也花了，如何看得下去。他又站起來，推開窗去望時，見天上一輪明月，已罩上薄薄的一層浮雲；一縷風吹在身上，衣袖生寒。他又閉上窗，捱了一會，再也捱不住了，便悄悄地溜出房去。

在黯淡的月光下面，摸索著出了月洞門，繞過四面廳，看著前面便是荼蘼架，他便去在架下迴廊上恭恭敬敬地坐著，那兩隻眼只望著那條花徑。聽牆外打過三更，還不見嬌娜到來；他正在出神時，忽覺一陣涼風，吹得他不住打著寒嗦，夾著滿滿地落下雨來。幸而他坐的地方，上面有密密的花蔭遮著，雨點也打不下不來；只是那一陣一陣的涼風颳在身上，冷得他只把身體縮作一團，兩條臂兒交叉著，攀住自己肩頭，只是死守著。

挨過半個更次，那雨點越來越大了，越是花葉子上漏下來的雨點越是大，頓時把厚卿的一件夾衫，兩肩上打溼了兩大塊。可憐他冷得上下兩排牙齒捉對廝打，聽聽牆外又打四更，他實在掙扎不住了，只好抱著脖子，從花架上逃出來。一路雨淋著，天光又漆黑，地下又泥濘。

回得房去，向鏡中一照，已是狼狽得不成個模樣兒。他急急脫下溼衣，和那泥染透了的鞋襪，又怕給他舅母看見了查問，便把這衣帽鞋襪揉作一團，一齊塞在衣箱裡，另外又找了衣帽鞋襪。他冷得實在禁不住了，便向被窩裡一鑽，兀自豎起了耳朵聽著窗外，只聽得淅淅瀝瀝的雨聲，便矇矇朧朧地睡熟去了。

一忽醒來，便覺得頭昏腦脹，渾身發燒。知道自己受了寒，便嚴嚴地裹住兒睡著。看看天明，那頭腦重沉沉的，兀自坐不起身來；直到他舅母知道了，忙趕進屋子來摸厚卿的皮膚，焦得燙手。說道：

「我的兒，你怎麼了？這病來勢不輕呢！快睡著不要動。」

一面傳話出去，快請大夫來診病；一面吩咐大丫頭快煎薑茶來，親自服侍他吃下。這時六位姨娘和嬌娜，都進屋子來望病。那厚卿見了嬌娜，想起昨夜的苦楚來，淚汪汪地望著。嬌娜怕人瞧見，急轉過脖子去。停一會覷人不防備的時候，又轉過臉來向厚卿默默地點頭來。大夫來了，他們都迴避出去。

厚卿這一場病，因受足了風寒，成了傷寒病，足足病了一個月，才能起身。在這一個月裡，嬌娜小姐也曾瞞著人私地裡來探望他幾次。只因丫鬟送湯送藥，和榮氏來看望他，屋子裡常常不斷人地走動，嬌娜要避人的耳目，也不敢逗留。兩人見了面，只說得不多幾句話，便匆匆走開。

那朱太守早已在半個月前回家來了，嚇得嬌娜越發不敢到厚卿房裡走動。倒是朱太守常常到他外甥屋裡去說話解悶兒：

說起此番煬帝開河，直通江都，沿路建造行宮別館，預備煬帝遊玩。那行宮裡一般設著三宮六院，廣選天下美人，又蒐羅四方奇珍異寶，名花仙草，裝點成錦繡乾坤。那許廷輔此番南下，便是當這個採辦的差使；挖掘御河，皇上卻委了麻叔謀督工。

說起開河都護麻叔謀，在寧陵縣鬧下一樁大案來。現在皇帝派大臣去把他囚送到京，連性命也不能保。

原來麻叔謀一路督看河工，經過大城大邑，便假沿路地方官的衙署充作行轅。到那山鄉荒僻的地

方，連房屋也沒有，只得住在營帳裡面。這營帳搭蓋在野地裡，大風暴雨，麻叔謀一路不免感受風寒。到寧陵縣下馬村地方，天氣奇冷，一連十多天不住地大風大雨，麻叔謀突然害起頭痛病來。來勢很重，看看病倒在床上，一個月不能辦事，那河工也停頓起來，沒奈何，只得上表辭職。這麻叔謀是煬帝親信的大臣，如何肯準他辭職？便一面下旨，令令狐達代督河工，一面派一個御醫名巢元方的，星夜到寧陵去給麻叔謀診病。

這御醫開出一味藥來，是用初生的嫩羔羊，蒸熟，拌藥末服下。連吃了三天，果然病勢全退。但從此麻叔謀便養成了一個吃羔羊的饞病，做成了定例，一天裡邊必要殺翻幾頭小羊，拿五味調合著，香甜肥膩，美不可言；便替他取一個美名，稱作含酥臠。這麻都護天天吃慣了含酥臠，那廚師便在四鄉村坊裡去收買了來，預備著一處地方；或城或鄉，無處不收買到。

麻都護愛吃羔羊的名兒，傳遍了遠近。起初，還要打發廚師去買，後來漸漸有人來獻給他。麻叔謀因愛吃羔羊，又要收服獻羊人的心，使他常常來獻羊，遇到有人來獻羊的，他便加倍給賞。因此一人傳十，十人傳百。那百姓們聽說獻羔羊可以得厚利的，便人人都來獻羊。但獻羊的人多，那羔羊卻產生的少。

離寧陵四周圍一二百里地方，漸漸斷了羊種。莫說百姓無羊可獻，便是那麻叔謀的廚師，趕到三四百里以外的地方去，也無羊可買。麻叔謀一天三餐不得羔羊，便十分憤怒，常常責打那個廚師。慌得那個廚師在各村各城四處收買，因此便惹出下馬村的一夥強人來。

這下馬村中有一個陶家，兄弟三人，大哥陶榔兒，二哥陶柳兒，三弟陶小壽，都是不良之徒，專做

雞鳴狗盜的生涯。手下養著無數好漢，都能飛簷走壁。不論遠村近鄰，凡是富厚之家，便把作他們的衣食所在。靠天神保佑，他兄弟三人，做了一輩子盜賊，並不曾破過一次案。據看風水的人說，他祖墳下面有一條賊龍，他子孫若做盜賊，便一生吃用不盡。只是殺不得人，若一殺人，便立刻把風水破了，這一碗逍遙飯也吃不成了。陶家三兄弟仗著祖宗風水有靈，竟漸漸地做了盜賊世家。

不想如今隋煬皇帝開河，那河道不偏不倚地恰恰要穿過陶家的祖墳。陶榔兒兄弟三人，便著了忙，日夜焦急。便商量備些禮物去求著麻叔謀，免開掘他的祖墳。轉心一想，這一番開河工，王侯家的陵寢也不知挖去多少，如何肯獨免我家？若要仗著兄弟們的強力，行凶攔阻，又是朝廷的勢力，如何敵得他過？千思萬想，再也想不出一個好法子來。忽打聽得麻叔謀愛吃羔羊，鄉民們都尋了去獻，陶榔兒說：「我們何不也把上好小羔兒蒸兒只去獻？這雖是小事，但經不得俺們今日也獻，明日也獻，獻盡自獻，賞卻不受。麻叔謀心中歡喜，我們再把真情說出來，求告著他，也許能免得。」

小壽聽了笑道：「大哥這個話，真是一廂情願！我聽說麻叔謀這人，貪得無厭，在他門下獻羊的，一日有上千上百，哪裡就希罕我們這幾隻羊？便算我們不領賞，這幾隻羊卻能值得多少，便輕輕依著我們改換河道？怕天下決沒有這樣便宜的事呢。」

柳兒也接著說道：「除非是天下的羊都絕了種，只我家有羊，才能夠博得他的歡心。」

兄弟二人，你一言我一語爭論著，榔兒卻只是低下了頭，全不理論。柳兒問道：「大哥，你為何連聲也不作了？」

榔兒道：「非我不作聲，我正在這裡打主意呢。」

小壽道：「大哥想得好主意了沒有？」

榔兒道：「我聽你二人的話，都說得有理。若不拿羊去獻，卻苦沒有入門之路，若真的拿羊去獻，幾隻羊卻能值得多少，怎能把這大事去求他？我如今有一個主意：想麻叔謀愛吃羔羊，必是一個貪圖口腹之人；我聽說人肉的味兒最美，我們何不把三四歲的小孩子尋他幾個來，斬了頭，去了腳，蒸得透熟，煮得稀爛，將五味調得十分精美，充做羔羊，去獻給他。他吃了滋味好，別人的都趕不上，那時自然要求尋我們。日久與他混熟了，再隨機應變，或多送他銀子，或拿著他的短處，要他保全俺們的祖墳，那時也許有幾分想望。」

柳兒、小壽兩人聽了，不禁拍手稱妙。榔兒道：「事不宜遲，須今夜尋了孩子，安排端正，明天絕早獻去，趕在別人前面，趁他空肚子吭下才妙。」

兄弟三人計議定了，便吩咐手下幾個黨羽，前去偷盜小孩。這偷盜小孩，越發是尋常事體，甕中捉鱉，手到擒來。去不多時，早偷來兩個又肥又嫩的三四歲的小孩子來，活滴滴地拿來殺死，斬去頭腳，剔去骨頭，切得四四方方，加上五味香料，早蒸得噴香爛熟。

次早起來，用盤盒裝上，陶榔兒騎了一匹快馬，竟投麻叔謀營帳中來。見過守門人役，將肉獻上。那門差一面叫人把肉拿了進去，一面拿出簿冊來，叫榔兒寫上姓名。接著那獻羔羊的百姓，又來了許多，有獻活的，有獻煮熟的。紛紛鬧鬧，擠滿了一間。正熱鬧的時候，只見裡面走出一個官差來，高聲問道：「誰是第一個獻蒸熟羊肉來的？」

陶榔兒便大著膽應聲上去，心想這麻都護有幾分著鬼了！原來麻叔謀清早起來，才梳洗完畢，便

有人獻蒸熟羊肉來；他肚子正空著，見了這一大盤肉，便就著盤子拿到面前去吃，只覺得香噴噴肥膩膩的，鮮美異常。心中十分歡喜，便問：「這羊肉是何人獻的？如何蒸法的？快把那獻肉的人喚進來面問。」

因此那差官出去，把陶榔兒傳喚進來。當時陶榔兒見了麻叔謀，慌忙跪下叩頭。麻叔謀問明瞭名姓住處，又問：「這羊如何蒸得這等甘美可口？」

榔兒只說：「這羊是小人家養的，只怕進不得貴人的口。」

麻叔謀聽他恭維得歡喜，便吩咐賞他十兩銀子，那陶榔兒卻抵死不敢收受。麻叔謀道：「你若不受賞，我便不好意思再向你要吃了。」

榔兒道：「大人若不嫌粗，小人願日日孝敬。」

說罷磕了一個頭，自去了。

從此以後，那班強人，他都嫌粗惡，一概不收，只愛吃陶榔兒獻來的羊肉，那陶榔兒因獻羊肉，天天到麻叔謀行轅中去，卻和麻都護成了一個相知，常常和麻叔謀談話；這麻叔謀因他不肯受賞，便另眼看待他。

有一天，麻叔謀對榔兒說：「我自從吃了你蒸熟的羔羊，卻天天省他不得。你天天蒸著送來，又不肯受我的賞，我心中十分過意不去。你何不將這烹庖法兒傳給我行轅裡的廚役，叫他如法炮製，免得你天天奔波。」

陶榔兒卻不肯說出實情，只說：「大人不必掛心，小的願日日蒸熟來孝敬大人。」

別人獻來的羔羊，他都嫌粗惡，一概不收，只愛吃陶榔兒獻來的羊肉，天天到麻叔謀行轅中去，卻和麻都護成了一個相知，常常和麻叔謀談話；這麻叔謀因他不肯受賞，便另眼看待他。

麻都護說：「這事不妥，我如今在寧陵地方開河，你還可以送來；再過幾天，我開到別處去，你如何能送得？」

這幾句話，逼得陶槨兒不得不說實話。當時他躊躇了一會，說道：「不是小人不肯說這蒸煮的方法，只是說破了這方法，若是提防不密，不獨小人有過，便是老大人也有幾分不便。」

麻叔謀笑道：「一個蒸羊肉的方兒，又不是殺人放火，怎麼連我也不便起來了？你倒說來我聽聽。」

槨兒道：「大人畢竟要小的說出來，還求退了左右。」

麻都護笑著道：「鄉下人這等膽小。」

便轉過臉去，對左右說道：「也罷，你們便都出去，看他說些什麼來。」

左右聽大人吩咐，急忙避出。陶槨兒劈頭一句便說道：「小人只有蒸孩兒肉的方兒，那裡有什麼蒸羔羊肉的方兒！」

麻叔謀聽得「孩兒肉」三個字，便大驚失色，忙問道：「什麼蒸孩兒肉？」

嚴陶槨兒忙跪下磕著頭，嗚嗚咽咽帶哭帶說道：「實不瞞大人說，前日初次來獻的，便是小人親生的兒子，今年才三歲；因聽說大人愛吃羔羊，便殺死蒸熟，假充羔羊來獻。後來獻的，都是在各鄉村盜竊來的。大人若不信時，那盜得小孩人家的姓名，小人都有一本冊子記著；便是孩子的骨殖頭腳，都埋葬在一起，大人只須差人去掘看便知。」

麻叔謀聽了，這才驚慌起來，轉心又疑惑道：「我與你素不相識，又無關係，你為何幹此慘毒事體？」

榔兒道：「小人的苦情，到如今也隱瞞不住了。小人一族有百十名丁口，都靠著一座祖墳；祖墳上倘然動了一勺土一塊磚，小人的合族，便會要遭災。如今不幸，這座祖墳恰恰在河道界限中間，這一掘去，小人合族一百多丁口，料想全要死亡。合族人商議著，打算來懇求大人，苦於不得其門；因此小人情願將幼子殺死，充作羔羊，以為進身之地。如今天可憐小人，得蒙大人垂青，也是佛天保佑，只求大人開天地之恩，將河道略改去三五丈地，便救了小人合族百餘口蟻命。」說罷，又連連磕頭。

麻叔謀心中暗想，此人為我下此慘毒手段，我若不依，他是亡命之徒，猖狂起來，或是暗地傷人，卻是防不勝防；又想小孩的肉味很美，若從此斷絕了他，再也不得嘗這個美味了。麻叔謀只因十分嘴饞，便把這改換御道的大事，輕輕答應下來。又叮囑他，這蒸羔羊肉，卻天天缺少不了。陶榔兒道：「大人既肯開恩，真是重生父母！這蒸獻羔羊的事，小人便赴湯蹈火也要去尋來孝敬大人的。」

麻叔謀大喜。第二天便暗暗地傳令與眾伕役，下馬村地方河道，須避去陶家祖墳，斜開著五丈遠近。那陶榔兒見保全了祖墳，只是打發兄弟們出去四處竭力去偷盜小孩。先只是在鄰近地方偷盜，近處偷完了，便到遠處去偷。或託窮人去偷了來賣，或著人到四處去收買。可憐從寧陵縣以至睢陽城一帶地方，三四歲的小孩，也不知被他盜去多少；這家不見了兒子，那家不見了女兒。

弄得做父母的，東尋西找，晝哭夜號。後來他們慢慢地打聽得是陶榔兒盜去獻與麻叔謀蒸吃的，人人憤怒，家家怨恨，便有到邑令前去告狀的，也有到郡中送呈；那強悍的，便邀集了眾人，打到陶榔兒家裡去。欲知後事如何，且聽下回分解。

花嫩不經抽春風幾度 眼媚宣露洗柳色無邊

下馬村大盜陶榔兒，只因偷盜百姓家小孩，蒸獻與麻都護吃；歷來被他殺死的小孩，已有一千多個。那失了小孩的人家，打聽得是陶榔兒盜去的，便邀集了眾人，一面到官府裡面去告狀，一面卻扛著棍棒刀槍，洶洶湧湧地打到陶家去。紛紛擾擾，那陶家的房屋器具，被眾人燒毀的燒毀，打爛的打爛；陶家三弟兄，早已聞風逃走，趕到麻都護行轅裡哭訴去。

麻叔謀聽了大怒道：「幾個鳥百姓，怎敢如此橫行！莫說榔兒偷盜小兒，無憑無據，便算是俺吃了，幾個小孩，那百姓待拿我怎麼樣！」

便著自己的名片到官府裡去，只說得一個辦字。那官府知道麻叔謀是隋煬帝的寵臣，誰敢說一個不字：反拿那告狀的百姓，捉去打的打，夾的夾，問罪的問罪，充軍的充軍。弄得怨氣沖天，哭聲遍野。

那班百姓吃了這一場冤屈官司，越鬧越憤；那寧陵和睢陽一帶的百姓，亂哄哄都趕到東京告御狀去。那隋煬帝駕下虎賁郎將中門使段達，原早得了麻叔謀的私情；見那狀紙和雪片似地進來，眾口一辭，告麻叔謀「留養大盜陶榔兒，偷盜孩子作羔羊蒸吃。歷來被盜去小兒四五千人，白骨如山，慘不可言」等語。

那段達一總收了八百多份狀子，他便親自傳齊了眾百姓審問。那班小兒的父母，都啼哭著對這段達訴說麻叔謀吃小兒的慘毒情形。被段達一聲喝住道：「胡說！麻都護是朝廷大臣，如何肯做此慘毒之事？皆是你們這一班刁民，有意阻撓河工，造謠毀謗；況三四歲的孩子，日間必有人看管，夜間必有父母同寢，如何能得家家偷去，且一偷便有四五千之多？這一派胡言，若不嚴治，刁風愈不可問！」

便不由分說，將眾百姓每人重責一百棍，發回原籍去問罪。

這一班百姓，吃了這個冤枉，直到隋煬帝駕幸江都，龍舟行到睢陽地方，見河道迂曲，查問起來，知道是麻叔謀作的弊，連帶查出私通陶榔兒，蒸食小孩。煬帝大怒，一面傳旨拿麻叔謀，打入大牢；一面差一個郎將，帶領一千軍校，到下馬村捉住了陶家合族大小共有八十七人，一齊梟首示眾。那麻叔謀問明瞭罪狀，聖旨下來，綁出大校場腰斬，才算出了百姓的冤氣。

朱太守講過了這一席話，一般姨娘都聽了吐出舌頭來。厚卿病在床上，虧得他舅父常常來講究幾件外間的新聞，替他解悶；看看厚卿病勢全退，他一般地行動說笑。有一日，他伴他舅父舅母吃過晚飯，閒談了一會，回進屋子去；只見那嬌娜伏在他書案上，湊著燈光，不知寫些什麼。厚卿躡著腳走去，藏身在她身後看時，見她在玉版箋上寫著一首詞兒說道：

「曉窗寂寂驚相遇，欲把芳心深意訴；
低眉斂翠不勝春，嬌轉櫻唇紅半吐。
匆匆已約歡娛處，可慢無情連夜雨！
枕孤餘冷不成眠，挑盡銀燈天未曙。」

嬌娜剛把詞兒寫完，厚卿便從她肩頭伸過手去，把籤兒搶在手裡；嬌娜冷不防肩頭有人伸過手來，駭得她捧住酥胸，低聲道：「嚇死我了！」

厚卿忙上去摟住她玉肩，一手替她摸著酥胸說：「妹妹莫慌。」

嬌娜這時，不知不覺地軟倚在厚卿懷裡，笑說道：「哥哥那夜兒淋得好雨！」

厚卿聽了，便去開啟衣箱，拿出那套泥雨汙滿的衣帽鞋襪來，摔在嬌娜面前，說道：「妹妹你看，我那夜裡苦也不苦？又看我這一病三四十天，苦也不苦！這苦楚都要妹妹償還我呢！」

說著，臉上故意含著嗔怒的神色。嬌娜看了，一聲身倒在厚卿懷裡，說道：「償還哥哥的苦楚吧！」

說著，羞得她把臉兒掩著，只向懷裡躲去。厚卿聽了，早已神魂飄蕩，忙去捧過她的臉兒來，嘴對嘴地親了又親，臉對臉地看了又看，不住地問道：「妹妹怎麼發付我呢？」

嬌娜和厚卿兩人，當時摟抱著，說了無限若干的情話。嬌娜見書桌上擱著一柄剪刀，便拿起來剪下一縷鬢髮，塞在厚卿袖裡；厚卿也卸下方巾，截下一握頭髮，交與嬌娜。嬌娜把厚卿的手緊緊一握，說道：「我今夜在屋子裡守候著哥哥，三更過後，哥哥定須來也。」

厚卿聽了，喜得眉花眼笑，連聲說：「來！來！」忽然想到，到嬌娜房裡去，須先經過飛紅的臥房門口，便說：「但是這事很險呢！」

嬌娜聽了，粉腮兒上惱地變了顏色，說道：「事已至此，哥哥還怕什麼？人生難得少年，又難得哥

哥如此深情；妹志已決，事若不成，便拼著一死！」

厚卿聽她說到死字，忙伸手去摀她的嘴。嬌娜止不住兩行珠淚，直滾下粉腮來。厚卿替她拭著淚，又打疊起千萬溫存勸慰著她，嬌娜轉悲為喜。厚卿送她走出房門，回房去想起今夜的歡會，總可以十拿九穩了，便忍不住對著鏡子，對著燈光痴笑起來。

看看捱到三更過後，他便拍一拍胸脯，大著膽，走出房去，摸著扶梯，走上樓去，這時窗外射進來一層朦朧月光照著他。

看看摸到了嬌娜小姐的臥房門口，伸手輕輕地把房門一推，那門兒虛掩著。厚卿躡腳走進房去，那繡幕裡射出燈光來，嬌娜小姐背著身兒，對燈光坐著，那兩眼只是望著燈火發怔。厚卿上去，輕輕地把她身軀擁抱過來，進了羅帳，服侍她鬆了衣鈕，解了裙帶，並頭睡下。這一番恩愛，有他兩人的定情詞為證：

夜深偷展紗窗綠，小桃枝上留鶯索。花嫩不禁抽，春風卒未休。千金身已破，脈脈愁無那！特地囑檀郎，人前口謹防。

綠窗深仁傾城色，燈花送喜秋波溢；一笑入羅幃，春心不自持！雨雲情散亂，弱體羞還顫。從此問雲英，何須上玉京。

他二人了過心願，在枕上海盟山哲，千歡萬愛。直到晨雞報曉，嬌娜親替厚卿披上衣巾，送到扶梯口，各自回房睡去。

從此以後，他二人暗去明來，夜夜巫山，宵宵雲雨，好不稱心如意。只是白天在眾人面前，卻特別矜持，反沒有從前那般言笑追隨，行坐相親的光景；反是那飛紅、眠雲、楚岫這幾位姨娘，時時包圍著

他，要他講故事。

那煬帝是一個風流天子，當時傳在民間的故事，卻也很多，只說他在東京的時候，大興土木：在顯仁宮西面，選了一大方空地，造起湖山樓閣來。在這地的南半，分著南北東西中，挖成五個大湖。每一個湖，方圓十里，四面盡種奇花異草。湖邊造一圈長堤，堤上百步一亭，五十步一樹。桃花夾岸，楊柳籠堤。湖中又造了許多龍舟鳳舸，在柳蔭下面，靠定白石埠頭泊著，聽候皇帝隨時傳用。那北半地勢寬大，便掘一個北海，周圍四十里方圓，鑿著河港，與五湖相通。海中央造起三座神山，一座是蓬萊，一座是瀛洲，西可見西京。湖海中間交界地方，造著一座一座的宮殿。海北面一帶地方，委委曲曲鑿成一道長溪；沿溪挑選那風景幽勝的地方，建造著別院，一共十六座院宇，卻選了三千美女，守候在院裡。

繞著湖海，造著二百里方圓的一帶苑牆，上面都拿琉璃作瓦，紫脂塗壁；又拿青石築成湖海的斜岸；拿五色石砌成長溪的深底；清泉塗壁，反射出五色光彩來。宮殿院宇，全是金裝玉裹；渾如錦繡裁成，珠璣造就。那各處郡縣，都把奇花異草飛禽走獸從各驛地上獻送進京來；把一座西苑，頓時填塞得桃成蹊，李列徑，梅繞屋，柳垂堤，仙鶴成行，錦雞作對，金猿共嘯，青鹿交遊。這全是虞世基一人之力，逼迫著四方百姓，造成了這座西苑。

煬帝遊幸西苑的第一日，便帶了他寵愛的妃嬪，坐著玉輦，進苑來四處遊玩。由煬帝定名：

那東湖因四面種的全是綠柳，兩山翠色與波光相映，便名翠光湖；

甫湖因有高樓夾岸，倒映日光，照在湖面上，便名迎陽湖；

西湖因有芙蓉臨水，黃菊滿山，白鷺晴鷗，時來時往，便名為金光湖；

北湖因有許多白石，形若怪獸，高下錯落，橫在水中，微風一動，清沁人心，便名為潔水湖；

中湖因四圍寬廣，月光射入，宛若水天一色，便名為廣明湖。

那十六院：

第一座是景明院，因南軒高敞，時時有薰風吹入；

第二座是迎暉院，因有朱欄屈折，回壓瑣窗，朝日上時，百花呈媚；

第三座是秋聲院，因有碧梧數株，流蔭滿院，金風初度，葉中有聲；

第四座是晨光院，因將西京楊梅移入，開花時宛似朝霞；

第五座是明霞院，因酸棗邑進玉李一株，開花雖白，豔勝霞彩；

第六座是翠華院，因有長松數株，俱團團如蓋，罩定滿院；

第七座是文安院，因隔水突起石壁一片，壁上的苔痕縱橫，宛如天生一幀畫圖；

第八座是積珍院，因桃李列成錦屏，花茵鋪為繡褥，流水鳴琴，新鶯奏管；

第九座是儀鳳院，因四圍都是疏竹環繞，中間卻突出二座丹閣，便宛以鳴鳳一般；

第十座是影紋院，因長溪中碎石砌底，簇起許多細細的波紋，水光反照，射入簾攏，便是枕簟上也

有五色波痕；

第十一座是仁智院，因左面靠山，右面臨水，取孔子樂山的意思；

第十二座是清修院，因峰迴路斷，只有小舟沿溪，才能通行，中間桃花流水，別有一天；

第十三座是寶林院，因種了許多拂國只樹，盡以黃金布地，宛似寺院一般；

第十四座是和明院，桃蹊桂閣，春可以納和風，秋可以玩明月；

第十五座是繡陰院，晚花細柳，凝陰如綺；

第十六座是降陽院，有梅花繞屋，樓臺向暖，憑欄賞雪，了不知寒。

那一條長溪，婉轉如龍，金碧樓臺，夾岸如鱗，便定名龍鱗渠。隋煬帝窮日繼夜地在這五湖十六院中遊玩，不知鬧出幾多風流故事來。

有一天，風日晴和，煬帝下旨，召集文武大臣，在西苑中賜宴。這煬帝穿一件織萬壽字的袞龍袍，戴一頂嵌八寶的金妙帽，高坐著七香寶輦，排開了氅毛御仗。文武官員，全穿了朝服，騎馬簇擁，左右追隨。真的花迎劍佩，柳拂旌旗；萬國衣冠，百官護衛。煬帝到了西苑，便傳旨將御宴排在船上。煬帝自坐了一隻大龍船，後面跟隨著五十隻鳳舸。船行時，龍舟當先，鳳舸隨後，魚貫而行；船住時，又龍船在中，鳳舸團團圍定在四面。煬帝領著眾官員，先遊北海，登三山，才回到五湖中賞玩飲酒；觥籌交錯，管絃嗷嘈，君臣們盡情痛飲。

煬帝飲到高興時候，便對群臣說道：「如今四海昇平，禽鳥獻瑞；君臣共樂，千秋勝事。湖上風光，萬分旖旎。卿等錦繡滿腹，何不各賦詩歌，紀今日之勝會？」

你道煬帝說的禽鳥獻瑞是怎麼一回事？原來西苑中樓臺金碧，桃李紅豔，轉覺皇帝的興仗，不甚鮮明；便有那湊趣的大臣虞世基，替皇上出主意，降一道聖旨，令天下各處郡縣，不拘水禽陸獸，凡是他

羽毛，可作興仗氅毛用的，一齊採獻，全拿鳥獸造毛製成興仗，自然文彩輝煌，不怕他不鮮明瞭。這個旨意一出，誰敢不遵；忙得那許多官員，這裡取翠馬之羽，那裡拔錦雞之毛。羅網滿山，矢彈遍地。

這時江南易程地方有一座松樹，亭亭直上，有百餘丈高。四圍一無枝椏，清陰散落，團圓如蓋。樹的絕頂正中，結了一個鶴巢。巢中有一對仙鶴，飲風吹露，生雛哺子。也不知經歷了多少年月，自以為深山高樹，翱翔自由，再無禍患的了。

不料一日裡被那夥尋羽毛的人看見，便計算他一窩兒裡的鶴氅；只是這樣的高樹，又無枝椏，如何得攀援上去？眾人商量了半天，便想出一個把松樹砍倒的主意來；卻又怕砍倒了樹，那仙鶴要飛去。誰知鶴巢裡卻養著四隻小鶴，那松樹倒了，老鶴心疼小鶴，在別的樹尖上飛繞悲鳴；又把自己身上兒根氅毛，一陣亂啄，一齊拔了下來。這是老鶴悲憤之極做出來的，那班湊趣的臣民，便說成是禽鳥獻瑞。

這且不去說他，當百官奉了煬帝的旨意，便搜尋枯腸，在御宴前做起詩來。煬帝也做了八首寫湖上景色的詞，第一首是《湖上柳》，第二首是《湖上月》，第三首是《湖上雪》，第四首是《湖上草》，第五首是《湖上花》，第六首是《湖上女》，第七首是《湖上酒》，第八首是《湖上水》。那一首《湖上柳》的詞意兒十分的佳妙，道：

「湖上柳，煙裡不勝摧；宿露洗開明媚眼，東風播弄好腰肢，煙雨更相宜。

環曲岸，陰復畫橋低；線拂行人春晚後，絮飛晴雪暖風時，幽忘更依依！」

當時群臣傳誦一遍，各有和詞，又各獻酒稱賀。煬帝便命百官放量痛飲。君臣們飲了半日酒，俱覺大醉；便吩咐罷宴，眾文武謝了恩退去。煬帝餘興未盡，便換來了一隻小龍舟，駛大龍鱗渠，到十六院

去閒玩。眾夫人聽得煬帝駕到，便一齊焚香奏樂，迎接聖駕。龍舟沿溪行來，妃嬪夾岸相隨。見到那迎暉院，早有王夫人帶領著二十個美人，後隨著許多宮女，笙策歌舞，將煬帝迎進院去。院中早排列著酒席，煬帝攜著王夫人的手，與二十個美人一齊入席。那美人輪流歌舞，次第進觴。

忽見一個美人，獻上酒來。看她時，生得綽約如嬌花，清癯如弱柳，眉目之間，別有風情。煬帝便問她叫什麼名字？那美人答稱：「姓朱，名貴兒。」

煬帝飲了酒，親自執著紅牙，聽貴兒唱道：

煬帝伸手去攬在杯裡，對她臉上細細地玩賞。那貴兒也十分賣弄，一手掌著杯兒，送在煬帝唇邊，

「人生得意小神仙，不是尊前，定是花前；休誇皓齒與眉鮮，不得君憐，枉得依憐。君要憐，莫要偏；花也堪憐，葉也堪憐；情禽不獨是雙駕，螢也翩躚，燕也翩躚。」

把個煬帝聽了，樂得忙把自己的金盃，命宮女斟滿一杯酒，賞貴兒飲了。說道：「朕聽你唱來。不獨嬌喉婉轉，還覺詞意動人。你要朕憐，朕今夜便憐借你一番！」

這一夜，煬帝便留在迎暉院裡，召幸了朱貴兒。

從來說的，妻不如妾，妾不如婢，婢不如偷。煬帝在西苑裡，夜夜行樂，那十六院夫人，果然長得個個千嬌百媚，但她們見了煬帝，總不免拘束禮節，反不如那美人可以隨意臨幸。

因此不多幾天，那十六院中三百二十名美人，都被煬帝行幸過。

他心還不足，下旨各院夫人美人，不必迎送，聽聖駕來去自由。

他在月下花前，和那班宮女彩娥，私自勾挑，暗中結合。估量喜的是偷香竊玉，若在花徑中柳蔭下巧遇嬌娃，私幹一回，便覺十分暢快。那班宮人，都知道了煬帝的心性，明知山有虎，故作採樵人；一個個都假作東藏西躲，守候著皇帝來偷情。

有一夜，煬帝在積珍院中飲酒，忽聽得隔牆備聲嘹聲，不知誰家？他便悄悄地走出院去偷聽著，那笛兒一聲高一聲低，斷斷續續，又像在花徑外，又像在柳樹邊。剛轉過幾曲朱欄，行不上二三十步，笛聲卻停住了，只見花蔭之下一個女子，腰肢裊娜，沿著花徑走來。煬帝忙側身往太湖石畔一躲，待那女子緩緩走來，將到跟前，定睛一看，只見那女子年可十五六歲，長得梨花皎潔，楊柳輕盈，月下行來，宛似嫦娥下降。

煬帝看到此時，情不自禁，突然從花蔭中撲出去，一把抱住那女子。慌得那女子正要聲喚，轉過脖子來一看，見是煬帝，忙說道：「婢子該死！不知萬歲駕到，不曾迴避得。」

說著，便要跪下地去。煬帝忙摟住那宮女，說道：「你長得這等標緻，膚也不忍得罪你；只是你知道漢皋解珮的故事嗎？膚今夜為解珮來也！」

這宮女原是十分乖巧，便說道：「賤婢下人，萬歲請尊重，謹防有人看見不雅。」

煬帝如何有心去聽她，便悄悄地將那女子抱入花叢中去。原來這宮女還是處子，月下相看，嬌啼百態；，煬帝又憐又惜，十分寵愛。看畢以後，將她抱在懷裡，問她：「叫什麼名兒？」

那宮女卻做弄狡詭，說道：「萬歲一時高興，問她名兒作甚？況官中女兒三千，便問了也記不得許多！」

煬帝笑罵道：「小妮子！怕朕忘了你今夜的恩情，便這等弄乖。快說來，聯絕不忘你的。」

那宮女才說是妥娘，原是清修院的宮人。二人正說話時，忽見遠遠有一簇燈籠照來，妥娘便推著煬帝說：「萬歲快去吧！不要被人看見：笑萬歲沒正經。」

二人站起身來，抖抖衣裳，從花障背面折將出來；才轉過一株大樹，碧桃下忽然有人伸出手來，將他二人的衣角拉住。回買看時，卻是一叢荼蘼刺兒，鉤住他二人的衣裙，煬帝握著妥孃的手，笑了一笑，妥娘自回清修院去。

煬帝出了花叢，找不到積珍院的舊路；望見隔河影紋院中燈燭輝煌，便度過小橋，悄悄地走入院去。那院中劉夫人，和文安院的狄夫人，正在那裡淺斟低酌，煬帝放輕了腳步，走到他二人跟前說道：

「二妮子這等快活，何不伴朕一飲？」

兩位夫人見了煬帝，慌忙起身迎接，一邊邀煬帝坐下，一邊斟上酒去。狄夫人眼尖，瞥見煬帝龍袖上一方血痕，便笑說：「這黃昏人靜，陛下來得有些古怪！」

煬帝嘻嘻地笑道：「有甚古怪？」

狄夫人劈手扯起煬帝的袍袖來給劉夫人看，劉夫人笑說道：「我說陛下如何肯來，原來有這樣的喜事。」

狄夫人道：「陛下替那個宮人破瓜？說明暸待妾等會齊各院與陛下賀喜。」

煬帝只是嘻嘻地笑著不說話，二位夫人和眾美人輪流把盞，把個煬帝灌得爛醉如泥，當夜便在影紋院中睡下。

從此煬帝神情愈覺放蕩，日日只在歌舞上留情，時時專在裙帶下著腳。無一日不在西苑中遊玩，借大一座西苑，不消一年半載，竟被煬帝玩得厭了；那苑內十六院夫人，三百二十個美人，二千個宮女，也被煬帝玩得膩了。

這一天，煬帝正在北海和眾妃嬪飲酒，忽有宇文愷、封德彝差人來奏稱：「奉旨赴江都建造四十座離宮，俱已完備，只候聖駕臨幸。」

煬帝聽了大喜道：「苑中風景，遊覽已遍，且到江南看瓊花去遊樂一番。」

便當筵下旨：「宮館既完，朕不日臨幸江南；但一路宮館，仍須著各處地方官廣選民間美女填入，以備承應。」

這個聖旨一下，朝臣中卻不見有人諫阻，只是那班夫人妃嬪恐慌起來，齊來勸阻。說道：「宮中雖賤妾輩不善承應，無甚樂處，但畢竟安逸；陛下若巡幸江都，未免車馬勞頓。」

煬帝道：「江都錦繡之鄉，又有瓊花一株，豔絕天下，膚久想遊覽。況一路上有離宮別館，絕無勞苦。賢妃等可安心在宮中，守過了五七個月，膚依舊回來，和諸位賢妃想見。」

那幾個不得時的妃嬪，聽了煬帝這一番話，知道皇帝去志已決，便也不敢再說什麼；只有那貴兒、妥娘、杏娘、俊娥一班得寵的美人，聽說沿路有四十九座離宮別館，那離宮別館中又都有美人守著，只怕皇帝的寵愛移在別人身上，她們如何肯放手。早嚷成一片說：「願隨萬歲爺出巡去。」

煬帝原也捨不得她們，便答應攜她們一塊兒到江都地方去。到煬帝起身的這一天，各宮院妃嬪夫南風景，二來萬歲爺沿路也得人陪伴，不愁寂寞。」一來得去遊覽江

107

人，俱設席餞行，煬帝一一領了，便打點出巡。此番也不多帶人馬，只帶三千御林軍，一路護衛著。

文武官員，只帶丞相宇文達和虞世基一班親信的人。

正要起身的時候，忽有一人姓何名安，打造得一座御女車來獻與煬帝。那車兒中間寬闊，床帳衾枕，色色齊備。四圍又鮫綃細細織成幃幔。外面望進裡面去，卻一毫不見；裡面看到外面來，卻又十分清楚。那山水花草，在車外移過，都看得明明白白。又拿許多金鈴玉片，散掛在幃頭幔角。車行時，搖盪著，鏗鏗鏘鏘好似奏細樂一般，任你在車中百般笑語，外間總不得聽見。一路上要行幸妃嬪，盡可恣意行樂，所以稱作御女車。

煬帝這時正因那班得寵的妃嬪，無可安插，在路上車馬遙隔，又不得和她們說一句話兒；如今得了這御女車，滿心歡喜，傳旨厚賞何安。便攜了妃嬪，坐上御女車。一路行來，三十里一宮，五十里一館。到一處地方，那郡縣官齊來接駕；一面把奇看異味，美釀名產，終繹貢獻上來。到了宮館中，又有絕色的美人，絃管歌舞，前來承應。欲知後事如何，且聽下回分解。

剪綵成花奏夫人弄巧　望輦結怨侯家女投環

厚卿生長在皇都，家中又有一個老宮人，常聽得他說出隋煬皇帝的風流逸事來；如今他在舅父家中，一般地也把煬帝故事；講給一班姨娘們聽。他正說到煬帝第一次坐御女車，遊幸江都，一路上逢名山便登山覽秀，遇勝水則臨水問津；恍恍惚惚早已到了揚州地面。

這江南山明水秀，柳綠桃紅，比北路上風光，大不相同。

煬帝見了，心中十分歡喜。便道：「向日所言瓊花，開在何處？」

當有大臣封德彝奏對道：「瓊花原在蕃麗館中，每年三月開花；如今是四月天氣，百花都謝，須到明春再得觀賞。」

煬帝聽了，心中有些不樂。宇文愷在一旁勸解道：「瓊花雖然開過，江都地方還有許多名勝，可供聖上遊覽。」

煬帝從此便天天在江都地方探勝尋幽。

一日，游到橫塘上梁昭明太子的文選樓。昭明太子，曾在這樓上造得許多古文，成了一部文選，所以稱文選樓。這一座樓蓋得曲折高峻，歷代皇帝，時加修理，所以到隋朝尚不坍壞。

煬帝先把帶來的許多宮女，發在樓上去伺候著，聖駕一到，一齊細吹細打地迎接著。煬帝坐著七香寶輦，依著層層石級，轉折上去。這一座樓高有百尺，共分五層。石級閣道，都飛出在屋簷以外。人在閣道上走著，從下面望上去，好似在空中行走一般。

這一日恰東南風起，一隊隊的宮女行在閣道上，身上穿著薄羅輕縠，被風吹揭起來，露出那紫裙紅褲，十分鮮豔。煬帝看了，也無心遊覽，便吩咐眾宮女在月臺上團團圍繞著他，飲酒歌舞。直把個煬帝灌得爛醉如泥，才選了幾個絕色的宮女，回離宮去尋歡作樂。

這樣早歌夜宴，煬帝在江都地方，足足玩了幾個月；拋得那深宮裡的蕭皇后，和十六院夫人，十分淒清，便聯名上著奏章，接連催請，把個風流皇帝催回京都去。當夜蕭皇后和十六院夫人，在宮中排著筵宴，替煬帝接風。飲酒中間，煬帝盛稱江都地方風景秀美，山水清奇。那夫人們齊笑說道：「陛下怕是留戀江南女色，並不是愛玩景色呢！」

煬帝笑說道：「講女色，眼前幾位夫人，都是盡態極妍，還有誰家美女能勝得？實實是貪玩江南山水，便把諸位夫人冷落了。不是朕誇獎江都景色，莫說那山水秀美，便是開一朵花兒，畢竟比上苑中的紅得可愛·；便是放一枝柳兒，也畢竟比上苑中的綠得可伶。不像俺們北地的花柳，未到深秋，便一齊黃落，寂寞得叫人悶損。」

這一席話，言者無心，聽者有意；當下有清修院的秦夫人聽皇帝說了這個話，便回宮去和十六院夫人悄悄地商議，又和許多宮女一齊動手，只一夜工夫，便已布置妥貼。

第二天，十六院夫人一齊去請煬帝駕幸西苑。煬帝說：「如今是仲冬天氣，苑中花樹凋殘，有什麼

可玩賞之處?」

無奈秦夫人再三勸駕,說:「西苑中百花競放,專候聖駕臨幸。」

煬帝素來在女人面上,是十分溫柔的;當下便一任眾夫人簇擁著,到西苑去。御輦一進苑門,真個見萬紫千紅,桃李齊放,望去一片錦繡,那裡像個仲冬天氣。草長鶯飛,竟像個江南三月天氣。莫說煬帝看了詫異,便是蕭后也暗暗地吃驚。煬帝說道:「只隔得一夜工夫,如何便開得這般整齊!」

一眼見那柳樹蔭中一隊隊宮女彩娥,笙簫歌舞的迎接上來。煬帝看了,連連稱妙。秦夫人在一旁奏道:「陛下看這苑中風景,比江都如何?」

煬帝一把拉住秦夫人的手,笑問道:「妃子有何妙法,使這花柳一夜齊放?」

秦夫人把衫袖掩著珠唇,笑說道:「有甚妙法,只是眾姊妹辛苦了一夜罷了!」

說著,煬帝工走到一株垂絲海棠樹下,伸手去採一朵來看時,原來不是從枝上長出來的,全是拿五色綢緞細細剪成拴在枝上的。煬帝不禁哈哈大笑道:「是誰的機巧,也虧得她有這一路聰明!」

眾夫人奏道:「這全是秦夫人主意,與妾等連夜製成。」

煬帝笑對著秦夫人說道:「這也難為你了!」

看看走到一叢大梅樹林下,看看枝上梅花,紅白齊放。煬帝說有趣,便吩咐在花下擺起筵席來。

煬帝坐在席上,眼看著四圍花木,不分春夏秋冬,萬花齊放,心中十分有興,一杯一杯地飲下酒去。一時裡觥籌交錯,絲竹齊鳴。煬帝已有幾分醉意,便笑說道:「秦夫人既出新意,諸美人也須換唱

新歌，誰唱一支新曲兒？朕即滿飲三杯。」

說聲未了，只見一個美人，穿一件紫綃衣，束一條碧絲裙，裊裊婷婷地走近筵前，嬌聲奏道：「賤妾願歌一曲新詞，博萬歲一笑。」

煬帝看時，卻是他寵愛的仁智院美人名雅孃的。只見她輕敲擅板，漫啟珠唇，唱著《如夢令》詞兒道：

「莫道繁華如夢，一夜剪刀聲送；曉起錦堆枝。笑煞春風無用。非頌，非頌，真是蓬萊仙洞！」

煬帝原是愛雅孃的，如今見她嬌滴滴的聲音唱出這新詞來，早不覺連聲說妙，連飲下三杯酒去，眾夫人一齊陪飲一杯。

才住了酒，又見一個美人，淺淡梳妝，嬌羞體態，出席來奏稱：「賤妾亦有新詞奉獻。」

煬帝認得是迎暉院的朱貴兒。這貴兒原唱得好曲兒，當下聽她也唱一折《如夢令》詞兒道：

「帝女天孫遊戲，細把錦雲裁碎，一夜巧鋪春，盡向枝頭點綴。奇瑞，奇瑞！寫出皇家富貴。」

煬帝聽了讚道：「好個寫出皇家富貴！」

便也連飲了二大觥酒。這場筵宴，直飲到黃昏月上，煬帝也被眾夫人迷弄得酒醉昏沉，當下扶著秦夫人的肩頭，臨清修院去。

一連幾夕，幸著秦夫人，把其餘的夫人一齊丟在腦後，慌得眾夫人或探訊息，或賦詩詞，百般地去勾引，無奈這秦夫人把個風流天子獨霸住院子裡，不放他出門一步。

113

這一天午膳，煬帝和秦夫人略飲了幾杯，手攜著手兒，走出院來；沿著長堤，看這流水玩耍。看看前面疊石斷路，水中卻浮著一隻小艇。秦夫人把煬帝扶下小艇，兩人蕩著槳，委委曲曲地搖進曲港去。看看兩巖柳樹林子，種得密密層層，那樹頭上的假花，卻開得十分燦爛，映在水面，連水光也十分鮮豔。

煬帝正痴痴地看著，忽見一縷桃花瓣兒，浮在水面上，從上流頭斷斷續續地氽下來。煬帝認作也是秦夫人弄的乖巧，便笑著向秦夫人點頭兒。這時有三五點花瓣兒，正傍著小艇浮來。煬帝伸手去撈起花瓣兒在手掌中看時，不由煬帝吃了一驚，原來這花瓣鮮豔嬌嫩，真是才從樹上落下的，並不是假的，忙問秦夫人時，秦夫人也弄得莫名其妙，連說：「怪事！」

再看水面上時，那花瓣還是不斷地浮著下來。煬帝說：「如今仲冬天氣，何處來這鮮豔的桃花？看來朕今日遇了仙子，這長溪正變作武陵桃源呢！」

說著便把這小艇一槳一槳地沿著長溪依著花瓣的來路追尋上去。繞過幾曲水灣，穿出一架小橋，只見上流頭一個美人蹲在石埠上，伸著玉也似的手，在水面上把桃花瓣兒一瓣一瓣地放著。只見她穿著紫絹衫子，白練裙子，低垂粉頸，斜攏雲環，卻認不出是什麼人。直待小艇子搖近石埠，那美人抬起頭來，煬帝才認得是妥娘。那妥娘年紀最小，煬帝最愛她有幾分嬌憨性情。

她見了煬帝便拍著手笑說道：「這番劉郎卻被賤婢子誘出桃源來了！」

煬帝見了妥娘，心中轉覺歡喜，便離了小艇，走上岸來，拉住妥孃的手說道：「你這小妮子，卻在這裡作乖弄巧！」

妥娘說道：「陛下在清修院裡一共住六七天，丟得眾夫人冷清清的，好似失了魂魄。大家滿意闖進

清修院裡找尋陛下，又怕觸犯了陛下的清趣，因此賤婢想出這放桃花瓣兒勾引陛下出來的法兒。這條溪水正通著清修院，陛下又是一個多情人，妾在上流頭放著桃花瓣兒，從清修院門前流過，陛下見了，怕不是沿溪尋來。如今果然被賤妾把個陛下哄出來了！」

煬帝問：「眾夫人現在何處？」

妥娘用手指點著前面說：「眾夫人正在勝棋樓守候著陛下呢。」

說著，果然見花團錦簇的十五位夫人，從堤上迎接過來。她們見了煬帝，齊說：「陛下快樂，卻忘了賤妾們冷清清地難守。」

說著，粉臉上都有怨恨之色。煬帝笑著，一一和夫人拉著手說道：「朕偶爾避幾天靜，又勞諸位夫人想念；如今朕便伴著眾夫人盡一日之歡。」

說著，大家把個煬帝簇擁到勝棋樓去，傳上筵席，歌舞暢飲起來。飲酒中間，煬帝又問妥娘：「在這寒冷天氣，那鮮豔的桃花片兒，究竟是從什麼地方得來的？」

妥娘便奏說：「這是三月間從樹上落下來的。妾閒時拿它收起來，密藏在蠟丸裡。當時原也無心收著的，不期留到如今仲冬天氣，還是不變顏色的。」

煬帝從此便留住在西苑裡，終日和一班夫人宮女追逐歡笑。好似狂蜂浪蝶一般，不管黃昏白日，花前月下，遇著巧便和妃嬪戲耍一回。那班美人見煬帝愛好風流，便想盡許多法子去引誘著。這煬帝又生成下流性格，專一愛和宮女在花前柳下偷香竊玉；倘然正正派派講究床笫之歡，他又轉覺得索然夫味。

煬帝見她小小年紀，如此乖巧，越覺可愛，當夜又便在妥娘院子裡留幸。

因此，那妥娘、貴兒、杏娘、俊娥一班有姿色的妃嬪，又故意打扮得和宮女模樣，在花明柳暗的地方，掩掩藏藏；被著風流天子撞見了，便上前拉住，做出許多風流故事來。後來又因煬帝認識她們的臉面，便個個拿輕綃遮著頭臉。一時宮裡上上下下的宮娥綵女，上至妃擯媵嬙，越是在燈昏月下的時候，越個個披著顏色嬌豔的輕紗，在各處迴廊麴院裡，裊娜微步。遠遠望去，宛似月裡嫦娥，洛水仙女，隱隱綽綽的煞是動人。

煬帝見了，叫他如何忍得住；便不管蠢的俏的美的醜的，但是遇到的便有煙緣。因此合一座西苑裡的宮女，都深沾了皇帝的雨露恩情。做隋煬帝的宮女的，有這許多好處。那外面百姓人家，凡有女兒略長得平頭整臉些的，都巴不得把他女兒送進宮來。這位天子，性格又風流，心腸又溫柔，凡是做宮女的，從不曾受過皇帝的責罵；倘然一得了皇帝的寵幸，做她父兄的，少不了封侯的封侯，拜相的拜相。

有這許多便宜之處。

那管理挑選宮女的宦官，名叫許廷輔。這許廷輔，他經手挑選宮女的遭數兒也多了，卻是一個貪財的太監。有那貪圖女兒富貴，願送女兒聽選的，他卻百般挑剔，不給她人選。非得那父兄拿上千上萬的銀錢去孝敬他，他才給你掛上一個名兒。

有那種世家大族，捨不得把女兒斷送在宮廷裡的，他卻又百般敲詐，坐名指索；一面在煬帝跟前誑奏，說某家女兒長得如何美貌，那父兄急了，又非得拿出上千上萬的銀錢去買囑他，才給你在冊子上除了名。凡是在冊子上掛上名字的，他如數拉進後宮去鎖閉起來。到這時，那班做宮女的，又非錢不行。

煬帝又生成厭舊喜新的脾氣，一個上好閨女，給他玩上幾次，若沒有特別動人之處，或特別歌舞的技

能，他便丟在腦後，又玩別個去了。雖說三千粉黛，像這樣走馬看花地玩著，不多幾天，便又厭了。吩咐許廷輔，向後宮去挑選一班新的來。

那許廷輔到了後宮，便作威作福。那宮女有銀錢首飾拿去孝敬他的，便選你進宮；你若沒孝敬，他便看著你關到頭髮雪也似白，也不給你選去。任你有西施、王嬙一般的才貌，他也束置高閣。

因為太監弄權，便活活逼死了一個絕色佳人。這佳人原是侯氏女兒，自幼兒長得天姿國色，又是絕頂聰明，在八歲上便懂得吟詩作賦。她雖生長在貧寒門戶，卻也是詩禮世家。當時便有許多名門豪宅，前來求婚，這侯女自己仗著才貌雙全，便等閒不拿那班公子王孫看在眼睛裡。因此一誤再誤，直到許太監來挑選美女，未曾到這地方，便聽得遠近沸沸揚揚地傳說侯家的女兒，長得如何美麗，如何有才情。

這許太監便慕名而往，一文孝敬也不要，把這侯女選進後宮去。在許太監的心意，如此好意相待，你便當曲意逢迎。凡是選進後宮來的，見了許太監，便百般獻媚，十分相親。那班脂粉嬌娃，終日圍定了許太監，口口聲聲喚著爹爹，說說笑笑，歌歌舞舞，替許太監解悶兒。

這許廷輔又挑選那絕色的，左擁右抱，雖不能真個銷魂，卻也算得偷香竊玉。那班女兒又逢時逢節的做些針線，或是鞋兒帽兒，袋兒帶兒，孝敬給爹爹；也有把自己耳朵上掛的珠環，臂上套的金釧，卸下來送給爹爹的。那許廷輔得了女孩兒許多好處，少不了要把她們早早選進宮去，早沾雨露之恩。

獨有這侯家女，卻生成端莊性格，全不露半點輕狂。她見了許太監，也不肯獻媚兒，也沒有孝敬。她住在後宮，靜悄悄的一個人，點一爐好香，詠幾首好詩。一任那班女伴賣盡輕狂，她卻兀自孤高獨賞。有時這許太監有意拿說話去兜搭她，她總給你個不理不睬。

自來有色的女子，和有才的男子，一般寧為玉碎，毋為瓦全。在侯女心想，自己長成這閉月羞花的容貌，任你是風流的天子，好色的皇帝，見了俺管叫你死心塌地，寵擅專房。到那時待俺放些手段出來，雖不願做吳宮的西子，也做一個漢家的飛燕，做一個千古留名的美人。她存了這個心意兒，因此從不肯屈志求人。誰知這許廷輔也十分刻毒，他見侯女如此孤高，便給你個老不人選；年年寂寞，歲歲淒涼。

這侯女自從十五歲選入後宮來，一住三載，從未見過天子一面。她終日宵是點香獨坐，終宵只是掩淚孤吟。雖說裝成粉白黛綠，畢竟也無人去常識她的國色天香，雖說打點得帳暖衾溫，卻依舊是獨宿孤眠。捱了黃昏，又是長夜；才送春花，又聽秋雨。捱盡了淒清，受盡了寂寞。在晴天朗月，還勉強支援得過去，遇到淒風苦雨的時候，真令人腸斷魂銷。在白晝猶可度過，一到五更夢醒的時候，想起自己的身世，真是一淚千行。

侯女在起初的時候，還因愛惜自己的容顏，調脂弄粉，耐著性兒守著，只指望一朝選進宮去，說不定有一時的遇合。誰知日月如流，一年一年過去，竟是杳無訊息，也便不免對花彈淚，對月長嘆。有時雖有幾個同行姊妹前來勸慰著，無奈愁人和愁人，越說越是傷心，因此她暗暗地也玉減香消。

好不容易，盼到許太監到後宮來挑選美女，眼見那獻媚納賄的同伴一個箇中了選，得意洋洋地進宮去了，自己依然是落不到，再望下一回；每見許廷輔進後宮來一次，她總是提一提精神，刻意地梳妝起來。對著鏡子自己看看容光煥發，美麗如仙，料想同院子的三千姊妹們，誰能比得上自己，那許廷輔也知道這侯家女兒最美麗的了，無奈他兩人只爭了這一點過節兒，在許太監總要這侯家女在他跟前親熱一番，送幾件飾物，他才平了這口氣。

在侯家女又因為自己長著這副絕世容顏，將來怕不是穩穩一個貴妃。這許廷輔是下賤的太監，我如何能去親近他。講到飾物，她帶進宮來的原也不少，她只願分送給同院的姊妹們，她自以為我長著這副容顏，許太監拿我選進宮去，皇帝看了歡喜，這一賞賜下來，也夠他受用的了。兩下里左了性子，儘是一年一年地空拋歲月；如花美眷，似水流年，叫這青春孤寂的少女，如何不要傷感？

每傷心到極處，便有姊妹們來勸慰她說：「姊姊何必自苦，盡多的珠玉，拿幾件去孝敬許爹爹，選進宮去，見了萬歲，便不愁一世富貴了。」

侯女聽了，嘆一口氣說道：「妹子，聽說漢昭君長著絕世容顏，也因奸臣毛延壽貪贓，她便甘心給畫師在她畫像臉上點一粒痣，不願拿一千兩黃金去孝敬奸賊。她雖一時被害，遠嫁單於，後來琵琶青塚，卻落得個萬世流芳。到如今提起她來，人人憐惜，個個悲傷，畢竟不失為千古美人。妹縱說趕不上昭君那般美貌，若要俺拿珠玉去賄賂小人，將來得了富貴，也落了一個話柄，妹抵死也不願做這事的！」

那姊妹說道：「姊姊如此執拗，豈不辜負姊姊絕世容顏？」

侯女拭著淚道：「妹自知一生命薄，便是見了天子，怕也得不到好處；只拼一死，叫千載後知道隨宮中有這樣一個薄命人，大家起一個憐惜之念，俺便是做鬼也值得的！」

她說著，又止不住嗚嗚咽咽地哭了起來。那姊妹知道勸她不過來，便也聽她傷心去。

到最後，侯女打聽得那許太監又選了百十個宮女送進西苑去，自己依然落選；她這一番實實忍耐不住了，大哭了一場，說道：「妾此身終不能見君王了！若要得君王一顧，除非在妾死後。」

她打定了主意，茶飯也不吃，在鏡臺前打扮得齊齊整整。又把平日自己做的感懷詩，寫在一副玉版

籤上，裝一個小錦囊中，掛在自己左臂上。餘剩的詩稿，拿來一把火燒了。孤孤淒淒地在院子四下裡走一會，嗚嗚咽咽地倚著欄杆哭了一會。

捱到晚上，待陪伴她的宮人去安睡了，她便掩上宮門，悄悄地跪在當地，拜罷聖恩，拿出一幅白綾來，就低梁上自己吊死。待到宮人發覺，慌忙救時，早已玉殞香消。大家痛哭了一場，不敢隱瞞，捱到第二日天明，齊來報與蕭后。蕭后便差宮人到後宮去檢視，宮人在侯女左臂上解下一個錦囊來，呈與蕭后。蕭后開啟看，見是幾首詩句，便吩咐轉呈與煬帝。

這日煬帝正在寶林院和沙夫人閒談解悶，煬帝自己誇說：是一個多情天子，雖有兩京十六院無數粉黛，朕卻一般恩寵，從不曾冷落了一個。因此朕所到之處，總是歡歡笑笑，從不曾見有一個愁眉淚眼的。在宮中正說得暢快，忽見蕭后打發宮人送上侯女的錦囊來，煬帝開啟看時，見一幅精絕的玉版烏絲籤，齊齊整整寫著幾首詩句。第一首是《梅花》詩，道：

砌雪無消日，捲簾時自矕。
香清寒豔好，誰惜是天真？
玉梅謝後和陽至，散與群芳自在春。

煬帝把這首詩讀了又讀，讚道：「好有身分的詩兒！」
再看第二首，是《妝成》，道：

妝成多自惜，夢好卻成悲；
不及楊花意，春來到處飛。

又《自感》三首道：

庭絕玉輦跡，芳草漸成窠；
隱隱聞蕭鼓，君恩何處多？
欲泣不成淚，悲來強自歌，
庭花方熳爛，無計奈春啊！
春陰正無際，獨步意如何？
不及閒花草，翻承雨露多。

煬帝一邊讀著，連連跌足說道：「如此才華，是朕冷落了她了！」

再看後面是一首《自傷》長詩道：

初入承明殿，深深報未央；
長門七八載，無復見君王。
春寒入骨情，獨臥愁空房；
颯履步庭下，幽懷空感傷！
平日新愛惜，自恃料非常；
色美反成棄，命薄何可量？
君恩實疏遠，妾意待徬徨；
家豈無骨肉，偏親老北堂。

此身無羽翼，何計出高牆？

性命誠所重，棄割良可傷！

懸帛朱梁上，肝腸如沸湯；

引領又自惜，有若絲牽腸！

毅然就死地，從此歸冥鄉！

煬帝讀到未後幾句，也忍不住流下淚來，說道：「這樣一個美人兒，怎麼不使朕見一面兒，便白白地死了？真令朕追悔莫及！」

說著！瞥眼見紙尾上又有一首詩兒，題目寫著《遣意》兩字，詩道：

「祕洞烏仙草，幽窗鎖玉人；

毛君真可戮，不肯寫昭君！」

煬帝不覺拍案大怒道：「誰是毛延壽？卻枉殺了朕的昭君！」

沙夫人忙勸說道：「陛下息怒，想這侯家女兒，願是平常姿色，所以許廷輔不曾選進宮來；這痴女子卻妄想陛下雨露之恩，所以弄出這人命。」

煬帝聽說提起許廷輔，恍然大司，說道：「一定是這廝從中作弊！逼死了朕的美人！」

當下便一迭連傳喚許太監。欲知後事如何，且聽下回分解。

談天文袁紫煙得寵　貼人情大姨娘多情

煬帝讀侯女的詩，讀到「毛君真可戮，不肯寫昭君」兩句，便知道許太監從中作弊，埋沒美人。不覺大怒，一迭連聲地傳喚許廷輔前來查問。這許廷輔，原是煬帝重用的太監，歷來挑選美女，都是他一人經手。在宮中的威權很大，便是這十六院夫人，也是他手裡選進來的；大家想起日前的寵幸，全是當日許太監挑選之德，豈有不幫助他之理？當時沙夫人便勸諫著煬帝說道：「也許那侯家女兒，本沒有什麼姿色；是她心存非份之想，枉自送了一條性命，這也不能專怪許太監的。」

一句話卻提醒了煬帝，便親自起駕，親臨後宮去檢視侯女的屍身，究竟是否美貌，再定許太監的罪。

這個訊息傳在許廷輔耳朵裡，嚇得他心驚肉跳，便和手下的小太監商量。那小太監便出了一個主意，說：「不如趁現在皇上不曾見過屍身以前，悄悄地去把那侯女的臉面毀壞了，皇上看不出美醜來，便也沒事了。」

許太監連說：「妙計！」

便立即打發一個小太監去毀壞侯女的屍身。

誰知煬帝去得很快，待小太監到後宮一看，那一簇宮女，已經圍定了煬帝。煬帝在便殿上坐著，吩咐太監們把侯女的屍身，上下解盡衣服，用香湯沐浴。宮女又替屍身梳一個垂雲髻兒，抬上殿來。煬帝見一身玉雪也似的肌膚，先已傷了心；待到跟前看時，見她櫻唇凝笑，柳眉侵鬢，竟是一個絕色的佳人。

渾身瑩潔滑膩，胸前一對乳峰，肥滿高聳，真似新剝的雞頭肉；處女身體，叫人一見魂銷。再看那粉頸上一抹傷痕，煬帝情不自禁地站起身來，走近屍身去，伸手撫摸那傷痕。才說得一句：「是朕辜負美人了！」便撐不住放聲大哭起來。

一霎時合殿的宮女侍衛，都跟著大哭。煬帝一面哭著，一面對屍身訴說道：「朕一生愛才慕色，獨辜負你這美人。美人長成這般才色，咫尺之間，卻不能與朕相遇。算來也不是朕辜負了美人，原是美人生成薄命；美人原不薄命，卻又是朕生來緣慳。美人在九泉之下，千萬不要怨朕無情；朕和美人生前雖不能同衾共枕，如今美人既為朕自盡，朕便封你做一位夫人，也如了美人生前的心願，安了美人死後的幽魂。」

煬帝一邊撫摸著屍身，一邊訴說著。哭一陣，說一陣，哭個不了，說個不了。左右侍從看了，人人酸心，個個垂淚。

看看煬帝傷心沒了，無法勸住，只得悄悄地去把蕭后請來。

蕭后把煬帝扶進後殿去，拿好言勸慰。又說：「死者不能復生，願陛下保重龍體；倘然陛下哭出病來，便是死去的美人心中也不安的。」

煬帝慢慢地止了傷心，便傳旨出去，用夫人的禮節收斂侯女，從此宮中稱侯女便稱侯夫人。又吩咐把侯夫人的詩句，譜入樂器，叫宮女歌唱著；又因侯夫人的性命全是許廷輔埋沒美貌，害她抱怨自盡，便傳旨把許廷輔打入刑部大牢，著刑部堂官嚴刑拷問。

那許廷輔被官員一次一次地用刑，他實在熬刑不過，只得把自己如何勒索宮女的財物，才把她選進宮去；又因侯夫人不肯親近，又不肯送禮物，因此不與她入選，不想侯夫人便因此怨憤自盡的話，一情一節相招認了。那問官得了口供，不敢怠慢，便一一照實奏聞。煬帝聽了，十分動怒，說道：「這廝幸負朕恩，在背地裡如此大膽，不處死他卻如何對得起那屈死的美人。」

便傳旨把許廷輔綁到東市去腰斬。那十六院夫人和眾宮娥，都是許廷輔選進宮來的；今日親承恩寵，未免念他舊功。

如今聽說要把許廷輔腰斬，便一齊替他竭力勸解，說：「許廷輔罪原該死，但他也是陛下并年寵用之臣，還求陛下特別開恩，賜他一個全屍吧。」

煬帝依了眾夫人的勸，便批旨賜許廷輔獄中自盡。那權威赫赫的許太監，空有千萬家財，到此時得了聖旨，也不得不在三尺白綾上了卻殘生！

煬帝葬了侯夫人，殺了許太監以後，心中兀自想念侯夫人，終日長吁短嘆，鬱鬱不樂。蕭皇后百般勸慰，又終日陪著皇上飲酒遊玩，那妥娘、杏娘、貴兒、俊娥，合那影紋院的劉夫人，文安院的狄夫人，迎暉院的王夫人，寶林院的沙夫人，這班都是煬帝寵愛的妃嬪，終日在皇帝跟前輪流著歌的歌，舞的舞，替皇上解悶。

一日，蕭皇后和眾夫人伴著煬帝游到綺陰院中，那院主夏夫人迎接進去，一般的也是飲酒作樂。酒吃到半醉，煬帝忽想起侯夫人的詩句來，要吩咐眾宮女歌唱起來。蕭皇后說：「若講到歌喉，要算袁寶兒唱很最好。」

煬帝便傳旨，喚袁寶兒。

誰知眾人尋袁寶兒時，卻不知去向。後來只見她帶領著一班宮女，嘻嘻笑笑地從後院走來。煬帝問：「你這個小妮子，躲在何處？」

寶兒和幾個宮女一齊跪下說道：「賤婢等在仁智院看舞劍玩耍，不知萬歲爺和娘娘賀到，罪該萬死！」

煬帝聽說看舞劍，便覺詫異。忙問：「誰舞劍？」

寶兒奏稱：「是薛冶兒。」

煬帝又問：「誰是薛冶兒？朕從不曾聽說有能舞劍的宮人，快傳來舞與朕看。」

那太監得了聖旨，便飛也似地去把薛冶兒傳來。

那冶兒見了皇帝，慌忙跪到；煬帝看時，見她臉若朝霞，神若秋水，玉肩斜削，柳眉擁秀，果然又是一個絕色的美人。

煬帝心中便有幾分歡喜，伸手親自去把冶兒扶起來，說道：「你這小妮子，既能舞劍，為什麼不舞與朕看，卻在背地裡賣弄？」

那冶兒嬌聲說道：「舞劍算不得什麼本領，豈敢在萬歲與娘娘面前獻醜？」

煬帝笑說道：「美人舞劍，原是千古韻事。你且舞一回與朕看。」

一面吩咐賜一杯酒，與冶兒壯膽。冶兒聽了，不敢推辭，跪著飲了酒，提起兩口寶劍，走到院心裡，也不攬衣，也不挽袖，便輕輕地舞將起來。初起時，一往一來，宛似蜻蜓點水，燕子穿花，把那美人姿態，完全顯露出來。後來漸漸舞得緊了，便看不見來蹤去跡，只見兩口寶劍，寒森森地宛似兩條白龍，上下盤旋·；到那時劍也不見，人也不見，只覺得冷風颼颼，一團雪在庭心裡亂滾。

煬帝和合殿的后妃宮女，都看怔了，煬帝口中不絕地稱妙。看冶兒徐徐地把劍收住，好似雪堆消盡，忽現出一個美人的身體來。薛冶兒舞罷，氣也不喘，臉也不紅，鬢絲也一根不亂，走到煬帝跟前跪下，口稱：「賤婢獻醜了！」

煬帝看她溫香軟玉般柔媚可憐，便好似連劍也拿不動的模樣，心中便十分喜歡起來，忙伸手去一把攬在跟前。回過頭去對蕭后說道：「冶兒美人姿容，英雄技藝，非有仙骨，不能至此；若非朕今日親自識拔，險些又錯過了一個美人。」

蕭后也湊趣道：「對此美人，不可不飲酒。」

忙吩咐左右獻上酒來。煬帝坐對美人，心花都放，便左一盅右一盅，只管痛飲，不覺酩酊大醉。蕭后見煬帝有醉幸冶兒之意，便帶了眾夫人，悄悄地避去。煬帝這一夜，便真地在綺陰院中幸了薛冶兒。

一連幾宵，總是薛冶兒在跟前伺候。

後來煬帝忽然想起這後宮數千宮女，不知埋沒了多少美人才女；若不是朕親自去檢點一番，怕又要

鬧出和侯夫人自盡的一般可憐事體來。他便去和蕭后商量，意思是要和蕭后親自到後宮去挑選美人才女。蕭后說：「後宮數千宮女，陛下卻從何人選起？」

煬帝說：「朕自有道理。」

第二天，便傳旨到後宮去，不論夫人、貴人、才人、美人，以及宮娥綵女，或是有色，或是有才，或是能歌，或是善舞；凡有一才一技之長的，都許報名自獻，聽朕當面點選。這個旨意一出，誰不是想攀高的？到了那一日，有能詩的，有能畫的，有能吹彈歌唱的，有能投壺蹴鞠的，紛紛趕到殿前來獻藝。煬帝欣欣得意地在顯仁宮大殿上備下酒席，帶同蕭皇后和十六院的夫人，一齊上殿面試。蕭后和煬帝並坐在上面，眾夫人羅列在兩旁，下面排列幾張書案，把紙墨筆硯笙簫絃管排列在上面。

煬帝挑選那能做詩的，便出題目，叫她吟詠；能畫的，便說景緻，叫她摹畫；能吹的，能吹的叫她吹，能唱的，叫她唱，一霎時筆墨縱橫，璣珠錯落，宮商迭奏，鸞鳳齊鳴；便是那不能字畫，只有姿色的，也一一叫她在煬帝跟前走過。那能舞的，更是不斷地在煬帝跟前翻躚盤旋。真是粉白黛綠，滿殿盡是美人，看得人眼花，聽得人心蕩。煬帝看一個愛一個，後來狠心割愛，選而又選，只選了二百多個美人。或封美人，或賜才人；各賜喜酒三杯，一齊送入西苑去備用。

選到臨了，單單剩下一個美人；那美人也不吟詩，也不作畫，也不歌，也不舞，只是站在煬帝跟前，默默不語。煬帝看時，只見她品貌風流，神韻清秀，不施脂粉，別有姿儀。煬帝問她：「喚什麼名字？別人都有貢獻，何以獨你不言不語？」

那美人不慌不忙說道：「妾姓袁，小字紫煙。自幼選入掖庭，從不曾瞻仰天顏。今蒙聖恩多情採

選，特敢冒死進見。」

煬帝道：「你既來見朕，定有一技之長，何不當宴獻與娘娘賞鑒？」

袁紫煙卻回奏道：「妾雖有微能，卻非嬌歌豔舞，只圖娛君王的耳目，博一己之恩寵。」

煬帝聽她說出大道理來，倒不覺悚然起敬。蕭后便追問道：「你既不是歌舞，卻有何能？」

袁紫煙道：「妾自幼好覽天象，觀氣望星，識五行之消長，察國家之運數。」

煬帝聽了，便覺十分詫異，說道：「這是聖賢的學問，朕尚且不知，你這個紅顏綠鬢的女子，如何能懂得這玄機？如今即便封你一個貴人，在宮中造一高臺，專管內天臺的職務，朕也得伴著貴人，時時領略天文，卻是從來宮廷中所沒有的風趣。」

袁紫煙聽了，慌忙謝恩。煬帝即賜她列坐於眾夫人下首。眾夫人賀道：「今日陛下挑選美女，不獨得了許多佳麗，又得了袁貴人為內助，皆陛下之洪福也！」

煬帝大喜，與眾夫人直飲到更深，便幸了袁貴人。

次日，煬帝便傳旨有司，在顯仁宮東南面，起一座高臺，寬闊高低，俱依外司天臺的格式。不到十天工夫，那高臺早已造成。煬帝便命治酒，到黃昏時候，和袁貴人同上臺去。袁紫煙一面伴著煬帝飲酒，一面指點天上的星宿。何處是三垣？何處是二十八宿。煬帝問道：「何謂三垣？」

袁紫煙回奏說：「便是紫薇、太薇、天市三垣。紫薇垣，是天子之宮；太薇垣，是天子出政令諸侯的地方；天市垣，是天子主權衡積聚之都。三星明清氣朗，國家便可享和平的福氣；倘晦暗不明，國家

便有變亂。」

煬帝又問：「什麼是二十八宿？」

紫煙奏對道：「角，亢，氐，房，心，尾，箕，七宿是在東方的；斗，牛，女，虛，危，室，壁，七宿是在北方的；奎，婁，胃，昴，畢，觜，參，七宿是在西方的；井，鬼，柳，星，張，翼，軫，七宿是在南方的；二十八宿環繞天中，分管天下地方。如五星干犯何宿，便知什麼地方有災難。或是兵變，或是水災，或是火災，或是蟲災，或是地震，或是海嘯山崩，都拿青黃赤白黑五色來分辨它。」

煬帝又問：「天上可有帝星？」

袁貴人說：「怎的沒有？」

便伸手向北一指，說道：「那紫薇垣中，一連五星。前一星主月，是太子之象；第二星主日，有赤色獨大的，便是帝皇。」

煬帝跟著袁貴人的手指望去，見上面果然有一粒大星；只是光焰忽明忽暗，搖晃不定。忙問：「帝星為何這般動搖？」

袁貴人笑說道：「帝星動搖，主天子好遊。」

煬帝笑道：「朕好遊樂，原是小事，卻如何上於天象？」

袁貴人便正色奏道：「天子是一國之主，一舉一動，都應天象；所以聖王明主，便刻刻小心，不敢放肆，原是怕這天象。」

煬帝聽了這話，也不答言，只是怔怔地抬頭望著天上。半晌，問道：「紫薇垣中為何這等晦暗不明？」

袁貴人見問，便低下頭去，說道：「這是外天臺臣工的職分，妾不敢言。」

煬帝說說道：「天上既有現象，貴人便說說也有何妨？」

再三催迫著，袁貴人只說得兩句道：「紫薇晦暗，只怕陛下享國不久！」

煬帝聽了，也默默不語。

袁貴人怕煬帝心中不樂，忙勸著酒。一邊說道：「天上雖然垂象，陛下但能修德行仁，也未始不可挽救。」

他兩人在臺上正靜悄悄的，忽見西北天上一道赤氣，直衝霄漢。那赤氣中，隱隱現出龍紋。袁貴人吃了一驚，忙說道：「這是天子之氣，怎麼卻在這地方出現啊！」

煬帝也回頭看時，果然見紅光一縷，結成龍紋，照耀天空，遊漾不定。煬帝便問：「何以知道是天子之氣？」

袁紫煙道：「這是天文書上載明的，五彩成紋，狀如龍鳳，便是天子之氣；氣起之處，便有真人出現。此氣起於參井兩星之間，只怕這真人便出現在太原一帶地方。」

誰知這夜煬帝和紫煙正在向司天臺上看西北方的赤氣，第二天便有外司天臺的臣工秦稱：「西北方有王氣出現，請皇上派大臣去查察鎮壓。」

接著又有連關上幾道千急表章：「第一道表章，稱弘化郡以至邊關一帶地方，連年荒旱，盜賊蜂起，郡縣無力抵禦，乞皇上早遣良將，前去剿捕的話；第二表章，卻是兵吏兩部共舉良將，稱關右十三郡盜賊蜂起，郡縣告請良將，臣等公推現任衛尉少卿李淵，才略兼全，可補弘化郡留襯，責成剿捕盜賊這一番話。煬帝看了，便在第二表章上批下旨語道：「李淵既有才略，即著被補授弘化郡留守，總督關右十三郡兵馬，剿除資賊，安撫民生」等話，發了出去，只覺心中不快，便信步在內苑中閒走。

才走到一叢沿水的楊柳樹下面，一陣風來，度著嬌滴滴的歌聲。煬帝聽了，心中便快活起來，急急尋著歌聲走去。只見一個美人，臨流坐在白石欄杆上，扭轉柳腰，低垂粉頸，趁著嬌喉，唱道：

「楊柳青青可憐，一絲一絲拖寒煙；
何須桃李描春色，畫出東風二月天？
楊柳青青欲迷，幾枝長鎖幾枝低；
不知縈織春多少？惹得宮鶯不住啼。
楊柳青青幾萬枝，枝枝都解寄相思；
宮中那有相思寄？閒掛春風暗皺眉！
楊柳青青不縮春，春柔好似小腰身；
漫言宮裡無愁恨，想到秋風愁煞人！
楊柳青青壓禁門，翻風掛日欲銷魂，
莫誇自得春情態，半是皇家雨露恩。」

那美人正要接下去唱時，煬帝已悄悄地走在她身後，伸手撫著她的脖子，笑說道：「美人為何如此關情楊柳？江南楊柳正多著，朕帶你到江南遊玩去。」

幾句話把那美人吃了一驚，回過臉來，見是萬歲，忙跪下地去接駕。煬帝認識她是袁寶兒。

這袁寶兒進宮來不久，原是長安令進獻的，生得伶俐乖巧，又是天生成一副嬌喉，能唱各種歌曲。煬帝十分寵愛她，當下為了到江南去的一句話，又連帶想造成西北方巡遊去鎮壓皇氣，因此調動百萬人夫，掘通御河，蓋造江都行宮；這一場大工程，不知斷送了百姓多少性命，糟蹋了天下幾多錢財。

這一番情形，都是申厚卿家裡一個老宮人傳說出來；厚卿的姑夫姨丈，有很多在宮廷裡做官的，也常常把煬帝在宮中一舉一動傳說出來。聽在厚卿耳中。如今他在舅父朱承禮家中作客。只因他和表妹嬌娜小姐結下了私情，他舅父的姨娘很多，卻個個愛和厚卿兜搭說話。厚卿只因和嬌娜小姐恩情很厚，怕得罪了她們，於嬌娜小姐有什麼不方便的地方，因此常常在花前燈下，搬幾椿宮廷中的故事來講講。上面說的隋煬帝第一次看瓊花，秦夫人假裝花朵，妾娘花瓣引帝，侯夫人含冤自盡，以及冶兒舞劍，煬帝選美，袁貴人識天文，種種宮闈豔聞，全是厚卿傳說出來的。

那班姨娘聽厚卿說故事，越聽越有趣，卻天天成了功課；一有空，便拉著厚卿講煬帝的故事。厚卿終日埋身在脂粉堆裡，原是十分有豔福的；只是厚卿一心在嬌娜小姐身上，卻也淡淡的。只有那大姨娘飛紅，她自從厚卿初來，便有了意思；從此一天親近似一天，言裡語裡，總帶幾分情意。聽厚卿講故事的時候，她自一番情意，也只有她挨近身去坐著。平日厚卿的飲食冷暖，也只有大姨兒最是關心。

厚卿明知道她一番情意，但一來因自己一顆心被嬌娜小姐絆住了，二來又因舅父面上，卻不敢放

肆。因此一個卻成了有意的落花，一個卻做了無情的流水。但飛紅只因要買服厚卿的心，每夜更深人靜，厚卿悄悄地走上門來，在她臥房門外走過，到嬌娜小姐房中去，她原是每夜聽得的，只望日久了，厚卿也分些情愛在她身上，因此她非但不肯去破她們的好事，還暗暗地在背地裡照應他。每到夜裡，便悄悄地把自己身旁的丫頭僕婦打發下樓去；看房門路口有什麼礙腳的對象，便暗暗地替他搬開了，怕厚卿在暗中摸索著，被器物絆翻了身體，跌壞了他的心痛的。這一番深情蜜意，叫厚卿如何知道？一任她和一盆火似的向著，他總是冷冷地看待她。

看看從秋到冬，從冬到春，厚卿和嬌娜小姐二人真是如膠似漆，難捨難分。在嬌娜小姐的意思，自己這個身體終是厚卿的了，這樣偷偷摸摸的，總非長久之計；便暗暗地催著厚卿兩人暫時分別著，快回家去挽人出來向自己父親求親。父親是十分看重外甥兒的，他看在姊弟份上，總沒有不答應的。

厚卿原知道嬌娜小姐是好話，無奈捨不得嬌娜小姐天仙般的一個美人兒，因此一天一天的延俟著。看看考期已近，他舅父便叮囑他溫理文章，準備進京去奪取功名；在厚卿心裡，卻因煬帝無道，滿朝全是奸臣，將來便是得了功名，也和這班小人合不上的，意思不願去考取功名。無奈何嬌娜小姐再三勸他，得了一官半職，也使閨中人吐氣。

厚卿沒奈何，日間在書房中埋頭用功，一到黃昏人靜，便向嬌娜房中一鑽。他兩人眼見分離在即，便說不盡的恩言愛語。厚卿口口聲聲答應俟考期一過，便回家去求著父母，挽媒人前來求親。誰知他們閨房中的恩情說話，卻句句聽在飛紅耳中。她見這表兄妹二人，如此深情蜜意，越發勾動得她春心跳蕩。

隔了幾天，看看閤府上都睡靜了，厚卿便按著時候，悄悄地會他心上人去。走上樓梯，正在暗中摸索著；忽覺劈空裡伸過一隻手來，拉住厚卿的臂兒。厚卿他握手時，纖細滑膩；接著那人貼過臉來，只覺得香軟溫暖。悄悄地湊在厚卿耳邊說道：「我的好寶貝哥兒！你莫害怕，是你大姨娘和你說話呢。我有多少心腹話兒對哥說，趁這夜深時候，人不知鬼不覺的，快跟我到房裡去，我們好說話兒。」

厚卿是偷情來的，原不敢聲張，被她死拉住了臂兒，便掙扎也不敢掙扎，只是乖乖地跟著她走進臥房去。那飛紅見厚卿進了房，便輕輕地將房門下了閂，轉過身來，花眉笑眼地把厚卿拉在床沿上坐下。又剔明瞭燈。厚卿看飛紅的粉腮兒上，兩朵紅雲，紅得十分鮮豔；那水盈盈的兩道眼光，不停地向自己臉上斜溜過來。放下帳門，拿厚卿和抱小孩兒一般地抱在懷裡。厚卿雖最近學得竊玉偷香，卻從不曾見過這陣仗兒，早嚇得他胸頭小鹿兒不住地亂撞。嘴裡只是低低地央告道：「好大姨娘！我們規規矩矩地說著話兒，莫這樣動手動腳的！」

嬌娜小姐在隔房聽得飛紅如此揉搓她的心上人兒，她又是氣憤，又是心痛，又是害怕，只是暗暗地哭泣。想起自己終身大事，怕要壞在這大姨娘身上，想到傷心之處，便不由得不嗚嗚咽咽地痛哭起來。

這一哭，直哭到四更向晨；是厚卿在隔房裡聽得了，再三央求著飛紅，放他到嬌娜房中去。

這一夜厚卿幸而不曾糟蹋了身子，在飛紅見厚卿這一副可憐的神情，便也不忍得逼迫他；只是要厚卿答應她，從此分些情意於她，她便肯在暗中竭力幫助，勸她老爺答應他表兄妹兩人的婚姻。她指望厚卿和嬌娜成了眷屬，兩家可以時常來往，她和厚卿，也得時常見面；能得厚卿一朝分些情愛與她，便也

是終身的幸事了，這一點可憐的痴情，在厚卿當時，正要得她的幫助，也權宜答應了她。欲知後事如何，且聽下回分解。

玉環贈處郎心碎　錦纜牽時殿腳行

那朱太守姬妾滿前，廣田自荒；飛紅又是一個伶俐婦人，見了這玉也似一般的書生，豈有不動心之理？因此萬種深情，一齊寄在厚卿身上。她也明知自己是姬妾下陳，厚卿是一個公子哥兒，萬不敢存獨占的想望；只盼得厚卿肯略略分些恩情與她已是，終身之幸了。

自從那夜一番情話以後，在飛紅認作是厚卿的真情，便從此赤膽忠心地幫助厚卿起來。在背地裡又百般安慰著嬌娜小姐。嬌娜小姐原也感激飛紅的一片好意；但愛情這件東西，是得步進步的，只怕日久生變。便悄悄地叮囑厚卿，早早動身趕考去；待到將來婚姻成就，那時正名正氣，也不怕飛紅變卦了。

厚卿聽了嬌娜小姐一番話，只得向他舅父告辭，說要早日動身趕考去。如今路上各處建造行館，開掘御河，怕沿路都有阻梗，不如早日啟行的為是。朱太守聽他外甥哥兒的話說得也是，那榮氏便忙著替厚卿料理行裝，又制了許多路菜。諸事齊備，便在內室設下餞行的筵宴；依舊是朱太守和榮氏帶著安邦公子和嬌娜小姐，以及飛紅、醉綠、眠雲、漱霞、楚岫、巫雲這六位姬人，團團坐了一大圓桌。離筵原不比會筵，分別在即，彼此心中不免有些難捨難分；又加嬌娜小姐和厚卿有了私情，在眾人眼前，要避去嫌疑，愈是不肯多說話。再者，她心中別恨離愁，柔腸九曲，再也找不出話來說了。

那大姨娘飛紅，原是一隻響嘴老鴉，平日只有她一個人的說話；如今在這離筵上，她心中的委屈便好似啞子吃黃連，說不出的苦。她看看厚卿玉貌翩翩，這幾天才得和他親近，還一聲說要離去了，好似拾得了一件寶貝，便又失去了，叫她如何不心痛？因此她當時也默默的。那五位姨娘，見大姨娘默默的，大家也便默默的。在席上只有榮氏叮囑厚卿路上冷暖小心，朱太守吩咐厚卿努力功名的話；潦草飲了幾杯，也便散去了。

到了當晚更深入靜的時候，嬌娜小姐房中，卻又開起離筵來。這筵席上的酒菜，都是飛紅瞞著眾人一手料理的。嬌娜小姐在日間筵席上不敢說的話，到了這時候，他二人促膝相對，那深情密意，傷離惜別的話，便絮絮滔滔地說個不完。

飛紅陪在一旁，一會兒替厚卿斟著酒，一會兒替厚卿拭著淚。看嬌娜小姐和厚卿兩人，唧唧噥噥地，說一回，哭一回；飛紅自己也有一半的心事，在一旁也陪著淌眼抹淚的。這一場泣別，直哭到五更向盡。還是飛紅再三勸解，又因厚卿明天一早要起程的，才慢慢地住了哭。嬌娜小姐拿出一個白玉連環來贈給厚卿，說道：「伴著哥哥的長途寂寞，玉體雙連，宛似俺二人終身相守。天可憐，婚煙有圓滿之日，洞房之夜，便當以此物為證。」

厚卿接了這玉連環，便隨手在汗巾子上解下一個翡翠的雙獅掛件來，揣在嬌娜小姐的手裡，順手在她玉腕上握了一握說道：「妹妹閨中珍重，他日想見，願長保玉臂豐潤。」

說著，匆匆地退出房去。他兩人一步一回頭地，嬌娜小姐直送到扶梯口，實在撐不住了，便伏在扶手欄杆上嗚嗚咽咽地痛哭起來。這裡飛紅把厚卿送下樓去，悄悄地拿出一面和合小銅鏡來。揣在厚卿懷

裡，也說了一句：「哥兒珍重，長保容顏。」

便送他進書房去了。厚卿這一宵昏昏沉沉的，到得自己房裡，只伏在枕上流淚。一會兒天色大明，榮氏進房來料理起身。從此侯門一別，蕭郎陌路，這且不去說他。

我如今再說隋煬皇帝因要重幸江都，帶著眾妃嬪海行不便，便想出一個開掘御河，放孟津的水直通揚州的法子來。一路上開山破城，不知道費了多少人力。好不容易，掘通了一條淮河，便把孟津閘口放開。那孟津的水勢，比御河原高有幾丈；待到閘口一放，那股水便翻波作浪滔滔滾滾地往御河奔來。從河陰經過大梁、汴梁、陳留、睢陽、寧陵、彭城一帶，一直向東，通入淮水。果然清波蕩漾，長堤宛轉，好闊大的河面。

這一場工役，拘捉的丁夫，原是三百六十萬人；到河道開成，只剩得一百一十萬人。那管工的節級隊長，原是五萬人，到後來只剩得二萬七千人。此外沿途受害的人民，也有十多萬人。總算起來，造成這條御河，共送去三百萬條性命。

煬帝見御河已通，十分歡喜，便吩咐工部打造頭號龍舟十隻，是供皇帝皇后坐的；二號龍舟五百隻，是與十六院夫人和眾妃嬪美人坐的；其餘雜船一萬隻，一併限三個月完工。那工部接了諭旨，不敢怠慢，忙發文書給各郡州縣，分派趕造。大縣造三百隻，中縣造二百隻，小縣造一百隻；那州縣官員又照上中下三戶分派與百姓，也有大戶獨家造一隻的，也有中戶三五家合造一隻的，也有下戶幾千家合造一隻的。那龍舟要造得十分富麗，每一船動輒要上萬的銀兩，方能造成。可憐便是上戶人家，也弄得精疲力盡；中下戶人家，益發不用說起。那沿江沿淮一帶地方，家家戶戶，無一人不受他的禍，亡家破

產，賣兒鬻女，弄得百姓十室九空，才把所有龍舟造齊，一字兒排在御河的白石埠頭上。

煬帝吩咐在龍舟上排宴，親自帶領文武百官，來到御河上一看，只見碧波新漲一色澄清，水勢瀠漾，一望如鏡。再看那頭號龍舟，有二十丈長，四丈多寬，正中蓋起了三間大殿，殿上起樓，樓外造閣。殿後依舊造一帶後宮，四周圍繞著，畫欄曲檻，玲瓏窗戶，壁間全用金玉裝或五色圖畫，錦幕高張，珠簾掩映。滿船金碧輝煌，精光燦爛。煬帝在船上四處巡遊一回，心中頗覺得意。便在大殿上和群臣飲酒。飲酒中間，煬帝忽然說道：「龍舟果然造得富麗堂皇，只是太長太寬了些，似宮殿一般的，一隻船篙也撐不動，櫓也搖不動，行走時遲緩萬分，不但朕在船中十分昏悶，似此慢慢行去，不知何日得到江都？」

說話之間，那黃門侍郎王宏便奏對道：「這不消陛下勞心，臣奉旨督造船隻的時候，已將緞匹製成錦帆；趁著東風，揚帆而下，何愁遲緩？」

煬帝聽了，沉吟了一會說道：「錦帆原是巧妙，但也須有風才好；遇到無風的天氣，豈不又是寸步難行了嗎？」

王宏接著又奏道：「臣也曾把五彩絨打成錦纜，一端縛在殿柱上，一端卻令人夫牽挽而行，好似宮殿長出腳來；便是無風之日，也能極平穩地行著。」

煬帝聽了，這才大喜道：「卿真是有用之才！」

便賜酒三杯。說話之間，只見那蕭懷靜接著又奏說道：「錦纜雖好，但恐那人夫粗蠢，陛下看了不甚美觀。何不差人到吳越一帶地方選取十五六歲的女子，打扮成宮裝模樣，無風時上岸牽纜而行，有風

時持槳繞船而坐？陛下憑欄閒眺，才有興趣。」

煬帝聽了，不禁連聲稱妙。便問王宏道：「船上共需多少女子，方可足用？」

王宏略略計算了一會，便奏道：「每一隻龍船，每一隻纜須用十個女子牽挽，十纜共用一百名女子，十隻大龍船共計要選一千名女子，方才夠用。」

煬帝笑道：「偌大一隻龍船，量這一百名嬌小女孩兒，如何牽挽得動？朕意須添一千名內侍幫助著，才不費力。」

蕭懷靜接著奏道：「內侍幫助，臣以為不可。陛下用女子牽纜，原圖個美觀；倘用男子夾雜其間，便不美觀了。倘陛下顧憐那班女孩兒，臣卻有一計：古人盡多用羊駕車的，不如添入一千頭玉色山羊。每一女子，手中拿一條彩鞭趕著山羊，人和山羊一齊牽著錦纜。那山羊又有力，配著嬌豔的女子，好似神女牧羊，又是十分美觀。聖意以為何如？」

煬帝聽了，十分歡喜，連說：「卿言深得朕心！」

這一席酒，君臣們商量量，吃得十分有興，當時散席回宮立刻傳下聖旨，一面差得力的太監到吳越一帶地方去選一千名美女；一面著地方官挑選白嫩的山羊一千頭。那牽纜的美女稱作殿腳女；只因龍船得了牽纜的女子，便能行走，好似宮殿長了腳的一般。

那煬帝自從那日觀察龍船回宮來，心中十分滿意，告與蕭后和眾夫人知道。那夫人們聽說龍舟有如此好處，便撒痴撒嬌地奏明皇帝，也要跟皇上去看龍舟。煬帝拗她們不過，到第二天，便又帶了后妃，排駕到御河埠頭去看賞龍舟。眾夫人見了龍舟，便嬉嬉笑笑地十分歡喜，大家在船艙裡隨喜了一會；你

說我愛這個艙房明靜，她說我愛那個艙房寬敞。

煬帝便替十六院夫人和一眾寵愛的妃嬪，預定了艙位。又在大殿上設下筵席，眾后妃開懷暢飲起來。眾夫人到了這新造的龍舟裡，便特別有了精神，大家歌的哥歌，舞的舞，勸酒的勸酒。煬帝是一位快樂皇帝，見了這情形，便十分快樂。看一回舞，聽一回歌，飲一回酒，不覺吃得酩酊大醉。眾夫人見皇上醉了，忙忙扶上玉輦回宮去。煬帝雖覺酣醉，只因心下暢快，還支援得住，和眾夫人同坐在玉輦上，只是調笑戲耍。

車駕方到半路，只見黃門官攔街奏道：「有洛陽縣令貢獻異花。」

煬帝原是愛玩花草的，聽說有異花，忙傳旨取花來看。

眾宮嬪將花捧到輦前。煬帝睜著醉眼觀看，只見那花莖有三尺來高，種在一個白玉盆裡，花瓣兒長得鮮美可愛，一圈深紫色鑲著邊，花心兒卻潔白如玉。拿手指撫摸著，十分滑膩，好似美人的肌膚一般。最奇的每一個蒂兒上，卻開著兩朵花，芬芳馥郁。一陣陣送在煬帝鼻管裡，心脾清爽，連酒醉也醒了，便覺精神百倍。煬帝捧著花兒，只顧嗅弄，心中十分愛悅。便問：「這花有何妙處？」

便有黃門官奏稱：「此花妙處，據洛陽令奏說，香氣耐久，沾染衣襟，能經久不散。那香味既能醒酒，又能醒睡。」

煬帝又問：「此花是何名兒？」

黃門官又奏說：「此花乃從嵩山塢中採來，因與凡花不同，便敢進獻，實在連那洛陽令也不知道它的名兒。」

煬帝聽了，略略沉思一會，說道：「此花迎著朕輦而來，都是並蒂，朕便賜它一個名兒，稱作合蒂迎輦花吧。」

說著，便催動車駕，進了西苑。

眾夫人見小黃門懷中捧著那合蒂迎輦花，大家便上前來爭奪，這位夫人說：「此花待賤妾養去，包管茂盛。」

那位夫人說：「此花待賤妾去澆灌，方得新鮮。」

眾夫人正紛紛擾擾的時候，煬帝笑說道：「此花眾夫人都不可管，唯交給袁寶兒管去，方得相宜。」

眾夫人聽了，都不服氣，說道：「這陛下也忒偏心了！何以見得俺們都不及袁寶兒呢？」

煬帝笑說道：「眾夫人不要說這小器量的話，須知道這袁寶兒原是長安令進貢來御車的。這花朕又取名叫迎輦花：御車女管迎輦花，豈不是名正言順？」

說著，便傳袁寶兒來，親自將這花交給她，又叮囑好好看管。那袁寶兒自從那日煬帝偷聽了她的歌兒，從此恩寵日隆；如今又做了司花女，便每日摘一枝在手中，到處跟定煬帝。煬帝因花能醒酒醒睡，便時時離花不得，也便時時離寶兒不得，因此寶兒受的恩寵越發厚重了。這卻不去提他。

如今再說煬帝自從開通了御河，造成了龍舟以後，便在宮中坐立不安，恨不得立刻坐著龍舟到江南去；無奈那一千個殿腳女，還不曾選齊，那錦纜無人拉得，心中十分焦躁。忽然那西苑令馬守忠進宮來求見。那馬守忠專管西苑一切工程事務的，如今聽說皇上要拋下西苑遊幸江都去，心中老大一個不樂。這一天他抓住一個大題目，進宮來勸諫煬帝，說道：「古來帝王，一行一動，都關大典。陛下前次

西域開市，受著遠路風霜，已是不該的了。但開拓疆土，尚算得是國家大事；如今陛下造這一座西苑的時候，窮年累月，千工萬匠，也不知費了多少心機，化了多少銀錢，才蓋成這五湖四海三神山十六院。這般天宮仙島也似的風景，陛下何必拋棄了它再去尋什麼江南景色？」

這一番話，如何能勸得轉煬帝的心意？只是駕出無名的一句話，煬帝細心一想，卻有幾分道理。

如今這樣大排場地巡幸出去，總得要借作大名兒，才可免得後世的笑罵。

當下煬帝在滿肚子思索一回。忽然被他想起昨日遇見宇文達上奏章，說遼東高麗，多年不進貢了。

朕不如借征遼東為名，卻先發一道詔書，傳達天下，只說御駕親征，卻另遣一員良將，略帶兵馬前往遼東，虛張聲勢。朕卻以征遼為名，遊幸為實，豈不把這場過失遮掩過去了？當下主意已定。

第二天大開朝議，煬帝把這旨意宣下群臣，又下一道征遼詔書。上面寫道：

大隋皇帝，為遼東高麗不臣，將兵征之，先詔告四方，使知天朝恩威並著之化。詔曰：『朕聞宇宙之內，安可任其不廷，以傷王者之量；隨其梗化，有損中國之威哉？故今爰整干戈，正天朝之名分；大彰殺伐，警小丑之跳梁。以虎賁之眾，而下臨磴穴，不異摧枯拉朽；以彈丸之地，而上抗天威，何難空

勒燕然，漢嫖姚之大捷。從古聖帝明王，未有不兼包胡蠻夷狄而共一胞與者也。況遼東高麗，近在旬服之內，安可任其不廷，以傷王者之量；隨其梗化，有損中國之威哉？故今爰整干戈，正天朝之名分；大

無兩天地，古今唯一君臣。華夷雖限，而來王之化不分內外；風氣即殊，而朝宗之歸自同遐邇。順則援之以德，先施雨露之恩；逆則討之以威，卿以風雷之用。萬方納貢，堯舜取之鳴熙；一人橫行，武王守以為恥。是以高宗有鬼方之克，不憚三年；黃帝有涿鹿之征，何辭百戰。薄伐儼狁，周元老之膚功；高

幕犁庭?早知機而望風革面,猶不失有苗之格;倘恃頑而負固不臣,恐難逃樓蘭之誅。莫非赤子,容誰在覆載之外?同一斯民,豈不置懷保之中。六師動地,斷不如王用三驅;五色親裁,卿以當好生一面。款塞及時,一身可贖;天兵到日,百口何辭?慎用早思,無遺後悔。故詔。』」

卻說這詔書發下,那一千名殿腳女也已選齊,便分派在十隻大龍舟上。一纜十人,一船百人。有風時掛起錦帆,各持著鏤金蘭槳,繞船而坐;無風時各牽著錦纜,彩鞭逐隊而行。那總管太監也煞費苦心,教練了多日。煬帝便下旨著越王守國,留一半文武,輔佐朝政;又命禮官,選一個起行吉日。

到了這一日,煬帝和蕭后果然龍章鳳藻,打扮出皇家氣象,率領著十六院夫人和幾位寵愛的妃嬪,共坐了一乘金圍玉蓋的逍遙寶輦。還有那三千美女,八百宮嬪,都駕著七香車,圍繞在玉輦前後。眾內侍一律是蟒衣玉帶,騎在馬上。又因有征遼的名兒,變輿前,卻排列著八千錦衣軍。龍旗招展;鳳帶飄搖,沿著御道排列著,足足有十里遙遠。

一聲號炮響,正要起駕,忽聽得一派哭聲,從宮中湧出。

只見上千宮女,聚成一堆,和一陣風似的,直撞在御輦前,攔住馬頭,不容前進。只聽得一片嬌喉,齊聲嚷道:「求萬歲爺也帶我們往江都去!」

原來煬帝宮中宮女最多,雖有上萬龍舟,畢竟也裝載不盡;只能帶得三千名,留下這一千名看守故宮。

這一千名宮女,看見不得隨行,因此撒痴撒嬌地擁住車駕,不肯放行。煬帝平素看待宮女,俱有恩情;今見這般行狀,也便不忍叫兵士開啟。親自倚定車轅,拿好言安慰眾人道:「你們好好安心在此看

守宮苑，朕此番去平定遼東，少則半載，多則一年，車駕便回。」

那班宮女如何肯聽說，便個個不顧死活，上前挽留：也有拉住幃幔的，也有攀住輪軸的，也有爬上車轅來的，也有跪倒在地下痛哭的。煬帝看看沒奈何，只得下一下狠心，喝士兵們驅車直前。那兵士們領了旨意，便不顧宮女死活，推動輪軸，向前轉去。可憐眾宮人俱是嬌嫩女子，如何抵擋得住，早被車輪擠倒的擠倒，軋傷的軋傷，一霎時血跡模糊，號哭滿路。煬帝在玉輦中聽得後面眾宮女一派啼哭之聲，心下也覺有些不忍，便傳喚內侍，取紙筆過來。便在輦上飛筆題了二十個字道：「我慕江都好，征遼亦偶然；但存顏色在，離別只今年。」

吩咐把這詩籤傳與眾宮女知道，不須啼哭。那宮女看了詩，也無可奈何，只得一個個淒悽慘慘地回進宮去。

這裡御輦到了白石埠頭，也不落行宮，煬帝帶了后妃眾人，一徑上船。帝后坐定了十隻大龍舟，用銅索接連在一起，居於正中。十六院夫人，分派在五百隻二號龍舟裡，卻分一半在前，一半在後，簇擁著大龍舟。每條船各插繡旗一面，編成字號；眾夫人、美人依著字號居住，以便不時宣召。一萬隻雜船，卻分坐著文武官員和黃門內侍；隨著龍舟，緩緩而行。只聽著大船上一聲鼓響，大小船隻魚貫而進。；一聲金鳴，各船便按隊停泊。又設十名郎將，稱為護纜使，不住地在龍舟周圍巡視。雖說有一萬隻龍舟，幾十萬的人夫，幾乎把一條御河填塞滿了，卻是整齊嚴肅，無一人敢喧譁，無一船敢錯落的。龍舟分派已定，便有大臣高昌帶領一千殿腳女，前來見駕。煬帝看時，一個個長得風流體態，窈窕姿容，略略過目，便傳旨擊鼓開船。

恰巧這一天風息全無，張不得錦帆；護纜郎將便把一千頭白山羊驅在兩岸，又押著殿腳女一齊上岸

去牽纜。那一班殿腳女，都是經過教練的，個個打扮得妖妖嬈嬈，調理得裊裊婷婷。只聽船上畫鼓輕

敲，眾女子柳腰款擺，那十隻大龍舟早被一百條錦纜悠悠漾漾地拽著前行。

煬帝攜著蕭后，並肩兒倚在船樓上，左右顧盼，只見那兩岸的殿腳女，娥眉作隊，粉黛成行。娥眉

作隊，一千條錦纜牽嬌；粉黛成行，五百雙纖腰顯媚。香風蹴地，兩岸邊蘭射氤氳；彩袖翻空，一路上

綺羅蕩漾。沙分岸轉，齊輕輕側轉金蓮；水湧舟回，盡款款低橫玉腕。裊裊婷婷，風裡行來花有足；遮

遮掩掩，月中過去水無痕。羞煞臨波仙子，笑她照水嫦娥。驚鴻倦態，分明無數洛川神；黛色橫秋，彷

彿許多湘漢女。似怕春光去也，故教綵線長牽；如愁淑女難求，聊把赤繩偷系。正是珠圍翠繞春無限，

再把風流一線串。煬帝在船樓上越看越愛，便對蕭后說道：「朕如此行樂，也不枉為了天子一場！」

蕭后也回奏道：「陛下能及時行樂，真可稱得達天知命！」

站了一刻，蕭后下船樓去。煬帝便也走下樓去，靠定船舷，細細觀看。

只見眾殿腳女行不上半裡，個個臉泛桃紅，頸滴香汗；看她們珠唇一開一合的，便有幾分喘息不定

的神氣。原來此時是四月初上的天氣，新熱逼人，日光又緊逼著粉面；這殿腳女全是十五六歲的嬌柔女

子，如何當得起這苦楚，所以走不多路，便露出這狼狽形狀來。

煬帝看了，心中暗想，這些牽纜的女子，原貪看她美色嬌容；若一個個的都是香汗淖淖，嬌喘吁吁

地行走著，不但毫無趣味，反覺許多醜相。便慌忙傳旨，叫鳴金停船，那殿腳女一齊收了纜回上船來。

蕭后見停住了船，不知何故。急問時，煬帝說道：「御妻你不見這班殿腳女，才走不上半里路程，便一

齊喘急起來，若再走上半裡，弄得個個流出汗來，脂粉零落，還成什麼光景？故朕命她們暫住，必須商量一個妙法，才免了這番醜態。」

蕭后笑道：「陛下原是愛惜她們，只怕曬壞了她們的嫩皮朕！」

煬帝也笑道：「御妻休得取笑，朕並不是愛惜她們，只是這般光景，實不美觀。」

當帝后談論的時候，恰恰有翰林院學士虞世基隨侍在一旁，便奏道：「依臣愚見，這事也不難，只須陛下傳旨，將兩岸上盡種了垂絲楊柳，望去好似兩行翠幛，怕不遮盡了日光。」

煬帝聽了，又搖著頭說道：「此法雖妙，只是這千里長堤，一時叫地方官怎能種得這許多柳樹？」

虞世基奏道：「這也不難，只須陛下傳一道旨意下去，不論官民人等，但有能栽柳一株的便賞絹一匹。那窮苦小民，只貪小利，不消五七日，便能成功。」

煬帝稱讚道：「卿真有用之才也！」

便傳旨出去，著兵工二部，火速寫告示，飛馬曉諭兩岸相近的百姓人家：有能種柳樹一株的，賞絹一匹。又著許多內侍，督同戶部官員，裝載無數絹匹銀兩，沿途按樹發給。真是錢可通神。不上一日工夫，這近一百里的兩岸，早已把柳樹種得密密層層。煬帝坐在船上，看眾百姓種柳樹種得熱鬧，便說道：「這才是君民同樂！朕也親種一株，留作紀念。」

說著領百官，走上岸來，眾百姓見了，一齊拜倒在地。煬帝走到柳樹邊，選了一株，早有許多內侍把那柳樹移去，挖了一個深坑，栽將下去。煬帝只把手在上面摸了一摸，便算是親種的了。欲知後事如何，且聽下回分解。

畫長眉絳仙得寵　幸迷樓何稠獻車

眾百姓見煬帝親自來種柳樹，大家便愈加踴躍，不消五七天工夫，把這千里隋堤，早已種得和柳巷一般。春光覆地，碧影參天，風來裊裊生涼，月上離離瀉影。煬帝看了，連稱好風景！又對蕭后說道：

「從前秦始皇泰山封禪，一時風雨驟至，無處躲避。幸得半山上五株大松樹遮蓋，始皇說它有功，便封它為大夫，稱五大夫松。如今朕遊幸江都，全虧這兩行柳路遮掩日光，亦有大功，朕便賜它一個御姓，姓楊吧。」

因此後世的人，喚柳樹便喚楊柳。當時蕭后見煬帝加封柳樹，便湊趣道：「今日陛下得了同姓的功臣，也該慶賀。」

便命左右看上酒來，奉與煬帝。煬帝接酒笑道：「真可當得一個功臣！」

飲了幾杯，便命擊鼓開船。

一聲鼓響，一千殿腳女，依舊上岸去牽著錦纜，手擎著彩鞭，趕著山羊，按步走去。此番兩堤種了楊柳，碧影沉沉，一毫日影也透不下來，時時有清風拂面，涼爽可人；那眾殿腳女在兩岸走著毫不覺苦。煬帝帶著眾夫人在龍舟上飲一回酒，聽一回歌，乘著酒興，便帶了袁寶兒到各處龍舟上繞著雕欄，

將兩岸的殿腳女，細細地選著。只見那些女子，絳絹彩袖，。翩躚輕盈，一個個從綠楊蔭中行過，都長得風流苗條，十分可愛。

看到第三隻龍舟上，只見一個女子，更長得俊俏。腰肢柔媚，似風前楊柳纖纖；體態風流，如雨後輕雲冉冉。一雙眼秋水低橫，兩道眉春山長畫。白雪凝膚，而鮮豔有韻，烏雲挽髻，而滑膩生香。金蓮款款，行動不塵；玉質翩翩，過疑無影。莫言婉轉都堪愛，更有消魂不在容。煬帝對著那女子從上看到下，從下看到上，看了半天，大驚道：「這女子柔媚秀麗，竟有西子、王嬙般姿色，如何卻雜在此中！」

煬帝正出神時候，忽見朱貴兒、薛冶兒奉了蕭后之命，來請皇上飲酒，；煬帝只是把兩眼直直地注定在岸上，任你百般催請，他總給你個不睬。朱貴兒見請煬帝不動，只得報與蕭后，蕭后笑道：「萬歲又不知著了誰的魔了！」

便同十六院夫人一齊都到第三隻龍舟上來。只見煬帝倚定欄杆，那兩道眼光，齊齊注射在岸上一個女子身上。

蕭后也讚道：「這女子果然長得嬌媚動人！」

又說：「遠望雖然有態，近看不知如何。何不宣她上船來一看？」

一句話提醒了煬帝，便著人去傳宣。待宣到面前看時，不但是長得風流裊娜，她臉上畫了一雙彎彎的長眉，好似新月一般；最叫人動心的，是明眸皓齒，黑白分明，一種奇香，中人慾醉。煬帝看了，喜得眉歡眼笑，對蕭后說道：「不意今日又得了這絕色美人！」

這句話說了又說。蕭后也說道：「陛下天生豔福，故來此佳麗，以供玩賞。」

煬帝叫把那女子喚到跟前，問道：「美人是何處人？喚甚名字？」

那女子嬌羞覥腆地答不出話來，左右宮女又一連催問著，她才低低地答道：「賤妾生長在姑蘇地方，姓吳，小字喚作絳仙。」

煬帝又問：「今年幾歲了？」

絳仙奏稱十七歲。蕭后在一旁說道：「正在妙齡。」

問她：「曾嫁丈夫麼？」

絳仙害羞，把頭低著，只是不說話。蕭后在一旁湊趣道：「不要害羞，只怕今夜便要嫁丈夫了！」

煬帝聽了，笑道：「御妻倒像做媒人的！」

蕭后也笑說道：「陛下難道不像個新郎！」

眾夫人接著說道：「婢子們少不了有會親酒吃呢！」

你一言，我一語，愈把個吳絳仙調弄得羞答答的，只是背過臉兒去，說不出一句話來。這模樣兒叫人越看越覺可憐，煬帝傳旨，鳴金停船。

這時天已昏黑，船艙內燈燭齊明，左右排上夜宴，煬帝與蕭后並肩坐在上面，十六位夫人分坐在兩旁。那妥娘、貴兒、杳娘、俊娥、寶兒、冶兒、紫煙一班得寵的美人一字兒隨立在煬帝身後。宮人指點

絳仙斟上兩杯酒去，一杯獻與蕭后，一杯獻與煬帝。那絳仙卻也很知禮節，雙手捧著金盃兒，走到煬帝

跟前去，雙膝跪倒，把那金盃兒高高舉起。煬帝正一心寵愛著她，如何捨得她跪來，忙伸手去接過酒杯來，握住她纖纖玉手，說道：「你也伴著朕在一旁坐下。」

絳仙忙射恩說道：「有娘娘和眾夫人在此，焉有賤婢的座位；賤婢得侍立左右，已是萬幸。」

幾句話說得伶伶俐俐，煬帝聽了，更是歡喜。說道：「你既守禮不肯坐，那酒總可以吃得的。」

說著，喚宮女送上酒來，賜絳仙飲酒。絳仙飲了一杯，又跪下去謝恩。煬帝趁勢握住絳仙的手不放。眾夫人見煬帝有幾分把持不定，便都湊趣，你奉一杯，我獻一盞，把個煬帝灌得醉眼乜斜。煬帝到此時，卻忍耐不住，便站起身來，一隻手搭在絳仙的肩上，只說得一句：「朕不陪你們了！」

竟退入後宮臨幸絳仙去了。

這一宵恩愛，煬帝直把個吳絳仙當作天仙一般看待；次日直睡到晌午，還和絳仙在床上綢繆。絳仙再三勸諫道：「婢子蒙萬歲收錄，隨侍之日正長；若垂愛太過，只恐娘娘見罪。」

煬帝道：「這娘娘是再也不嫉妒的。」

絳仙說道：「娘娘雖不嫉妒，也要各守禮分。」

煬帝被她說不過，方才起身梳洗。果然蕭后見煬帝貪歡晚起，心中大不歡喜，見到面便說道：「陛下初幸新人，正要窮日夜之歡，如何這早晚便起身了！」

煬帝明知蕭后說話裡有醋意，且故意笑說道：「只因絳仙柔媚可人，朕便不覺昏昏貪睡，是以起身遲了，御妻休怪。」

153

蕭后聽了，卻也不好意思再說，便邀著煬帝同出宮去用了早膳。吃酒中間，煬帝又提起絳仙來，說道：「朕最愛絳仙兩彎長眉，畫得十分有韻。」

正談論時候，忽見一個黃門官進來，奏道：「波斯國進獻螺子黛。」

煬帝大喜道：「這波斯國卻也湊趣，正要取來賜與絳仙畫眉。」

傳旨將螺子黛取來，當筵開啟，分了一斛，著宮人去賜與絳仙。

這是絳仙因起身遲了，尚在後宮梳洗。宮女捧著螺子黛，正要送進去，煬帝吩咐傳話給絳仙道：「你對她說，這螺子黛是波斯寶物，畫眉最綠，最有光彩；今朕獨賜與她畫長眉用，叫她快畫成了，出來與大家賞玩。」

內侍傳旨，忙把螺子黛送去，交與絳仙。絳仙這時要賣弄才情，便信筆寫了四句詩，叫內侍拿出去，呈與煬帝，算是謝恩；一面細細地畫著蛾眉。那詩道：「承恩賜螺黛，畫出春山形；豈是黛痕綠，良由聖眼青！」

煬帝看了詩句，愈加歡喜，對蕭后說道：「絳仙詩句清新，不在班婕妤之下；朕意也要將她拜為婕好，御妻意下如何？」

蕭后忙奏道：「聽說絳仙曾許嫁玉工萬群為妻，如今陛下又拜她為婕妤，只怕外宮聽了不雅。」

煬帝知是蕭后有嫉妒之意，便也不作聲了。停了一回，吳絳仙妝成了出來，先向煬帝謝了恩，再拜見蕭后與眾夫人。蕭后知是殿腳女打扮，如今經煬帝臨幸過以後，便珠膏玉沐，容光煥發，更兼螺子黛畫了兩道彎彎的長眉，真個是眉彩飛舞，飄飄欲仙。她昨日還是殿腳女打扮，如今經煬帝臨幸過以後，便珠膏玉沐，容光煥發，更兼螺子

絳仙拜謝過以後，依舊要上岸去充殿腳女；煬帝如何肯放，傳旨在宮女中選一名去補充殿腳女，卻令絳仙坐在船上，臨流把槳，升她做龍舟首楫，便在煬帝坐的船上弄槳。只見她坐在船舷上，腰肢裊娜，顧盼生姿，真是一經雨露，便不尋常。眾殿腳女見吳絳仙因畫長眉得寵的，便大家也都學著她畫起來。無奈煬帝一片寵愛，全傾注在吳絳仙身上，絳仙每日把槳，煬帝也每日憑欄玩賞。

看看愛到極處，便對蕭后說道：「古人說秀色可餐，以朕看來，如絳仙這般顏色，真可以療飢呢！」

說罷，便提起筆來寫上一首詩道：「舊曲歌桃葉，新收艷落梅，將身傍輕楫，知是渡江來。」

又命左右把詩抄了，分頭傳與眾殿腳女，大家念熟了，一齊當吳歌唱起來。唱了一遍又是一遍；兩岸上殿腳女唱著，龍舟中眾宮女和著，一片嬌喉。煬帝聽了，滿心歡喜，便又把吳絳仙封作崆峒夫人，從此只須她每日陪伴在煬帝左右，不須她去持楫了。

龍舟在御河裡一天一天地行著，不多日已到了睢陽地方。

這煬帝預先吩咐下的，黃門官忙忙上殿去奏稱龍舟已到了睢陽；煬帝傳旨教停了船，自有一班地方官前來朝參。待挨過了白日，天色一黑，煬帝只同了蕭后，登閣望氣。此時紅日西沉，早換上一天星斗。煬帝舉頭四望，只見銀漢橫空，疏星燦爛。高閣上燈也不點，只煬帝與蕭后兩人悄悄地憑欄而坐。煬帝因與袁紫煙講究天文，便知道這些星辰部位，便一一指點與蕭后觀看。

二人閒話了半晌，天氣已漸近二更。此時河中雖有一萬餘只龍舟，兩岸又有無數軍馬，只因煬帝立法森嚴，不許喧譁，無人敢犯他的旨意，因此四下里靜悄悄的，絕無一人敢說笑。煬帝在閣上徘徊良

155

久，四處觀察，卻不見有什麼天子氣出現，便笑對蕭后說道：「那些腐儒的談論，如何信得！」

蕭后也說道：「若非今夜陛下親自檢視，終免不了心中疑惑；如今陛下可放心了。」

二人又立了一回，漸覺風露逼人，頗有涼意，蕭后便把煬帝扶下高閣去。

第二天開船，依舊今日吳絳仙，明日袁寶兒，早起朱貴兒，晚間韓俊娥地追笑尋歡。煬帝好似穿花蛺蝶，無日不在甜情蜜意中。一路上窮奢極欲，歌舞管絃，龍舟過處，香聞數里。過了幾天，又早不知不覺地到了江都。眾文武忙上船奏聞，煬帝大喜，便吩咐明日便要登岸；眾官領旨，各各分頭去打點。

百事齊備，到了次日，煬帝和蕭后並帶了眾夫人，依舊坐上逍遙寶輦，一路旌旗招展，鼓樂喧天，將車駕迎入離宮。

那離宮蓋造得十分寬大，前面是宮，後面是苑。苑中也有十六所別院，在別院東邊，蓋了一所月觀。宮門口三架白石長橋，九曲御池，十分清澈。一處處都是金輝玉映，一層層俱是錦裝繡裹。蕭后住了正宮，眾夫人和美人依舊各住了一所別院，卻獨賜吳絳仙住在月觀裡。殿腳女分發各院，也便當做宮女供用。煬帝在宮中繁華歌舞，也玩得厭了；如今到了江南，見了這山明水秀，天然景色，很想得些自然的樂趣。

一夜，月色甚明，煬帝因厭絲竹聒耳，便同蕭后帶了十六院夫人，和五六個寵愛的美人，命小黃門提了酒盒，緩緩地步行到白石橋頭看月去。這時夜盡三更，一天涼月，正照當頭。

煬帝吩咐不要設席，便拿錦氈鋪在橋上，不分尊卑，團團席地而坐，清談調笑。飲了一會酒，煬帝道：「我們這等清坐賞月，豈不強似那簫歌聒耳？」

蕭后說道：「在此時若得吹兩三聲玉簫，也是十分清雅。」

煬帝也說道：「月下吹簫，最是韻事。」

便命朱貴兒取了一支紫竹洞簫，悠悠揚揚地吹了起來。大家聽了，無不神往。簫聲歇處，寶兒又提著嬌喉，清歌了一曲，冶兒也趁著月光，舞了一回劍。煬帝看到開杯，便命宮女斟上酒來，飲了一回。

蕭后忽問：「這橋兒喚什麼名字？」

煬帝說：「還不曾題名。」

蕭后道：「既未題名，陛下何不就今日光景賜它一個名兒，傳在後世，也留一個佳話？」

煬帝聽了，便低頭思索一回，又向眾人看看，說道：「景物因人而得名，古人有七賢鄉，五老堂等，全是以人數著名。朕今夜和御妻與十六個夫人連絳仙一班美人在內，共是二十四個人，便賜它一個名兒，喚作二十四橋吧。」

眾人聽了，齊聲贊說：「好一個二十四橋！足見陛下恩情普遍。」

便一齊奉上酒去，煬帝接杯在手，開懷暢飲。後來唐人杜牧，有一首詩，是弔二十四橋遺蹟的，道：「青山隱隱水迢迢，秋盡江南草未凋；二十四橋明月夜，玉人何處教吹簫！」

從此以後，煬帝在離宮裡，一日亭臺，一日池館，盡足遊玩。一日御駕臨幸月觀，吳絳仙正在對鏡理妝，忙握住頭髮，要出來接駕；煬帝忙吩咐她：「不用接駕，朕在水晶簾下看美人梳頭，最是韻事。」

說著，便走進房來，宮女移過一張椅子，坐在鏡臺旁，看絳仙梳著雲髻，畫著長眉。絳仙見煬帝只

是目不轉睛孜孜地向她臉上看著，便笑說道：「粗姿陋質，有什麼好看之處，卻勞萬歲如此垂青？」

煬帝說道：「看美人窗下畫眉，最是有趣。朕只恨那些宮殿蓋得曠蕩，窗戶又太高大了，顯不出美人幽姿；若得幾間曲房小室，幽閨靜軒，與你們悄悄冥冥相對，與民家夫婦一般，這才遂了朕生平之願。」

絳仙奏道：「萬歲若要造幾間幽窗曲戶，也並非難事；只是要造得曲折幽雅，怕宮中沒有這般巧匠。」

煬帝當時便把管工程的近侍高昌，傳喚進來，又把要造麴窗幽戶的話，對高昌說了。高昌奏道：「奴才有一個朋友，常自說能造精巧宮室。此人姓項，名升，是浙江人，與奴才原是同鄉，現在宮外閒住。」

煬帝便吩咐傳喚項升，高昌不敢遲留，便出去帶領項升來拜見。

煬帝道：「高昌推薦你能建造宮室，朕嫌這些宮殿忒造得曠野穹蕩，沒有曲折幽雅之妙；你可盡心替朕造幾間幽祕的樓房，先打圖樣進呈，候朕裁定了再行動工。」

項升領了旨意，退出宮來，獨自一人在屋子裡，滿肚子思索著，通宵不睡，直費了十日的心力，才把圖畫成，便進宮來獻與煬帝。煬帝細看那圖上畫了一間大樓，中間分出千門萬戶，有無數的房屋，左一轉，右一折，竟看不明從何處出入。煬帝大喜，說道：「你有這般巧心，造出這一所幽祕的宮室，朕住在裡面，也不負為天子一場，盡可老死其中了！」

左右侍臣聽煬帝竟說出這個話，大家都不覺臉上變了顏色。煬帝卻毫不在意，便吩咐先賞賜項升許

多綵緞金銀，派他專事督看工程。一面傳旨工部，選四方的材料。去派封德彝，催發天下的錢糧人夫，如有遲緩，便當從嚴查辦。

朝廷意旨一下，誰敢不遵？可憐做地方官的，只得剜肉補瘡，前去支應。那封德彝奉了聖旨，便雷厲風行地到各處去催逼錢糧，捉拿人夫。他也不想在這幾年裡面起宮造殿：東宮才成，又造西苑；長城剛了，又動河工。帝開掘御河，建造各處行宮別館以後，早已弄得民窮財盡。那封德彝奉了聖旨，便雷厲風行地到各處去催逼錢糧，捉拿人夫。

又兼西域開市，東遼用兵，不知費了多少錢財，傷了多少人命。

如今又要徵集幾十萬人夫到江都去建造宮樓，那百姓原都是要性命的，大家把歷來的工役都嚇怕了，知道此一去十有九是性命不保的，在家裡也是生計四絕，去也是死，不去也是死，便橫一橫心，拼著性命去做盜賊；這裡成群，那裡結黨，漸漸地聚集起來。內中有幾個亂世英雄，便把亂民蒐整合隊：像竇建德在漳南作亂，李密在洛陽猖狂，瓦崗寨有翟讓聚義，後來又有劉武周稱雄。盜賊紛紛四起，那班文武，只圖得眼前無事，便各把訊息瞞起，煬帝終日尋歡作樂，昏昏沉沉，好似睡在鼓裡。

隔了一年工夫，那項升才把一座大樓蓋造完竣。雖說費盡錢糧，卻也造得曲折華美，極人天之巧。外邊望去，只見傑閣與崇樓高低相映；畫棟與雕甍，俯仰相連。或斜露出幾曲朱欄，或微窺見一帶繡幕；珠玉光氣，映著日色，都成五彩。乍看去好似大海中蜃氣相結，絕不信人間有此奇工巧匠。誰知一走進樓去，愈弄得人心醉目迷，幽房密室，好似花朵一般；這邊花木扶疏，那邊簾櫳掩映，一轉身只見幾曲畫欄，隱隱約約，一回頭又露出一道回廊，宛宛轉轉。進一步便別是一天，轉一眼又另開生面；才到前軒，不覺便轉入後院。果然是逶迤曲折，有越轉越奇之妙。況又黃金作柱，碧玉為欄，瑤階瓊戶，

珠牖瑣窗，千門萬戶，輾轉相通。人若錯走了路，便饒你繞一天也繞不出來。

唐韓偓的《迷樓記》裡有一段說道：

「樓閣高下，軒窗掩映，幽房曲室，玉檻朱楯，互相連屬，迴環四合，曲屋自通，千門萬牖，上下金碧。金虯伏於棟下，玉獸蹲於戶旁；壁砌生光，瑣窗射日。工巧之極，自古無有也！」

這一番話，也可見得當時工程的巧妙了。

項升造成了這座大樓，便去請煬帝臨幸，煬帝坐著油碧小車，一路行來，遙見景色新奇，恍恍惚惚，便好似到了神仙洞府一般。待走到屋子裡面，只見錦遮繡映，萬轉千回，幽房邃室，婉轉相通。煬帝一面走著，口中不絕地讚歎說道：「此樓如此曲折精妙，莫說世人到此，沉迷難認，便是真仙來遊，也要被它迷住，可取名便喚作迷樓。」

又命項升領著眾宮娥，細細的在樓中辨認路徑；又傳旨吏部賜項升五品官職，另賜內庫綾絹千匹，項升謝恩辭出宮去。

煬帝這一天便不還宮，自在迷樓中住下；一面詔吳絳仙、袁寶兒一班得寵的美人，前來承應。另傳下一道詔書，選良家十二三歲的幼女三千人，到迷樓中充作宮女。在正中大樓上安下四副寶帳，全是象床軟枕，錦裯繡褥，特定下四個名兒：第一帳，稱作散春愁；第二帳，稱作醉忘歸；第三帳，稱作夜酣香；第四帳，稱作延秋月。煬帝不分日夜，只除了吃酒，其餘無一時一刻不在帳中受用；又把到水沉香、龍涎香，在屋子的四角焚燒起來。香菸繚繞，從外面望進去，好似雲霧一般，氤氳飄渺。

煬帝終日在屋子裡和幾個最得寵的妃嬪遊玩著，真宛同瓊樓天女，神仙眷屬。那三千幼女，全是乳鶯雛燕，嫩柳嬌花；披著輕羅薄縠，打扮得裊裊婷婷，專在各處幽房密室中煮茗焚香，伺候聖駕。煬帝終日穿房入戶地十分忙碌，只恨那幽密去處，全是逶迤曲折，高低上下，坐不得輦，乘不得輿，每日全要煬帝勞動自己兩條腿，走來走去，十分費力。誰知那時左右侍臣，見煬帝專好遊幸，便一齊在遊幸的器物上用工夫，造出許多靈巧的機器來，討皇帝的好兒。

只因當初何安獻了御女車，得了功名富貴，他弟弟何稠，這時打聽得煬帝在宮中步行，十分勞苦，便用盡他的聰明，製造了一輛轉關車，獻進宮來。這車身下面裝上四個輪子，左右暗藏機括，可以上可以下，登樓上閣，都好似乎地一般；轉彎抹角，一一皆如人意，絲毫沒有遲鈍的弊病。那車身也不甚大，只須一個太監，在後面推著，便可到處去遊幸。車子打造得精工富麗，全是金玉珠翠，點綴在上面。煬帝見了這車子，心中大喜，便親自坐上車去，叫一個內侍推著試看；果然輕快如風，左彎右轉，全不費力，上樓下閣，比行走快上幾倍。煬帝試過了車，便傳旨賞何稠黃金千兩，另給官職，在朝隨侍。

從此煬帝有了這轉關車，終日在迷樓中往來行樂；也不知幾時為日，幾時為夜，窮日累月地只把個頭腦弄得昏昏沉沉。

他脾胃既被酒淘壞，又因歡欲過度，便支撐不住，大病起來。

欲知後事如何，且聽下回分解。

玩童女初試任意車　砍瓊花忽得長春藥

煬帝這一病，卻非等閒：平日病酒病色，只須喚袁寶兒採那合蒂迎輦花來一嗅，便立刻把酒解去，精神復原。如今卻不行了，那袁寶兒把花獻上去，煬帝不住地嗅著，全然沒有應驗；只把花丟了，昏昏睡倒。後來虧得御醫巢元方開方下藥。盡力調治，煬帝的病才減輕了許多。

這時煬帝身邊有一個忠義小臣，名喚王義；他原是煬帝在東京時候，南楚道州進貢來的。那時海內十分殷富，又值四方安靖，各處邊遠地方，年年進貢，歲歲來朝，也有進明珠異寶的，也有進虎豹犀象的，也有貢名馬的，也有獻美女的，獨有那南楚道州，進這個王義。

那王義身材長得特別的矮小，濃眉大眼，手腳靈活。只因他巧辯慧心，善於應對，才把他獻進宮來。煬帝當面問過幾次話，只覺他口齒伶俐，語言巧妙，便也十分歡喜。從此或是坐朝，或是議事，或是在宮外各處遊賞，都帶著王義在左右伺候。那王義又能小心體貼，處處迎合煬帝的心性。日子久了，煬帝便覺得不能離他。只因他不曾淨得身，只是不能帶他進宮去；王義也因不能在宮中隨駕，心常快快。

後來他遇到仁壽宮的老太監，名叫張成的，給他一包麻醉和收口止血的靈藥，竟狠一狠心腸，把下面那工作割去了；從此便能進宮去，時刻隨在煬帝左右，說笑解悶兒。煬帝也看他一片愚忠，便另眼相

待。如今王義見煬帝被酒色拉翻了身體，他便乘時跪倒在龍床前哭諫道：「奴婢近來窺探聖躬，見精神消耗，無復往時充實；此皆因陛下過近女色之故。」

煬帝道：「朕也常想到此理，朕初登極時，精神十分強健，日夜尋歡，並不思睡；必得婦人女子，前擁後抱，方能闔眼。今一睡去便昏昏不醒；想亦為色慾所傷矣！但好色乃極歡樂之事，不知如何反至精神疲倦？」

王義奏道：「人生血肉之軀，全靠精神扶養；精神消耗，形體自然傷憊。古人說：『蛾眉皓齒，伐性之斧。』日剝月削，如何不傷聖體呢？倘一日失於調養，龍體有虧，當時雖有佳麗，卻也享用不得，奴婢竊為陛下不取。」

王義一時說得情辭激迫，不禁匍匐在地，悲不能已。煬帝被他這番盡言極諫，心下便也有幾分醒悟。便吩咐王義道：「汝可回宮，選一間幽靜院落，待朕搬去潛養，屋中只用小黃門伺候，宮人綵女一個也不許出入，飲食供奉，俱用清淡。」

王義領旨，忙到後宮去選得一間文思殿，殿內圖書四壁，花木扶疏，十分幽靜。

王義督同黃門官，把屋內收拾得乾乾淨淨，便來請煬帝去養靜。

眾夫人聽說煬帝要避去婦女，獨居養靜，早趕來把個煬帝團團圍住。煬帝對眾夫人說道：「朕一身乃天下社稷之主，不可不重；近來因貪歡過度，身體十分虛弱，且放朕去調攝幾時，待精神充足，再來與汝等行樂。」

眾夫人見煬帝主意已定，只得說道：「萬歲靜養龍體，原是大事，妾等安敢強留；但朝夕承恩，今

163

一旦寂寞，願假杯酒，再圖片時歡笑。」

煬帝道：「朕亦舍汝等不得，但念保身，不得不如此。眾夫人既以酒相勸，可取來痛飲為別。」

眾夫人慌忙取酒獻上，說道：「萬歲今日進殿，不知幾時方可重來？」

煬帝道：「朕進文思殿，原是暫時調攝，非久遠之別。少則一月，多則百日，精神一復，便當出來。汝等可安心相守。」

說罷，大家痛飲了一回，天色已近黃昏，蕭后便率領眾夫人，點了許多燈籠，送煬帝進了文思殿，各各分手入宮院去了。

煬帝到了殿中，只見伺候的全是小黃門，並無一個妃嬪綵女。煬帝因有幾分酒意，便竟自解帶安寢。次日起身，小黃門服侍梳洗完畢，閒坐無事，隨起身到各處看看花兒，又去書架上取幾冊圖史來觀看；只因乍離繁華，神情不定。才看得兩行，便覺睏倦起來，因想道：「靜養正好勤政」，隨喚小黃門去取奏疏來看。誰知不看猶可，看了時，早把煬帝弄得心下慌張起來，看第一本，便是楊玄感兵反黎陽，以李密為主謀，攻打洛陽甚急。煬帝不覺大驚道：「玄感是越國公之子，他如何敢如此橫行！洛陽又是東京根本之地，不可不救。」

便提筆批遣宇文述、屈突通領兵討伐。再開啟第二本看時，又是奏劉武周斬太原太守王仁恭，聚兵萬餘，自稱太守，據住洛陽行宮，十分猖橫。再看第三道本章時，又稱韋城入翟讓，亡命在瓦崗寨，聚眾萬餘人；同郡單雄信、徐世勣，都附和在一起。再看第四道奏章時，又稱薛舉自稱西秦霸王，盡有隴西一帶地方。再看第五道奏章，也稱杜伏威起兵歷陽，江淮盜賊，蜂起相應。再看第六道本章，上稱李

密兵據洛口倉，所積糧米，盡行劫去。

一連看了二十多本奏疏，儘是資賊反叛情形，煬帝不禁拍案大叫起來，說道：「天下如何有這許多盜賊！虞世基所管何事，他也該早些奏聞，為何竟不提及？」

說著，便一迭連聲地傳旨，喚虞世基進殿問話。那虞世基聽說煬帝傳喚，便急趕進宮來；煬帝一見，便把那一疊奏摺擲給他看。問道：「天下群盜洶洶，汝為何不早奏聞？」

那虞世基忙跪奏道：「聖上寬心，那盜賊全是鼠竊狗偷之輩，無甚大事，臣已著就地郡縣捕捉，絕不致有亂聖心。」

煬帝原是一時之氣，聽虞世基如此說了，便又轉怒為喜道：「我說天下如此太平，那裡有什麼許多盜賊；；如今聽你說來，全是鼠竊之輩，好笑那郡縣便奏得如此慌張！」

說著，便把那奏疏推在一旁。虞世基見瞞過了皇上，便退出殿去。

這裡煬帝站起身來閒步，東邊走一回，西邊走一回，實覺無卿。左右排上午膳來，煬帝拿起酒杯來，看看獨自一人，卻又沒興，欲待不飲，又沒法消遣，只得把一杯一杯的悶酒灌下肚去，冷清清的既無人歌，又無人舞，吃不上五七杯，便覺頹然醉倒，也不用膳，也不脫衣，便連衣服倒在床上去睡。一閉上眼，便見吳絳仙、袁寶兒、朱貴兒、韓俊娥一班心愛的美人，只在他跟前纏繞著。忽又見蕭皇后從屏後轉出來，對那班美人大聲喝罵著。一忽醒來，原來是南柯一夢。這一夜煬帝睡在文思殿裡，也不知有多少胡思亂夢。好不容易捱到天明，他也等不得用早膳，急急上了香車，向中宮而來。

王義慌忙趕上去諫道：「陛下潛養龍體，為何又輕身而出？」

165

煬帝氣憤憤地說道：「朕乃當今天子，一身高貴無窮，安能悒悒居幽室之中！」

王義又奏道：「此中靜養，可得壽也。」

煬帝愈怒道：「若只是悶坐，雖活千歲，也有何用！」

王義見煬帝盛怒，也只得默然退去，不敢再諫。這裡煬帝到了中宮，蕭后接住笑說道：「陛下潛養了這一兩日，不知養得多少精神！」

煬帝也笑道：「精神卻未曾養得，反不知又費了多少精神！」

蕭后勸說道：「原不必閉門靜養，只是時時節省淫慾便好。」

煬帝道：「御妻之言最是。」

說著，帝后兩人，又同坐寶輦到月觀中看薔薇花去。到了觀中，早有吳絳仙接住。這時正是四月天氣，薔薇開得滿架，花香襲人，十分悅目。煬帝又傳旨十六院夫人和寶兒一班美人，前來侍宴。不消片刻，眾夫人俱已到齊，團坐共飲，好似離別了多時，今日重逢一般；歌一回，舞一回，整整吃了一日一黃昏方住。從此煬帝依舊天天坐著轉關車，在迷樓中遊幸。

一天，煬帝坐著車任意推去，到一帶繡窗外，只見幾叢幽花，低壓著一帶綠紗窗兒，十分清雅有趣，煬帝認得稱作悄語窗。忽見一個幼女在窗下煎茶，煬帝便下了車走向窗前去坐下。

那幼女卻十分乖巧，便慌忙取一隻玉甌子，香噴噴的斟了一杯龍團新茗，雙手捧與煬帝，又拜倒身去接駕。煬帝順手把她纖手拉住，仔細看時，只見她長得柳柔花嬌，卻好是十二三歲年紀；又且是眉新

畫月，鬌乍拖雲，一種痴憨人情，更可人意。

煬帝問她年歲名姓，她奏對稱：「二十三歲，小字喚作月賓。」

煬帝笑道：「好一個月賓！朕如今與你稱一個月主如何？」

月賓自小生長吳下，十分伶俐；見煬帝調她，便微笑答道：「萬歲若做月主，小婢如何敢當賓字，只願做一個小星，已是萬幸的了！」

煬帝見她答應得很巧，便喜得把她一把摟住，說道：「你還是一個小女兒，便有這般巧思，真覺可愛！」

一時歡喜，便有幸月賓之意。傳旨取酒來飲，左右忙排上筵席來，月賓在一旁伺候著。歡飲了多時，不覺天已昏黑，煬帝已是雙眼乜斜，大有醉意；左右掌上燈來，煬帝已昏昏睡去，月賓去悄悄地把瑣窗閉上，扶著煬帝，在軟龍床上睡下。又怕皇帝立刻醒來，她不敢十分放膽睡去。只挨在一邊，蠓蠓矓矓地過了一宵。到了次日一早，日光才映入窗紗，便悄悄地抽身起來，穿上衣服，在錦幔裡立了。

煬帝一覺醒來，見她不言不語地立在枕邊，便笑說道：「小妮子！好大膽兒，也不待朕旨意，便偷著起身。；既是這樣害怕，誰叫你昨日那般應承？」

幾句話嚇得月賓慌忙跪倒。煬帝原是愛她的，見她膽小得可憐，便伸手去將月賓攪起。月賓急急服侍煬帝穿好了衣服，同到鏡臺前去梳洗，又伺候煬帝用早膳。正在用膳的時候，忽一個太監進房來報導：「前日獻轉關車的何稠，如今又來獻車，現在宮外候旨。」

煬帝聽了，便出臨便殿，傳何稠進見。

167

只見何稠帶了一輛精巧小車上殿來，那小車四圍都是錦圍繡幕，下面配著玉轂金輪。煬帝道：「此車精巧可愛，不知有何用處？」

何稠奏道：「此車專為陛下賞玩童女而設，內外共有兩層。要賞童女，只須將車身推動，上下兩旁立刻有暗機縛住手足，絲毫不能抵抗；又能自動，全不費陛下氣力。」

說著，便一一指點機括與煬帝觀看。煬帝這時見了月賓，正沒法奈何；如今見了此車，不覺滿心歡喜。便問：「此車何名？」

何稠奏道：「小臣任意造成此車，尚未定有名稱，望萬歲欽賜一名。」

煬帝聽了笑說道：「卿既任意造成，朕又得任意行樂，便取名任意車吧！」

一面傳旨升何稠的官職。何稠謝過恩，退出宮去。

煬帝把任意車帶進宮去，挨不到晚，便吩咐把車兒推到悄語窗下來哄月賓道：「此車精緻可愛，朕與卿同坐著到處閒耍去。」

月賓不知是計，便坐上車兒去。煬帝忙喚一個小黃門上去推動。那車兒真造得巧妙，才一動手，早有許多金鉤玉軸，把月賓的手腳緊緊攔住。煬帝看了笑說道：「有趣有趣！今日不怕你逃上天去了！」

便上去依法賞看。這月賓是孩子身體，被煬帝蹂躪了多時，受盡痛楚，早哭倒在煬帝懷中；煬帝便用好言撫慰一番。煬帝自得了這器械以後，便忘了自己身體，拼著性命，不論日夜，只在迷樓中找人尋樂。這迷樓中藏著三千幼女，只覺這個嬌嫩得可愛，那個痴憨得可喜，一個人能得有多少精力，天天敲精吸髓，不多時早又精疲力盡，支撐不住。

往往身體虧損的人，慾念更大；但因力不能支，常常弄個掃興。無法可想，只得傳畫院官把男女的情意圖兒多多畫著，多多掛著在迴廊曲檻上，觸目都是。煬帝看了，便多少能夠幫助他的興致。

一日，忽有太監奏稱：「宮外有一人名上官時的，從江外得烏銅屏三十六面，特來獻與萬歲。煬帝忙吩咐抬進來看。只見每幅有五尺來高，三尺來闊；四面都磨得雪亮，好似寶鏡一般，光輝照耀，裡外通明。每幅下面，全以白石為座。煬帝吩咐把一座一座排列起來。三十六座，把個煬帝團團圍在中央，便好似一座水晶宮；外面的花光樹影，一一映在屏上，又好似一道畫壁。人在屏前行動，那鬚髮面貌，都照得纖毫畢露。煬帝大喜道：「玻璃世界，白玉乾坤，也不過如此了！」

便傳旨喚吳絳仙、袁寶兒、杏娘、妥娘、朱貴兒、薛冶兒、韓俊娥、袁紫煙、月賓這一班美人，齊到屏中來飲酒，眾群人在屏前來來去去，不知化成了多少影兒。只見容光交映，豔色流光，竟分辨不出誰真誰假；不覺大笑說道：「何美人如此之多也！」

袁寶兒也笑說道：「美人原不多，只是萬歲的眼多。」

煬帝接著道：「朕眼卻不多，只是情多罷了！」

大家說說笑笑，煬帝暢飲到陶然之際，見眾美人的嬌容豔態，映入屏中，愈覺令人銷魂。從此日日帶了眾美人，不是在任意車上，便是在烏銅鏡屏邊，無一時無一刻能放空。爭奈精神有限，每日只靠笙歌與酒杯扶住精神，一空閒下來，便昏昏思睡。

一日，正在午睡的時候，忽一個太監來報導：「蕃釐觀瓊花已盛開了！」

煬帝兩次到江南來，只為要看瓊花，都不曾看得；好不容易，守到如今花開，他心中如何不喜，隨傳旨排宴蕃釐觀，一面宜召蕭后和十六院夫人，同上香車寶輦，一路望蕃釐觀中來，嚇得觀中一班道士，躲避得無影無蹤。聖駕到得觀中，走上殿去，只見一般也供著三清聖像；蕭后終是婦人心性，敬信神明，見了聖像，便盈盈下拜。煬帝問：「瓊花開在何處？」

左右太監忙說：「瓊花在後殿花壇上。」

傳說這株瓊花的來歷，是從前有一個仙人，道號蕃釐，和同伴談起花木之美，彼此賭勝兒，他取白玉一塊，種在地下，頃刻之間，長出一樹花來，和瓊瑤相似，因此便名瓊花。後來仙人去了，這瓊花卻年年盛開，左近鄉里人家，便在這花旁蓋起一座蕃釐觀來。

講到這瓊花，長有一丈多高，花色如雪，花瓣正圓，香氣芬芳異常，與凡花俗草不同，因此在江都地方，得了一個大名。

煬帝滿心歡喜，對蕭后道：「今日見所未見，果然名不虛傳！」

說著，一步步走近臺去。忽然花叢中捲起一陣香風，十分狂驟；左右宮人慌忙用掌扇御蓋，團團將煬帝蕭后圍在中間。候到風過，把扇蓋移開，再抬頭看時，不由煬帝大吃一驚：只見花飛蕊落，雪也似地鋪了一地，枝上連一瓣一片也不留。蕭后和眾美人都看著發怔，半晌作不得聲；煬帝不禁大怒起來，說道：「好好一樹花兒，朕也不曾看個明白，就謝落得這般模樣，實覺令人可惱！」

當日煬帝與蕭后便轉過後殿，早遠遠望見一座高壇上，堆瓊砌玉地開得十分繁盛；一陣陣異香，從風裡飄來，十分提神。

再回頭看時，見當臺搭起一座賞花的錦帳，帳中齊齊整整地排著筵宴；一邊笙簫，一邊歌舞，甚是興頭。

無奈這時臺上瓊花落得乾乾淨淨，心中十分掃興，意欲竟自折回，卻又辜負來意，意欲坐下飲酒，又覺鼓不起興致。沉思了半晌，胸頭一陣怒氣，按捺不住，說道：「那裡是狂風吹落，全是花妖作怪，不容朕玩賞；不盡情砍去，何以洩胸中之恨！」

便傳旨喝令左右砍去。眾夫人忙上去勸道：「天下瓊花，只此一株，若砍去了便絕了天下之種；何不留下，以待來年？」

煬帝愈怒道：「朕巍巍一個天子，尚且看不得，卻留與誰看？今已如此，安望來年？便絕了此種，有甚緊要！」

說著，連聲喝砍。眾太監誰敢違拗，便舉起金瓜斧鉞，一齊動手，立時將一株天上少世間稀的瓊花，連根帶枝，都砍得稀爛。煬帝看既砍倒了瓊花，也無興飲酒，便率同蕭后和眾夫人，一齊上車，駕還迷樓。那玉輦走在路上，煬帝還是氣憤憤的，只罵花妖可惡，蕭后和眾夫人都再三勸諫。

正說話時，忽見御林軍簇擁著一個道士來，奏道：「這道士攔在當路，不肯迴避；又口出胡言，故拿來請旨。」

誰知那道人見了煬帝，卻全不行禮。煬帝問道：「朕貴為天子，乘輿所至，鬼神皆驚，你一個邪道小民，如何不肯迴避？」

那道士冷冷地說道：「俺方外之人，只知道長生，專講求不死，卻不知道什麼天子！誰見你什麼乘

輿!」

煬帝又問他道：「你既不知天子乘輿，便該深藏在山中，修你的心，煉你的性，卻又到這輩下來做什麼事？」

那道人卻答道：「因見世人貪情好色，自送性命；俺在山中無事，偶採百花，合了一種丹藥，要救度世人，故此信步到這大街上來喚賣。」

煬帝聽說丹藥，心中不覺一動，便問道：「你這丹藥有什麼好處？」

道人說道：「固精最妙。」

煬帝近日正因精神不濟，不能快意，聽說丹藥可以固精，便回嗔作喜，忙說道：「你這丹藥既能固精，也不消賣了，可快獻來與朕；若果有效，朕便不惜重賞。」

道人聽了，點著頭說道：「這個使得。」

便將背上一個小小葫蘆解下，傾出幾粒丸藥，遞與近侍，近侍獻與煬帝，煬帝看那丸藥，只有黍米般大小，數一數剛剛十粒。煬帝不覺好笑起來，說道：「這丹藥又小又少，能固得多少精神！」

道人說道：「金丹只須一粒，用完了再當相送。」

煬帝問：「你在何處居住，卻往何處尋你？」

道人說道：「尋俺卻也不難，只須向蕃釐觀中一問便知。」

說罷，下了一個長揖，便搖搖擺擺地向東而去。

煬帝回到迷樓，蕭后只怕皇帝心中不樂，便帶了一班夫人美人，團團坐著，輪流替煬帝把盞；煬帝因得了丹藥，一心要去試驗，便也無心飲酒，巴不得蕭后早散，只是左一杯右一杯勸著。煬帝指望拿蕭后灌醉了，便好尋歡；不期心裡甚急，你一盞我一杯的，倒把自己先灌醉了，倒在椅上，不能動彈。一眾夫人把煬帝擁上了轉車關，送入散春愁帳中去睡。煬帝這一睡，直睡到夜半，方才醒來，連連嚷著口渴。

吳絳仙和袁寶兒守在一旁，忙送過一杯香茗去。煬帝急著要試藥，便取一粒含在嘴裡，送下一口茶去。誰想那丹藥拿在手中時，便以鐵一般硬，及在舌上，渾如一團冰雪，也不消去咀嚼，早香馥馥地化成滿口津液。一霎時情興勃勃，忙坐起身來，那頭暈酒醉，一齊都醒，精神大增，比平日何止強壯百倍。煬帝和眾美人日夜尋著嬉樂，不知不覺，早把幾粒金丹吃完，依舊精神消索，興致衰敗；忙差遣前日跟隨出門認得道人的幾個太監，趕到蕃釐觀中尋訪道人。

誰知到觀中去一問，並沒有什麼賣藥的道士。眾太監正要回宮去覆旨，不期剛走到廟門口，只見對面照壁牆上，畫著一個道人的像兒，細看面貌，卻與前日賣藥的道士，一模一樣，手中也拿著蒲扇，背上也掛著葫蘆。眾太監一齊吃驚道：「原來這道人是個神仙！」

要拿像兒去覆旨，卻又是畫在牆上的，扛也扛他不動，只得把實情前去覆旨。煬帝便下旨，著各處地方官尋訪仙人，不論道人羽士，但有賣丹藥的，都拿像去臨摹畫像，那像卻甲已消滅了。煬帝便下旨，著各處地方官尋訪仙人，不論道人羽士，但有賣丹藥的，都一一買來。

天下事無假不成真，是真皆有假；只因煬帝有旨尋求丹藥，早驚動了一班燒鉛煉汞的假仙人，都將

麝香附子諸般熱藥製成假仙丹來哄騙煬帝。也有穿著羽衣鶴氅，裝束得齊齊整整，到宮門來進獻的；也有披著破衲衣，骯骯髒髒，裝作瘋魔樣子，在街市上喚賣的。這個要千金，那個要萬貫；地方官因聖旨催逼得緊，又怕錯過了真仙人，只得各處收買。不多時丹藥猶如糞土一般，流水也似地送入宮來。

煬帝得了，也不管它是好是歹，竟左一丸右一丸的服下肚去。那藥方原來是一味興熱的，吃下去，腹中和暖。只認作是仙家妙物，今日也吃，明日也吃，不期那些熱藥發作起來，弄得口乾舌燥，齒黑唇焦，胸中便和火燒一般，十分難受。見了茶水，便好似甘露瓊漿一般，不住口地要吃。

蕭后看看，十分危急，便去宜御醫巢元方來看脈。那御醫看了脈，奏道：「陛下聖體，全由多服了熱藥，以致五內煩躁。須用清涼之劑，慢慢解散，才能萬安。又且真元太虛，不宜飲水，恐生大病。」便撮了兩服解熱散火的涼藥獻上。欲知後事，且聽下回分解。

烽火連天深宮讀表　笙簫徹夜絳帳搖身

煬帝多服了舉陽熱藥，肚子裡十分焦燥，雖有御醫巢元方獻上清涼的藥物，無奈煬帝心頭煩悶至極，藥力也是緩不濟急。

後來御醫想出一個冰盤解燥的法子來，裝著一大盤冰，放在眼前，煬帝把臉貼著，眼看著，心下稍寬舒。從此便行坐住臥，離不得冰。眾美人見了，都去買冰來堆作大盤，望煬帝來遊幸。

一個買了，個個都買，迷樓中千房萬戶，無一外不堆列冰盤。

江都地方冰價立時飛漲。藏冰人家，都得到大利。幸而煬帝的病，一天一天地清爽起來。雖說一時精神不能復舊，但他是每天遊幸慣的，如何肯省事，依舊帶著眾美人，飲酒作樂。自知身體不佳，卻只飲一種淡酒，又挑選那無風處起坐；便是於色慾上，也竭力避忌。煬帝究竟是先天充足的，不多幾天，便把身體恢復過來。

有一天，煬帝十分有興，把眾夫人美人和蕭后，邀集在月觀裡，大開筵宴。你飲我勸，比平常更快活幾分，歌一回，舞一回，整整吃到黃昏月上。煬帝吃得醉醺醺地，不入蕭后回宮。

這時是五月天氣，滿架荼蘼，映著月光，雪也似一片白，一陣陣送過幽香來，十分動人。煬帝戀

著這風景，不肯入房，便在大殿上鋪了一榻，和蕭后共寢。二人一忽直睡到三鼓後，方才醒覺，睜眼看時，裡外清澈，側耳聽時，萬籟無聲。一抹月光，照入殿來。煬帝與蕭后說道：「月監宮殿，清幽澄澈；朕與御妻同榻而寢，何異成仙！」

蕭后笑道：「想昔日在東宮時，日夕侍奉，常有如此光景。當時並不覺快樂，今老矣，不能如少艾時一般的親暱，偶蒙聖恩臨幸，真不啻登仙也！」

兩人說話未了，忽聽得階下吃吃笑聲；煬帝急披上單衣，悄悄地尋著聲走去，站在廊下，向院子裡一看。此時月色朦朧，只見荼蘼架外，隱隱約約有兩個人影交動，一個是瘦怯怯的女人身影。煬帝疑心是袁寶兒和誰在花下偷情，忙跑下階來，躡著腳，直到花下去擒拿；原來不是袁寶兒，卻是個小太監名柳青的，和宮婢雅娘，在花下戲耍！兩人衣帶被花刺兒抓住，再也解拆不開，因此吃吃地笑不住聲。忽見煬帝跑來，二人慌作一團，沒躲藏處。

煬帝看這情形，竟自哈哈大笑著走回殿去，蕭后也披衣迎下殿來。煬帝說明小黃門和雅娘戲耍的情形，又說：「朕往年在東京十六院中私幸妥娘，光景正與今夜相似，彼此猶如遇了仙子一般。」

蕭后也笑說道：「往時曾有一夜在西京，妾伴著陛下在太液池納涼，花陰月影，也正與今夜相似，陛下還記得否？」

煬帝道：「怎麼不記得？朕那夜曾效劉季納作《雜憶詩》二首，御妻也還記得否？」

蕭后道：「怎麼不記得了？」

便信口唸那二首詩道：

「憶睡時，待來剛不來：：卸妝仍索伴，解輾更相催。博山思結夢，沉水未成灰。

憶起時，投簽初報曉，被惹香黛殘，枕隱金釵裊。笑動上林中，除卻司晨鳥。」

煬帝聽了笑說道：「難道御妻如此好記性，光陰過得真快，一轉眼又是多年了！」

蕭后說道：「但願陛下常保當年恩情，便是賤妾終身之幸。」

帝后二人，親親密密地過了幾天，丟得那袁寶兒、吳絳仙一班美人，冷冷清清的：：便是煬帝也很記念那班美人，趁蕭后回宮的時候，便到迷樓中來，大開筵宴，眾美人一齊陪侍左右。忽太監奏稱：：「宮外有越溪野人，獻耀光綾二匹，說是仙蠶吐絲織成的。」

說著，把那二匹綾子獻上。

煬帝看時，果然十分奇異，光彩射人，綾上花紋，朵朵凸起。眾美人看了，齊贊稱果然精美的綾子！便傳野人進宮來，當面問時，那野人奏道：：「小人家住越溪，偶乘小舟，過石帆山下，忽見岸上異光飛舞，只道是寶物，忙舍舟登山去看。到那放光處，卻不見什麼寶物，只有蠶繭數堆，便收回來，交小人女兒織成彩綾。後來遇到一位老先生說道：：『這野蠶不可看輕，是禹穴中所生，三千年方得一遇，即江淹文集中所稱：：避魚所化也：：絲織為裳，必有奇文，可持獻天子。若輕賤天物，必有大罪。』因此不敢自私，特來獻上萬歲。」

正說著，報蕭后駕到：蕭后見了這耀光綾，便歡喜道：：「好兩匹綾子，天孫雲錦，不過如此！做件衣服穿穿，卻也有趣。」

煬帝說道：：「即是御妻要，便即奉送。」

蕭后忙即謝恩，她也不曾收，因有別事，便走出去。不期蕭后才走開，那吳絳仙和袁寶兒又走來，拿這耀光綾看了又看，不忍放手。煬帝見她二人愛不釋手，又認作蕭后不要了，便一時湊趣說道：「你二人既愛它，便每人賜你一匹。」二人聽了，滿心歡喜，嘻嘻笑笑地拿去收藏。

待蕭后回來看時，龍案上已不見了綾子。便問道：「陛下賜妾的綾子，擱在何處？」

煬帝佯驚道：「這綾子因御妻不收，朕已轉賜他人了。」

蕭后忙問：「是賞了誰？」

煬帝一時回答不出來，禁不住蕭后連連追問，煬帝說道：「方才是吳絳仙、袁寶兒二人走來，因她們看了喜歡，便賞了她二人拿去。」

蕭后因煬帝過分寵愛吳、袁二人，久已嫉妒在心；如今見煬帝把已經賜了自己的東西，又轉賜給二人，如何再忍耐得住，氣昂昂地大怒道：「陛下欺妾太甚，專一寵這兩個賤婢來欺壓妾身！妾雖醜陋，也是一朝主母；如今反因這兩個賤婢受辱，教妾如何再有面目做六宮之主！」

說著，便忍不住嚎啕大哭起來。煬帝慌得左不是右不是，再三勸慰，如何肯住；那十六院夫人知道了，也一齊趕來勸慰。這蕭后卻口口聲聲說：「除非殺了這兩個賤婢，方洩我胸中之氣！」

秦夫人卻暗暗地對煬帝說道：「看來只是空言，卻勸不住娘娘的傷心了；陛下只得暫將二位美人貶一貶，方好收場。」

煬帝沒奈何，只得將吳絳仙、袁寶兒二人，一齊貶入冷宮，永遠不得隨侍。蕭后見真地貶了二位美人，又經眾夫人再三勸說，便也趁勢收篷。

正飲酒時候，忽見一個太監慌忙來報導：「西京代王差一近侍，有緊急表文奏呈。」

煬帝便接過太監手中的表文來看時，只見上面寫道：「留守西京代王臣侄侑稽首頓首奉表於皇帝陛下：自聖駕南遷，忽有景城人劉武周，殺馬邑太守王仁恭，得眾萬餘，襲破樓煩郡，進據汾陽宮，十分猖獗，前又擄略宮女，賂結突厥。

突厥得利，隨立武周為定陽可汗，兵威益震；近又攻陷定襄等郡，自稱皇帝，改元天興。又與上谷賊宋金剛，歷山賊魏刁兒，連結一處，甚是強橫。自今又斬雁門郡丞陳孝思，竊據離宮，大有雄吞天下之心。侄侑懦弱，又無精兵良將，西京萬不能守；屢疏求救，未蒙天鑒。今亡在旦夕，特遣宦臣，面叩天顏，伏望皇上念先皇社稷之重，早遣能臣，督兵救援，猶可支大廈之將傾，援狂瀾於既倒；倘再延時日，則關右二十三郡，非國家有矣！臨表倉皇，不勝迫切待命之至！」

煬帝看了大驚道：「朕只道是一班鼠賊，卻不料竟結連胡奴，這樣猖狂起來。」

便親臨便殿，宣虞世基和眾文武百官上殿商議。虞世基奏稱：「劉武周原系小賊，只因邊將無才，不出力剿捕，致養成今日不可收拾之勢；為今之計，必須嚴責邊將，再遣在朝親信大臣，帶兵前往，保守西京重地，則長安可無虞了。」

煬帝便問：「如今是何人把守邊關？」

宇文達奏稱：「關右二十三郡兵馬，皆歸衛尉少卿唐公李淵節制。」

煬帝聽了，不由得大怒道：「李淵原是獨孤太后的姨侄，朕自幼兒和他在宮中遊玩，何等親密，因此朕才付與邊疆重權；他竟弄得喪地折兵，養成賊勢，他的罪真不容誅了！」

遂傳旨著欽使大臣，齎詔到太原地方去，囚執李淵到江都來問罪。又下旨著朝散大夫高德儒為西河郡丞，多調兵馬，保守西京。煬帝下了這兩道旨意，只當大事已了，便急急退入後宮去。

蕭后問起西京之事，煬帝說：「朕已遣高德儒領兵前去救援，料來不難恢復的。」

蕭后大驚道：「妾素知高德儒是庸懦之輩，劉武周結連突厥，聲勢浩大，叫他如何抵擋得住？」

煬帝笑道：「御妻不用憂慮，天下大矣，朕有東京以為根本，江都以為遊覽，盡足朕與御妻行樂；便算失了西京，也不過只少了長安一片土，也不壞什麼大事，御妻何必惱恨！且取酒來飲，以取眼前快樂！」

蕭后聽了，也不好再說，只得喚左右看上酒來。

煬帝正擎著酒杯要飲，忽又有一個太監來奏道：「東京越王，也有表文奏上。」

說著，呈上表文。煬帝看時，見上面寫道：「留守東京越王臣侗稽首頓首奉表於皇帝陛下：去歲楊玄感兵反黎陽，蒙遣將宇文術、屈突通，率兵剿捕，以彰天討，幸已敗亡；但玄感雖死，而謀主李密，統有其眾，愈加猖狂。

先奪回洛倉，後據洛口倉，所聚糧米，盡遭擄劫。近又追張檄文，侮辱天子，攻奪東京，十分緊迫。伏乞早發天兵，以保洛陽根本，如若遲延，一旦有失，則聖駕何歸？臨表惶恐，不勝激切待命之至！」

煬帝又看那檄文時，上面寫道：大將軍李密，謹以大義布告天下：隋帝以詐謀生承大統，罪惡盈天，不可勝數。紊亂天倫，謀奪太子乃罪之一也；弒父自立，罪之二也；偽詔殺弟，罪之三也；逼姦父

妃陳氏，罪之四也；大興官室，開掘河道，罪之五也；誅戮先朝大臣，聽信奸佞，罪之六也；關市騷民，征遼黷武，罪之七

也；政煩賦重，民不聊生，毫不知恤，罪之八也；荒淫無度，巡遊忘返，不理政事，罪之九也；政煩賦重，民不聊生，毫不知恤，罪之十也。

有此十罪，何以君臨天下？可謂罄南山之竹，書罪無窮；揚東海之波，濯惡難盡！密令不敢自專，

願擇有德以為天下君；仗義討賊，望水興師，共安天下。檄文到日，速為奉行，切切特布！

煬帝看了大驚道：「李密何人，卻也敢窺伺東京？又出此狂言，朕根不生嗜其肉！」

意欲調兵救援，細思卻又無良將可用，只長嘆一聲道：「天意若在朕躬，鼠輩亦安能為也！」

說著，依舊拿起酒杯來飲。爭奈酒不解人真愁，吃來吃去，情景終覺索然。從此煬帝也自知天意已

去，便一味放蕩，每日裡不冠不裳，但穿著便衣，在宮中和那班夫人美人們遣愁作樂。

一夜，和月賓、妥娘兩人，同睡在解春愁帳中，想起東西兩京的事體來，睡不能安；在帳中左一

翻，右一覆，竟不能闔眼。半夜裡復穿了衣服起來，帶著眾夫人，各處閒行。行了一回，實覺無聊。眾

美人要解聖懷，只得又將酒獻上，煬帝強飲幾杯，帶些酒意，又擁了眾美人去睡。先和杏娘睡一時，

睡不安。又換了貴兒，依舊是睡不著。再換治兒，換來換去，總是個睡不著。才朦朧了一回，又忽然驚

醒。後來直換到韓俊娥，俊娥說道：「若要萬歲得安寢，必須依妾一計方可。」

煬帝道：「美人有何妙計？」

俊娥道：「須叫眾美人奏樂於外，不可停聲，萬歲枕著妾身，睡於帳內，必定可以成夢。」

煬帝依了韓俊娥的話，真個傳命眾美人，笙簫管笛，先奏起樂來；奏到熱帝時候，便帶著韓俊娥進

帳去。在帳外的眾美人，只見流蘇亂戰，銀鉤頻搖；簫笛之間，夏夏有聲。羞得眾美人的粉腮兒一齊紅暈起來。那消一刻工夫，早聽得煬帝的鼾聲雷動，沉沉一夢，直睡到次日紅日上升，方才醒來。聽那眾美人的樂聲猶未停住，煬帝大喜，對韓俊娥道：「朕得一夜安寢，皆美人之功也！」

說著便披衣而起，方叫眾美人住樂。自此以後，便成了定例，夜夜皆要俊娥擁抱，帳外奏樂，方能入睡。；若換別的美人陪寢，便徹夜不眠。煬帝因此甚愛俊娥，時刻不能離她，便寵擅專房。煬帝道：

「朕虧俊娥，方得成夢，便另賜一名，喚個來夢兒。」

俊娥如此得寵，別的夫人美人，原不敢有嫉妒之念；只是蕭后心中卻暗暗不樂。便背地裡使人去窺探俊娥，看看是用何法，能使煬帝安寢。那人去打聽了半天，卻打聽不出一個道理來。只說韓俊娥臨睡時便放下帳幕，不知用何法術，只見床帳搖動，不多時萬歲爺便鼾起入睡。蕭后細細推敲，不解其理。

隔日乘煬帝不在跟前的時候，便私喚韓俊娥前來，問道：「萬歲苦不能睡，美人能曲意安之，必有善媚之術，可明對我說。」

俊娥答道：「婢子蒙娘娘寬恩，得侍御床，衾裯之內，行藝之行，如何敢瀆奏。」

蕭后道：「是我問你，非你之罪，便說何妨？」

俊娥至此，只得說道：「萬歲聖心好動不好靜。前次妾從遊江都時，萬歲在御女車中行幸宮女，見車行高下，享天然之樂，習以為常；今安眠寢榻，支體不搖，又加國事驚心，故不能寐。妾並非有善媚之術，不過仿效車中態度，使萬歲四體動搖，便得安然而寢矣。」

蕭后道：「你雖非善媚，迎合上意，用心亦太過矣！」

韓俊娥道：「妾非迎合，皆善體娘娘之意也。」

蕭后笑道：「我之意非汝所能體也！且去且去！」

俊娥聽了，默默而退。從此蕭后和煬帝同帳，也摹仿車中態度，取悅煬帝；然未經親身經歷過來，畢竟不如俊娥能夠動盪合拍。

煬帝每夜半睡半醒，終有幾分思念俊娥，但又礙著蕭后顏面，終不敢提起。

如今且丟開隋煬帝一面，再說那李淵，字叔德，原是隴西成紀人氏，是西涼武昭王李暠的七世孫。在東晉的時候，李暠占據秦涼一帶地方，自立為王，傳到兒子李歆，被北涼滅去。歆生子重耳，重耳生子名熙，熙生子名天錫，天錫生子名虎。

李虎在西魏時候，是一位功臣，賜姓大野氏，官做到太尉。後來和李弼等八人，幫助周朝伐魏國，稱作八柱國，死後便封唐國公。李虎的兒子名昞，在隋文帝駕下為臣，襲封唐公。李昞的夫人，便是獨孤氏，與隋文帝獨孤皇后是同胞姊妹，因此文帝和李昞名為君臣，實是襟兄襟弟。

後來獨孤氏生下一個兒子，便是李淵；文帝見他相貌不凡，自幼兒養在宮中，和煬帝常在一塊兒遊玩。文帝特別垂愛他父子二人，便復李姓。李昞死後，便由李淵襲爵，歷任譙州隴州刺史。隋煬帝登位，又升做太守，後來又召進京來，拜做殿前少監，衛尉少卿。待到煬帝征遼，又命李淵督運兵糧。

那時楚國公楊玄感，趁著車駕遠征，便起兵作亂，圍攻東都。李淵飛書奏聞，煬帝急回京師，便拜李淵做弘化留守，抵敵玄感；玄感兵敗身死，李淵便久駐東都留守。

他看待部下，寬大有恩，頗得人心。

隋朝自從煬帝即位後，日事荒幸，萬民籲怨，京師地方，起了一種謠言；起初只在街市中宣傳，後來便漸漸地傳入宮廷之中，連煬帝也常常聽得。那謠言是說「桃李子，有天下」；又說「李氏將興，楊氏將滅」。煬帝聽了這種謠言，便十分注意姓李的人。

李淵是他的姨表弟兄，兩人自幼兒交情很厚的，他做夢也不疑到這一個人。只有蒲山公李寬的兒子李密，常常入朝，隨侍左右，煬帝暗暗地留心，見李密長得額高角方，目分黑白，便說他顧盼非常，立即罷職。這李密見無過丟了功名，從此便把煬帝含恨在心。後來楊玄感造反，李密便從中指揮。

待到玄感兵敗，李密逃入瓦崗寨，投在翟讓門下，頗想援據民謠，稱孤道寡起來。他卻不知真命天子，別有一李，不是他的李姓。煬帝趕走了李密，又疑心到郕國公李渾身上去，硬說他謀反，殺死李渾，還不放心，又拿他全家抄斬了。直到宇文達奏稱李淵總督關右一十三郡兵馬，他才慌張起來，便立刻派人去，推說因李淵保護地方不力，把他拿進京來。

這時李淵帶兵留守太原，兼領晉陽宮監，裴寂為副監；聽說有聖旨傳他赴江都，便知事體不妙，眼看著從前李渾屈死，他越發膽寒起來，便和裴寂商議。那裴寂原是一個聰明有大志的人物，他見隋室江山，終是難保，早存了一條揭竿起義的心腸，只因李淵平素為人正直，不好把這意思說破。如今見事已危急，便教唆李淵，一面推病不見，一面拿許多金銀去孝敬那位欽差官兒，算是程儀。便託他用婉言回京去復旨，只說李淵病勢危急，待病狀稍痊，便當入朝聽命。

煬帝手下的太監，沒有一個不是貪財的；那欽差官得了金銀，便樂得做個一個人情，便照樣把李淵病重的話去復了旨。煬帝這時又恣意尋樂，早把李淵的事體丟在腦後了。

185

過了幾個月，煬帝忽然在宮裡遇見李淵的甥兒王某。這王某原在後宮當差多年，煬帝見了他，不由得便想起了李淵。便問王某道：「你的母舅為何多日不來見朕？」

王某答說：「只怕病尚未痊，所以延遲了。」

煬帝笑說道：「你舅父死了也罷！」

一句話嚇得王某開口不得，待轉了背，急急寫了密書，寄與李淵，報告煬帝的話。李淵看了他外甥的信，頓時惹得驚魂不定，左思右想，無法脫禍，只得託病在家，縱酒養晦。

這李淵的夫人竇氏，原是一位女中豪傑。她父親竇毅，在周朝官做到上柱國。當時周武帝的姊姊襄陽公主，便下嫁給竇毅做妻子，生女竇氏，自小兒十分聰慧；母親傳授她《女誡》、《列女傳》等書，便能過目不忘。後來隋朝高祖楊堅奪了周朝的天下，竇氏這時年紀還小，知道周朝滅亡，便哭倒在地說道：「恨我非男子，不能救舅家！」

竇毅忙掩住她的口，叫她不可妄說，暗地裡卻很是驚異，常對他夫人襄陽公主說道：「此女有奇相，且是知識不凡，宜為她小心擇婿。」

便令木工制起一座精細的屏風來，在屏上畫兩只孔雀，凡有人來求婿的，便先令新郎向屏上連射三箭，有能射中孔雀雙目的，才肯把女兒許配給他。一時裡王孫貴胄，都來比射，幾乎要把竇家的門限也要踏穿了。無奈那來射箭的一班公子哥兒，十有八九，都是連一隻孔雀眼也射不中的，個個弄得乘興而來，敗興而返。獨有李淵最後趕到，只連發得兩箭，一箭射中孔雀左眼，一箭射中右眼，因此便得成就了這一段良緣。

這竇氏自嫁到李家以後，便接連生了四男一女：長子名建成，次子名世民，三子名玄霸，四子名元吉；一女嫁給臨汾人名柴紹的。

就中單說李世民，是一位少年英雄。在世民四歲的時候，有一個書生，自稱善相，特地上門來拜見李淵。才一見面，便說道：「公當大貴，且必得貴子。」

李淵便把自己的四個兒子一齊喚出去請書生檢視，那書生卻獨指著世民道：「龍鳳呈姿，天日露表，將來必居民上；公試記取：此兒二十年後，便能濟世安民，做一番掀天揭地的事業。」

李淵聽了書生濟世安民的一句話，便把第二個兒子取名世民。欲知後事如何，且聽下回分解。

樓外烽煙書生劃策　宮中酒色將軍入彀

隋煬帝北巡的那一年，駕出雁門，忽遇到一大隊突厥兵，由酋長始畢可汗率領著，迎頭攔擊，竟欲劫奪乘輿。煬帝見時勢危急，忙逃回雁門，據關自守。始畢可汗意調集番兵數十萬，把一座雁門關圍得鐵桶相似；煬帝悶在關裡，心中十分焦急，便傳檄天下，令各路都起勤王兵來救駕。

當時有一位屯衛將軍，名叫雲定興的，便奉旨在營前召募天下義士；當時忠心皇室的人還多，便有許多少年英雄，前來應募。內中有一位英俊的少年，跑到定興軍營中來報名。雲將軍問他年紀，卻只有十六歲。問他名姓，卻原來便是留守將軍李淵的次子李世民。雲定興知道他是將門之子，又兼面貌奇偉，便把另眼看待他。

當下李世民向雲將軍領了一小隊兵馬，連夜偃旗息鼓，悄悄地繞到突厥兵後背去，在荒山暗地裡齊聲吶喊起來。東邊喊聲才了，西邊又叫喊起來。喊了一夜，慌得那突厥兵滿心疑惑，挨不到天明，便一齊拔營逃去。正出山口的時候，李世民帶領校刀手，著地衝將出去，一陣大殺。打得突厥兵首尾不相應，棄甲拋盔，逃亡死傷的不知有多少；真把那突厥兵趕得很遠很遠了，世民才整隊伍回來繳令。煬帝虧得他這一場殺，才得解圍，安返東都。

世民立了這一場大功，卻絲毫得不到好處。閒住在定興營中，一年多光陰，聽得煬帝遊幸江都，早晚荒淫，不理朝政。

世民嘆一口氣，說道：「主昏如此，我在此何為！」便辭別定興，回到父親太原任上去。第二年，有一路賊兵主帥甄翟兒，他自號歷山飛，帶領大群賊黨，來攻太原；李世民見有廝殺可尋，便提槍躍馬，要衝出城去抵敵。李淵見他年紀太小，終覺不放心，便命世民守城，親自帶領兵馬，前去殺賊。

那賊兵來勢十分凶猛，李淵和甄翟兒對陳，從午時直殺到黃昏，那賊兵越來越眾，李淵一支兵被他們團團圍在垓心，看看有些支援不住了。世民在城上看見，便帶同生力軍，衝出城去，直殺入重圍，把他父親救出。父子兩人，左右夾攻，殺得賊人屍橫遍野，血流成渠，好不容易，把這甄翟兒殺退，太原百姓，又得太平無事。

但自從煬帝七年起直到十三年，這六年間，各路揭竿起事的直有四十九起：第一個劉武周稱帝，起兵馬邑；接著便是林士弘稱帝，起兵豫章；劉元進稱帝，起兵晉安；朱粲稱楚帝，起兵南陽；李子通稱楚王，起兵海陵；邵江海稱新平王，起兵岐州；薛舉稱西秦霸王，起兵金城；郭子和稱永樂王，起兵榆林；竇建德稱長樂王，起兵河間；王須拔稱漫天王，起兵恆定；汪華稱吳王，起兵新安；杜伏威稱吳王，起兵淮南；李密稱魏公，起兵鞏邑；王德仁稱太公，起兵鄴郡；左才相稱博山公，起兵齊郡；羅藝稱總管，起兵幽州；左難道稱總管，起兵涇邑；馮盎稱總管，起兵高羅；梁師都稱大丞相，起兵朔方；孟海公稱錄事，起兵曹州；周文舉稱柳葉軍，起兵淮陽。

此外，高開道起兵北平，張良憑起兵五原，周洮起兵上洛，楊士林起兵山南，徐圓朗起兵豫州，張善相起兵伊汝，王要漢起兵汴州，時德叡起兵尉氏，李義滿起兵平陵，綦公順起兵青萊，淳於難起兵文登，徐師順起兵任城，蔣弘度起兵東海，王薄起兵齊郡，蔣善和起兵鄆州，田留安起兵章邱，張青持起兵濟北，臧君相起兵海州，殷恭邃起兵舒州，周法明起兵永安，苗海潮起兵永嘉，梅知巖起兵宣城，鄧文進起兵廣州，楊世略起兵循潮，冉安昌起兵巴東，寧長真起兵鬱林；李軌稱涼王，起兵河西；蕭銑稱梁王，起兵巴陵。這數十起草頭王，都是史冊上有名姓可查的。此外還有許多妖魔小丑，東撲西起，真是數不勝數。

可笑那日坐迷樓，酒色荒淫的隋煬帝，外面鬧得天翻地覆，他卻好似坐在鼓中一般，不見不聞。在他左右的百官，大家只圖得眼前富貴，把各處的反信，瞞得鐵桶相似，真是滿朝君臣，醉生夢死地過著日子。

獨有這位太原留守李淵，眼看著破碎的江山，時常愁嘆。只有世民懷抱大志，時時留心眼前英雄，傾心結交，預備大舉。

內中晉陽令劉文靜，和副官監裴寂，二人來往得最是密切。有一夜，文靜和裴寂二人同宿在城樓上，遠見境外烽火連天，禁不住長嘆一聲說道：「身作窮官，又遭亂世，叫人何以圖存！」

文靜聽了，忙一把拉住裴寂，說道：「盜賊四起，時勢可知；你我兩人果屬同心，還怕什麼貧窮呢？」

裴寂道：「劉大令有什麼高見，幸乞指數。」

文靜說道：「從來說的，亂世出英雄，裴大人平日看在眼裡，究竟誰是英雄？」

裴寂聽了，把大拇指一伸，說道：「當今英雄還屬李總監！」

文靜點著頭說道：「李淵果然是英雄，他公子世民，尤屬命世奇才，大人不可錯過。」

裴寂心中終嫌世民年紀太輕，聽了文靜的話，仍是將信將疑，含糊過去。

隔了幾天，忽然江都早有詔來，說李密叛亂；文靜和李密是兒女親家，照律應該連坐，著即革職下獄。李淵奉到這個聖旨，卻不敢怠慢，便將文靜除去冠帶，拿來拘入監中。待世民回衙來，聽說文靜下獄，急急趕到監牢中去探望。兩下見了面，文靜不但不愁怨，反箕踞在草蓆上，高談天下大事。又說道：「如今天下大亂，還講什麼是非；除非有漢高的約法，光武的中興，撥亂反正，為民除暴，或尚有撥雲見日的一天。」

世民聽了，直跳起來，說道：「君亦未免失言，焉知目下無漢高、光武一般的救世英雄出現？只怕你肉眼不識真人呢！」

文靜急拍手大笑道：「好，好！我的眼力果然不弱，公子果然是一位真人！如今天下洶洶，群盜如毛，公子正好收為己用，縱橫天下；不說別的，單說太原百姓，因避盜入城，一旦收集，可得十萬人。尊公麾下，又有數萬精兵；趁此乘虛入關，傳檄天下，不出半年，帝業成矣。」

世民聽了這一番話，轉覺躊躇起來。

文靜再追一句道：「敢是公子無意於天下嗎？」

世民嘆著氣說道：「小侄原久有此志，只恐家父不從，奈何！」

文靜道：「這也不難。」

說著便附著世民耳邊，低低地說了幾句話。世民點頭稱是，告別出獄，自去邀裴寂飲酒賭博。

裴寂生平所好的便是這兩件事。世民這一天在私室裡，用盛宴相待；又拿出十萬緡錢來，兩人作樗蒲之戲。從午刻賭起，直賭到黃昏人靜，世民故意把自己的錢一齊輸去；裴寂又贏了錢，又吃了酒，十分歡喜。從此兩人天天聚在一處，話到投機的時候，世民便把文靜的主意說了出來。裴寂聽了，拍著手說道：「我也有此意久矣！只是尊公為人正直，明言相勸，恐反見拒；如今我卻想得一條偷天換日的妙計在此，今日既承公子相托，待我明日便把這條計行出去罷了。」

說畢，兩人各自分頭去預備。

到了次日，裴寂便設席在晉陽宮，請李淵入席。這晉陽宮，是煬帝在四處遊幸預備下的行宮之一，行宮裡一般也養著太監宮女們，準備聖駕到時使喚的。皇帝不在行宮的時候，便立正副官監二人，管理行宮中一切事務。如今這晉陽宮的正宮監，便是李淵，副官監便是裴寂。

當日裴寂在宮中，設宴款待李淵，李淵心想自己原是宮監，可以進得宮去，又兼和裴寂是多年的老友，設宴相請，也是常有的事，便也毫不疑心，欣然赴宴去了。裴寂迎接入座，談些知己說話，十分開懷。從來說去，酒落歡腸；兩人說到同心處，便不覺連杯痛飲起來。

裴寂這一天，特意備著許多美酒佳餚，把李淵灌得爛醉，他自己雖也一杯一杯吃著陪著，但卻不是真心吃下肚去，卻趁著李淵不見的時候，一杯一杯地倒在唾壺中去的。因此兩人一般的飲酒，一個吃得

醉態矇矓，一個卻越吃越清醒了。

正在暢飲的時候，忽聽簾鉤一響，踅進來兩個花朵兒也似的美人兒，長得一般長大，一般苗條，望去一般十七八歲年紀，好似一對姊妹花，笑盈盈拿手帕兒掩著珠唇，並著肩兒向李淵身邊去。從來說的⋯「酒不醉人人自醉，色不迷人人自迷。」

如今李淵當著這酒色兩點，他肚子裡裝著絕好的酒，眼中看了絕好的色，任你是鐵石人兒也要讓它迷醉了。李淵睜著兩只醉眼正看時，那兩個美人，已並對兒盈盈拜倒在地，慌得李淵忙伸手去扶起。裝寂吩咐兩美人在李淵左右肩頭坐下，那美人坐在兩旁，不住地把著壺兒勸酒。

李淵一邊飲著酒，一邊望著這兩個美人的姿色；只見她眉黛含顰，低鬟攏翠，盈盈秋水，嬌嬌紅粉，一言一笑，都覺可人。還有那一縷一縷的幽香，從她的翠袖中暗暗地度入鼻管來。可憐李淵半生戒馬，如何經過這種豔福，早已弄得神情恍惚，醉倒懷中了。兩美人便扶著李淵，竟直入內宮去安寢；這一睡，雖不及顛鸞倒鳳，卻也盡足偎玉依香。

到次日天明，李淵從枕上醒來，只覺錦繡滿眼，深入溫柔，鼻中送進一陣一陣異香來，似蘭非蘭，似麝非麝；急揉眼看時，只見左右兩個美人，側身擁抱著。看她穿著嬌豔的短衣，長著白嫩的肌膚，由不得伸手去撫弄著。這兩個美人也是婉轉隨人，笑啼如意。李淵便問她們的姓氏，一個美人自稱尹氏，一個美人自稱張氏。李淵又問她⋯「家住在什麼地方？是何等樣人？是誰喚你們來侍寢的？」

那兩個美人聽了，抿著嘴笑說道⋯「如今妾身既已有託，便實告訴了大人吧。俺們並不是尋常女子，原是此地晉陽宮的宮眷；只因聖上荒淫，南遊不返，烽火四起，亂像已成，妾等非大人保護，眼見

得遭盜賊汙辱了。今日之事，是依裴大人的主張，使妾等得早日託身，借保生命。」

李淵話不曾聽完，便嚇得從床上直跳起來，說道：「宮闈重地，宮眷貴人，這、這、這事如何可以行得！」

他一邊說著，一邊急跳下床來，連衣冠也來不及穿戴齊整，三腳兩步，逃出寢宮。

兜頭撞見裴寂，李淵上去一把拉住，呼著裴寂表字說道：「玄真，玄真！你捉弄得我好！你莫非要害死我嗎？」

裴寂笑著說道：「李大人為何這般膽小？收納一二個宮女，算不得什麼大事；便是收納了隋室江山，也算不了什麼大事呢！」

李淵聽了，越加慌張起來，說道：「俺二人都是楊家臣子，奈何口出叛言，自招滅門大禍？」

裴寂卻正色說道：「識時務者為俊傑，如今煬帝無道，百姓窮困，群雄並起，四方逐鹿，烽火連天，直到晉陽城外。明公手握重兵，公子陰蓄士馬，今日不乘時起義，為民除暴，尚欲待至何日？」

正說話時候，突有一個少年，手挽著劉文靜，闖入宮來。

李淵認得是他次子李世民，忙指著劉文靜說道：「這劉大令是聖上旨意拿下的欽犯，你如何敢擅釋放？」

世民卻大聲說道：「什麼聖上不聖上！如今天下大亂，朝不保暮；父親若再守小節，下有寇盜，上有嚴刑，禍至無日矣！」

文靜接著說道：「大事已至此，還不如順民心興義師，或可轉禍為福。」

李淵被他三個人逼著，一時憤無可洩，便上去一把揪住他兒子世民，大聲喝道：「你們只是一派胡言，我只拿住你自首去！免得日後牽累。」

裴寂見了，忙上去一把勸解。世民也說道：「孩兒細察天時人事，機會已到，所以敢大膽發此議論；如大人必欲將孩兒扭送，孩兒也不敢辭死。」

說著，不由得滴下淚來。父子究關天性，聽世民這樣說了，便也不覺把手放鬆。世民見他父親怒氣稍退，復又勸道：「如今盜賊四起，橫行天下，大人授詔討賊，試思賊可盡滅的嗎？賊不能盡，終難免罪。況世人盛說李氏當興，楊氏當滅。郕公李渾，無罪遭禍，即使大人果能盡滅賊人，那時功高不賞，俺家又是姓李，那時又難免遭忌。今時起義，正是免禍之道。」

李淵到此，自想既已汙辱宮廷，時熱逼迫，也是無法，只得嘆一口氣道：「罷，罷！今日破家亡軀，由你一人；他日化家為國，也由你一人，我也不能自主了！」

第二天，便拜劉文靜參贊軍務，商議出兵的計謀。一面派人星夜趕赴河東去，迎接家眷。正商議間，忽報突厥大隊人馬殺來。劉文靜眉頭一轉，計上心來，便令世民、裴寂率兵分頭埋伏，反把四門大開，洞徹內外。突厥兵直闖進外城，見內城門一般也洞開著，不由得心頭疑惑起來。喧譁了一陣，竟引兵退出城去。

李淵才復闔上城門，調兵遣將。到次日，突厥兵又來攻城，淵遣部將王康達等率千餘騎出戰，不消片刻工夫，意被突厥兵殺得全軍覆沒。城中得了敗耗，頓時驚慌起來。世民想得一計，連夜打發將士，

潛行出城；待至天曉，卻張旗伐鼓，吶喊前來。突厥兵疑是別路來的救兵，便一齊退去。城中轉危為

安，軍民相率歡慰。隔了幾天，那李淵的家眷，居然取到。

這李淵的正夫人竇氏，早已去世；二夫人萬氏，和長子建成，四子元吉，連同女婿柴紹，也一併入

見。骨肉團聚，相對言歡。

李淵問起三子玄霸，才知是在籍病故。又有萬氏生的兒子，名智雲的，已在中途失散，生死未卜，

因此在歡敘中又帶幾分悲悼。李淵見了柴紹，便又想起女兒來，問：「我女如何不來？」

柴紹答說：「小婿原寄寓長安，備官千牛；因得二舅兄密事相召，是以小婿星夜趕來。在中途適遇

岳父眷屬，幸得隨行。

小婿行時，原欲帶令嬡同行；令嬡卻說途中不便，臨時自有妙計脫身。」

正談話間，世民從外邊進來，說道：「如今家眷已到，大事須行，速議出兵，掩人不備，遲恐有

變。」

李淵便在密室，召集劉文靜、裴寂一班人，共議出兵方法。文靜說道：「出兵不難，所慮突厥時來

糾纏；今日要策，莫如先通好突厥，然後舉兵。」

李淵說：「這說得也是。」

便由文靜起草，與突厥通訊，信上大約說：「目下欲舉義兵，迎立代王，再與貴國和親，如漢文帝

故事；大汗如肯發兵相應，助我南行，幸勿侵虐百姓，若但欲和親，坐受金帛，亦唯大汗是命。」，這一

番話由李淵親筆寫就，便遣劉文靜為使，送書到突厥營裡去。

李淵自從文靜去後，城中暫時無事，暇時便想起幼子智雲，屢遣人到河東去探聽下落，後來得到確實訊息，智雲被官吏執送長安，被留守陰世師所害。淵與如夫人萬氏得了這個訊息，十分痛心；裴寂和柴紹都來勸解，淵含淚說道：「玄霸幼慧，在十六歲上，便在籍病死；智雲頗善騎射，兼能書奕，年比玄霸尚小二歲，不料今竟死於奸吏之手，我他日出兵，必為吾兒報此仇恨！」

正傷心的時候，忽報劉文靜從突厥營回來；李淵當即召入，問他情形。文靜道：「突厥主始畢可汗說：『須請大人自為天子，他方肯出兵相助。』」

裴寂在一旁聽了，不僅躍身而起，說道：「突厥且願主公為帝，大事不足慮矣！」

不料李淵終覺膽小，便另立了一個主意，尊煬帝為太上皇，奉代王為帝，藉此安定隋室；一面移檄郡縣，改換旗幟，一面再命劉文靜往突厥營去報命，約與突厥共定京師，土地歸李淵，子女玉帛歸突厥。始畢可汗大喜，便先打發使臣到晉陽城中來，饋馬千匹，李淵也和突厥和好。此後每寄書與突厥，竟至自稱外臣；在李淵原是暫時籠絡外人的意思，但從此卻叫突厥人瞧不起唐朝，真是自取其辱。

劉文靜執掌文書，便傳檄各處，自號義兵。檄文送到西河郡丞高德儒那裡，他是新受煬帝征討之命，便拒絕李淵的來使。

李淵便命長子建成，次子世民，率兵直攻西河。世民的軍隊，直至西河城下，高德儒閉門拒敵，世民身先士卒，竭力猛攻；足足打了三天三夜，在清早時候，冒險登城。建成的軍隊，隨後攻入。西河全城，頓時陷落。世民拿住高德儒，立刻斬首示眾，當即大赦軍兵，秋毫無犯。

李淵見初戰得利，便決意打進關去；裴寂和同伴商量停妥，上李淵尊號，稱為大將軍。開府置官，

命裴寂為長史，劉文靜為司馬，唐儉、溫大雅與弟大有，共掌機密。武士彠為鎧曹，劉政會和崔道、張道源為戶曹，姜謩為司功參軍，殷開山為府椽，長孫順德、劉弘基、竇琮、王長諧、姜寶誼、陽屯都做左右統軍。此外文武各屬，量才授任：封世子建成做隴西公，兼任左領軍大都督；封次子世民做敦煌公，兼任右領軍大都督，都可任用官員；女婿柴紹，做右領軍府；長史諮議劉瞻，領西河守。部署大定，各有專司。

長史裴寂，又把晉陽宮內的積粟移送到大將軍府去，共有九百萬斛；又有雜彩五百匹，鐵盔四十萬副，也一齊移送到大將軍府中去。那第一夜在晉陽宮中伴李淵宿的尹、張兩個宮眷，此時也都封了美人，早晚陪伴在李淵左右。原有五百名宮女，也一齊撥入大將軍內府去聽用。

這時是隋煬帝大業十三年，李淵把家事府事料理清楚，便親自帶了三萬甲士，從太原出發；元吉留守晉陽宮，建成、世民，都帶兵從征。一面移檄各地，只說尊立代王為帝；誰知軍隊行到中途，便有探子來報，稱隋郎將宋老生，奉代王侑命，帶領大隊人馬，前來抵抗。

這時屈突通駐兵在河東，宋老生卻已領兵到霍邑了。李淵聽了，知道師出無名，不覺躊躇起來。這時李淵軍隊駐紮在賈胡堡地方，離霍邑還有五十多里路；又值大雨滂沱，不便行軍。軍中糧食原帶得不多；數日前李淵已打發府佐沈叔安到太原去運一月糧草來，至今未到。看看那雨勢一天大似一天，滿路泥濘，眼見得大家坐食，無法行動。正悶守的時候，忽有探子呈上李密的檄文，曆數煬帝的十大罪狀。

李淵當即傳裴寂、世民進帳來商議，裴寂說：「李密如今略取河洛，有瓦崗寨大盜翟讓等奉他為盟主，自稱魏公，現有眾數十萬，聲勢極盛，為我軍計，不如暫與聯繫，免有東顧之憂。李淵父子聽了，

都以為是。當即由溫大雅起稿，修成文書，約李密為同盟。李密覆書，有「所望左提右挈，戮力同心，執子嬰於咸陽，殄商辛於牧野」的一番話。李淵看了頗覺放心。

再過了幾天，雨勢依舊不減，那太原的糧米也還未到；看看坐食將盡，忽又有騎探特來急報，說劉武周約同突厥，將乘虛直攻晉陽。李淵看看時勢不順，便要打算退兵。這訊息傳到世民耳朵裡，他是一個愛廝殺的英雄，如何肯罷休；他在父親跟前，一再勸說，甚至淚隨聲下，李淵才慢慢地把退兵的心思打消。恰巧沈叔安的糧草也到了，天氣也晴朗起來了。李淵便傳令三軍，就崗地陽曝甲而行。不多幾天，到了霍邑城下，宋老生固守不出；世民性急，先領數十騎，直趨城下，令眾兵士辱罵。宋老生耐不住氣，便率領三萬大軍。開城出戰。

李淵怕世民有失，便親率數百騎前去接應；一面令殷開山催召後軍，後軍如召而至。李淵和建成合兵，列陣城東，世民列陣城南；城內隋兵，由東門如潮水一般湧出。李淵和建成父子兩人迎頭攔殺，兩軍喊聲震天，從辰時直殺到未時，李淵手下傷亡的兵士很多，隋兵奮勇當先，步步進逼。看看李淵有些支抵不上了，虧得柴紹領生力軍躍入陣中，揮刀力戰，才得支住。那宋老生又從南門殺出，趨向城東，夾攻李淵；世民在南城，看看父親勢危，便和軍頭段志玄帶領大軍從高崗上直衝殺下來，宋老生腹背受敵，見世民來勢凶猛，只得回馬交鋒。欲知後事如何，且聽下回分解。

聚家室李淵起義　相英雄虯髯讓賢

宋老生手下個個都是能征慣戰的，幸得世民神力敵住，只見他手握雙刀，轉動如風，東衝西突，凡是近他的敵軍，都被他殺死，流血滿袖，刀口盡卷。世民急向左右親兵手中換過刀來，再躍馬奮臂，大殺一陣；段志玄等緊隨馬後，拚命趕殺。

手下的戰士，個個以一當十，以十當百，不消一兩個時辰，早已殺得隋軍旗靡轍亂，馬仰人翻。世民心生一計，傳令手下的兵士，大聲呼喚著道：「老生已被擒住，隋兵何不速降！」

那時城東的隋軍，正與李淵酣鬥，到吃緊的時候，忽聽說城南主將已被擒捉，便也無心戀戰，急急退避進城；李淵乘勢緊迫，那隋兵只顧逃性命要緊，一路棄甲拋盔，飛也似地逃進城去，把城門緊緊閉住。恰恰把宋老生一支孤軍，閉在城外，弄得他前無去路，後有追兵；急欲折回南門去時，被世民橫衝過來，攔住去路，再欲轉入東門，那李淵的兵又殺來，把宋老生的兵截成兩段。他父子兩支兵，從兩下里包圍攏來；宋老生看看不是路，便長嘆一聲，提著馬韁，向壕中一躍，意欲尋個自盡，恰巧劉弘基飛馬趕到，一刀下去，把老生的身體砍作兩段；轉身又把隋兵殺得七零八落，東逃西竄。隋兵這時只恨爺娘不給他多生兩條腿，使他可以快逃得性命。

這一場惡戰，李淵雖得了勝仗，但手下兵士也是死亡枕藉；李淵傳令兵士在城下飽餐休息一回。到夜深時候，城外鼓聲四起，李淵和世民手下的兵士一躍登城，城中守兵，便不戰而降。李淵便進城安撫軍民。

休息過兩天，李淵又引兵攻打臨汾；臨汾守吏不戰而降。

從此一路打去連得絳郡、龍門、河東幾座城池，又從梁山渡過大河，奪韓城，攻馮翊，勢如破竹；適值劉文靜從突厥出使回來，帶領五百突厥兵，又戰馬二千匹。那突厥兵又個個驍勇善戰，戰馬又馳騁自如；李淵得了，便好似虎之添翼，軍事十分順利。奪得河東以後，李淵自率諸軍，沿河西進；一路朝邑、蒲津、中潭、華陰、永豐倉、京兆，許多郡縣，都自願投降。

李淵便命長子建成，司馬劉文靜，帶同王長諧一班人，屯兵永豐倉，守潼關以控河東，慰撫使竇軌以下兵馬，概受節制；命次子世民，帶同劉弘基一班兵馬，駐紮渭北，慰撫使殷開山以下戰員，概受節制。兩軍分頭行事，李淵自己住在長春宮裡。

有一天，鄠縣地方李氏女使人到宮中來下書，李淵拆開看時，知道是他親女的書信；李淵十分歡喜，忙喚他女婿柴紹進宮來，一同觀看。原來柴紹夫婦兩人，住在長安的時候，接到世民喚她的信，在柴紹的意思，要和他夫人同行，李氏卻說：「夫婦二人在路同行，頗多不便，大丈夫功業要緊，你盡放心一人前去，我一婦人在家，容易避禍。縣我也別有計較，君可莫問。」

柴紹到此時，也無可如何，只得狠一狠心腸，丟下他夫人，到岳父這裡來。那李氏自丈夫去太原以後，便悄悄地回到郡縣的別莊上去；散去家財，招兵買馬，也立起義師來。這時有李淵的從弟，名神通

的，因地方官捉拿得他緊急，也逃到鄠山中來，卻和長安大俠史萬寶一班人暗通，起兵響應李淵。

李氏兵和神通兵合在一起，攻入鄠縣，占據了城池；又令家奴馬三寶招集關中群盜，如何潘仁、李仲文、向善志，一班人都打通一氣，一路進兵出去。奪得盩厔，武功、始平一帶縣份，共有七萬人馬。

左親衛段綸，他的妻子，原是李淵妾生的女兒，到此時也在藍田地方聚集同黨一萬多人，和李氏聯為一氣。如今打聽得李淵大兵已過河來，便由李氏領銜通訊，給他父親；所有一班人馬，都願受他父親的節制。

這柴紹跟著岳父，東征西殺，多日得不到他妻子的訊息，如今見了這封信，知道他妻子也帶領人馬攻城略地地大做起來，他忙向岳父討得將令，出帳來跳上馬，飛也似地迎接他夫人去。這裡李淵便拜神通為光祿大夫，段綸為金紫光祿大夫；此外各路大盜，都給他官階，照舊帶領他部下，駐紮在原外。

這世民帶領大隊人馬，向西急進，沿路群盜歸附，幾不勝數，待到涇陽地方，連營數里，共有大軍十萬；路過隰城，隰城尉房玄齡，親自到轅門口來請見，世民和他一見如故，立時拜官記室參軍，充做隨營軍師。兩人在軍中早夕談論，十分投機。

恰巧柴紹夫婦，也帶兵到來，世民欣然出迎，只見他姊姊首插雉尾，身披軟甲，腰佩寶劍，足頓蠻靴，望去果然是十分威武，活似一位女將軍。那柴紹卻跨著一匹白馬，隨在他夫人身後。他臉上只有喜孜孜的笑容，後面便是萬餘人的軍隊。挑選得個個精壯，旗幟鮮明，刀槍雪亮；世民見了，忍不住眉眼上堆下笑來，拍馬向前，向他姊姊拱手道：「阿姊辛苦了！」

三人並馬進帳，帳中設下筵席，圍坐痛飲起來。飲罷，各自歸帳。柴紹軍隊居左，李氏軍隊居右。當時營巾稱李氏軍為娘子軍。

次日，世民率領左右軍進兵阿城，一面遣使稟告父親，請李淵會師長安。這時李淵已帶領人馬離長春宮、到永豐倉；一面開倉發粟，一面進兵馮翊。又命劉弘基、殷開山，分兵西攻扶風；扶風太守領兵應戰，被弘基打敗，便占得扶風城池，從此一路無阻，直到長安城下。那次子世民，早已駐軍待著，兩方合兵，共有二十餘萬。李淵一面巡視營壘，一面傳諭守城官吏，願擁立城中的代王。

這代王名侑，是煬帝的孫子，故太子昭季的兒子。太子早死，遺子三人：長子倓，封燕王；次子侗，封越王；侑是第三子，在長安留守。長安又稱西京，有京兆內史衛文升一班人輔佐代王。保守城池。無奈這衛文升，年紀又老，受不起驚嚇。

聽說李淵軍隊，已臨城下，早嚇出一場大病來，倒在床上，不能管事；只聽那左翊衛將軍陰世師，郡丞骨儀，忙著調兵守禦。

李淵先把文書送進城去，被陰將軍退回。李淵動了怒，便督同各軍攻城；各將士奉令撲城。骨儀帶同士卒，在城上抵禦。

孫華帶領弓弩手，奮勇當先。城上矢石齊下，孫華用遮箭牌擋著，冒險越過城壕，手中搖著紅旗，死力進攻，前僕後繼，日夜不休。戰到第二天黎明時分，只見那軍頭雷永吉，左手執旗，右手握盾，首先登城，正要攀登城牆，忽然城上一箭下來，射中要害，立時陣亡。李淵兵士見先鋒戰死，便個個憤怒，死力進攻，後面軍士便和潮湧的一般上去；殺退城上守兵，斬開城門，迎李淵大軍進城。那陰世師和骨儀，還

不肯投降，帶領少數兵士，在街巷中喊殺，不多時都被李淵的軍士擒住，解送中軍帳中。

衛文升病在床上，聽得外面喊殺，又聽說陰世師、骨儀兩將軍都被擒，便立刻嚇死。這時代王侑，在東宮接連幾次太監報來，說李淵軍隊已殺進城來，又說陰將軍和骨將軍都兵敗被擒，又說衛內史驚嚇而死，又聽得宮外一陣一陣喊殺之聲，越喊越近，看看左右，都自顧逃命要緊，一齊丟下代王，東奔西竄。

代王只是十三歲的孩子，如何吃得起驚嚇？也不禁慌作一團。

其時只有侍讀學士姚思廉不曾走得，他站在殿前保護代王。李淵的兵士鼓譟入殿，思廉厲聲呵止道：「千歲在此，何得無禮！」

眾兵士聽了，便由不得禁聲站住。李淵下馬上殿，仍行臣禮，拜見代王，啟請代王遷居大興殿後廳。代王見李淵帶劍上殿，他身體早已抖個不住，思慮至此也聲無法，只得上去扶住代王下殿，泣拜而去。李淵亦退宿長樂宮，一面出令，約束兵士，毋得犯隋氏七廟，及代王宗室，有敢違令者夷及三族。

次日昇座，從獄中拉出陰世師、骨儀等十多個官員，責他平日貪贓枉法，又抵抗義師，一律斬首。所有從前獄中被官員冤屈的犯人，便一齊釋放。內中有一個犯官，長得眉清目秀，年紀甚輕；他見了李淵，卻不肯下跪。李淵問他姓氏官職，犯了什麼罪，卻監禁在此？

那犯官見問，便哈哈大笑道：「我李靖原不曾犯什麼國法，現做馬邑郡丞；只因打聽得公在太原起事，我苦於無從告變，便自願裝入囚車，故令長官押送到江都去，以便在天子跟前告密。不料囚車送到長安，正值公來圍城；城守不知我計，便將我寄在獄中。」

李淵聽到這裡，忍不住大怒起來，說道：「諒你小小郡丞，卻敢告發我麼？」喝令左右推出轅門斬首。李靖見李淵動怒，便冷笑著說道：「公舉義兵，欲平天下暴亂，乃竟敢以私怨殺忠義之士嗎？」

淵不答話，左右便上去把李靖擁出轅門，準備行刑。忽見敦煌公李世民，拍馬趕來，喝叫「刀下留人」；急急下馬進帳去求著李淵道：「這李靖和孩兒有一面之交，望父親看在孩兒面上，饒他一命吧。況孩兒素知這李靖才勇兼全，大人不記得韓擒虎的遺言麼？擒虎也說李靖可與談將略；若收為我用，必能立功。請大人不念舊惡，赦罪授官。」

李淵聽了這番話，半晌才說道：「我看李靖矯矯不群，他日恐不易駕馭。」

世民道：「大人若把李靖交給孩兒，我自有駕馭之術，大人不必過慮。」

李淵至此，方才允諾。世民出帳，親替李靖解縛，用好言撫慰一番。李靖進帳謝過李淵，世民引入李靖，他知道李靖將來是大富大貴的人，便一力成全了他和紅拂姬人的煙緣，又替他在楊素跟前做說客，從此李靖反因他夫人得了一官半職，這真可算得裙帶福了。

講到這李靖的來歷，在下已在第六回書上交代明白，如今他又在長安城中出現，那虯髯客卻又到了什麼地方去了呢？原來這虯髯客，也不是個平常人，他是專一在江湖上物色英雄的；那天在客店裡遇到了李靖，他知道李靖將來是大富大貴的人，便一力成全了他和紅拂姬人的煙緣，又替他在楊素跟前做說客，從此李靖反因他夫人得了一官半職，這真可算得裙帶福了。

從此虯髯客把紅拂姬人認做了妹妹，常到李靖家中來坐地；閒談之中，問李靖：「太原一帶尚有異人否？」

李靖答稱：「我交遊之中，尚有一人，可以稱得少年英雄。這人與俺同姓，名世民，是總督唐公李淵之子。」

虯髯客聽了，忙問：「俺可以和他一見麼？」

李靖說：「世民常在我友人劉文靜家中起坐，只須走訪文靜，便可以見得。」

虯髯客說道：「俺生平相天下士，百不失一；郎君何不攜帶俺去見見？」

李靖答應，虯髯客便約定次日在汾陽橋上相會。

到了時候，李靖跨馬趕到汾陽橋上，那虯髯客早已候著，便一同到劉文靜家中去。虯髯公自稱善相，願見李公子；文靜平素也賞識世民，說他器宇不凡。如今聽說虯髯善相，忙打發人去把世民請來。

那世民不衫不履，大踏步走來。虯髯客見了，不覺大吃一驚，忙拉著李靖到屋角去，悄悄地說道：「此人有天子之相，我看來已十定八九；俺尚有一道兄，給他一見，便百無一失了。」

李靖聽了，暗地裡去對文靜說了，文靜便約在三日後再在寓中想見。到了日子，虯髯客果然攜一道士同來，邀著李靖同去訪劉文靜。文靜正與客對奕，見道士來，便邀道士入局對奕；又寫一字條兒，去把世民請來。停了一刻，果見世民掀簾而入，長揖就坐，顧盼不群。道士見了，心中一動，下子也錯了；忙把棋子收在盒子裡。說道：「此局全輸，不必枉費心計了。」

便起身拉著虯髯客，李靖在後面跟著，一塊兒走出門去。走在半路上，那道士對虯髯客說道：「此處已有人在，君不必強圖，可別謀他處去吧。」

說著，便一灑袖向別路揚長而去。這裡虯髯客拉著李靖，跨上馬在路默默地走去。

回到李靖家中，入內堂坐下，那紅拂夫人見虯髯客來，便也出來在一旁陪坐著。半晌，虯髯客才抬起頭來，對紅拂一笑，說道：「妹子不是常常說起要去見你嫂嫂嗎？俺家住在城西大石坊第四小板門便是。俺明日合宅西行，便請妹子和妹夫明午到舍下來一別，順便也可與你嫂子一見。」

李靖平日常說要到虯髯家中去拜見嫂嫂，那虯髯總不肯告訴他地名；如今聽虯髯邀他夫妻到家中去，喜得他直跳起來。當日和虯髯分別了，到了次日中午，紅拂打扮齊整，坐著車兒，李靖跨著馬，迤邐尋到城西去；那大石坊是一個極荒涼的所在，走到第四小板門口，李靖上去，輕輕地打著門，便有一個僮兒走來開門，把他夫婦迎接進去。走過第三重門，李靖不覺怔了一怔，原來裡面高廳大廈，傑閣崇樓，和外面絕不相稱。望去簾幕重疊，奴婢成群。小僮兒把李靖夫婦引入東廳，只見虯髯客哈哈大笑著從裡面迎出來。看他紗帽紅衫，十分文雅；身後隨著一個絕色少婦，端莊秀麗，把李靖的眼光也看住了。

紅拂夫人知是虯髯的妻室，忙悄悄地拉著他丈夫的衫袖，一齊上去拜見，那少婦也殷殷還禮。虯髯邀他們進了中堂，兩對夫妻，相對坐定。有四個俊俏丫鬟，搬上酒餚來，大家開懷暢飲；又有一隊女樂，在簾前吹著勸酒。酒到半酣，虯髯站起身來，止住樂聲，命二十個家奴，搬出二十具大衣箱，排列在堂下；虯髯指著衣箱，對李靖說道：「這裡面全是我歷年所積，如今送給你妹夫，算是俺妹子的奩資。我原打算在此地成立大業，昨日既遇有真人，便不應再在此逗留。那李公子確是英主，三五年內，當成大事。；妹夫才器不凡，將來必位極人臣。俺妹子獨具慧眼，得配君子，他年夫貴妻榮，亦是為閨中人吐氣；非妹不能識李郎，非李郎亦不能遇妹，原非偶然的煙緣。從此妹夫努力前途，莫以我為

念。十年後，只打聽東南數千里外，有異人崛起，便是我成功之日，妹與李郎可在閨中瀝酒相賀。」

說著，便把府中內外鑰匙銀錢簿冊，和奴婢的花名冊子，一併交出；又把闔府中的奴婢僮僕，傳集在院子裡，命大家拜見李靖夫婦。又叮囑眾人道：「這一對夫婦，便是爾等的新主人；事新主須如事舊主，不得略有怠慢。」

李靖夫婦十分惶惑，正要推辭，那虯髯客和他夫人已轉進入內，須臾便戎裝出來，向李靖夫婦拱一拱手，出門跨馬去了。

李靖夫婦送客出門，回進屋去，檢點箱籠，儘是珍寶。從此李靖十分富有，又有虯髯客留下的兵書一箱，書中詳說風角、鳥占、雲祲、孤虛種種法術；李靖盡心攻讀，頗有心得，從此用兵如神，料事如見。直到唐太宗貞觀年間，有東南蠻奏稱，海外番目入扶餘國，殺主自立；李靖知道虯髯事已成功，便告知紅拂夫人，兩人在閨中相對瀝酒，向東南方拜賀。這都是後來的事，且不去說它。

當時李淵入踞長安，便奉代王侑為皇帝，即位大興殿，改年號稱義寧，遙尊煬帝為太上皇，淵自稱大丞相，都督內外軍事，自己加封為唐王；把武德殿改做丞相府，設官治事，仍用裴寂為長史，劉文靜為司馬，臺前尚書左丞李綱為相府司錄，專管選事；前考功郎中竇威為司錄參軍，使定禮儀。一面上尊號祖父虎為景王，父昞為元王；夫人竇氏為穆妃，立長子建成為世子，次子世民為京兆尹秦公，四子元吉為齊公。從此李淵的勢力，一天大似一天，那各處地方官的文書，雪片也似報到江都地方來；無奈煬帝左右的大臣，都是隻圖眼前利祿的，把所有文書，一齊擱起，不送進宮中去。

那煬帝終日在宮中和眾夫人、美人遊玩著，昏天黑地的，也不知外間是如何的情形。這時煬帝因十

分寵愛吳絳仙，不把別的美人放在眼裡，那許多夫人和眾美人不由得嫉妒起來，大家都在蕭后跟前說絳仙的壞話。蕭后也因為煬帝寵愛絳仙，待自己也冷淡了些，心中很不自在；只因自己是國母之尊，不便和別人去吃醋捻酸，便也暫時忍耐著。自從那天煬帝把已經賜給蕭后的綾子，轉賜了絳仙以後，便再也忍不住了，和煬帝大鬧了一場，立逼著煬帝把絳仙貶入冷宮。

煬帝看蕭后正在氣頭裡，又因她正貶的體面，便沒奈何，暫時把吳絳仙貶入月觀去，從此絕不臨幸。但吳絳仙是煬帝心中最寵愛的人，日子隔得久了，難免兩地相思。一日，煬帝獨步迷樓，見遠處春山如畫，忽然又想起吳絳仙來，嘆道：「春山如此明秀，宛如吳絳仙畫的蛾眉；久不見美人，叫人十分想念。」

心中正悵惘的時候，忽見一個太監，從瓜州公幹回來，帶得合歡水果一雙，持進宮來獻與煬帝。這水果外面重重包裹，上邊嵌著珍瓏花草，中間製成連環之狀，所以稱做合歡水果，看去十分工巧。煬帝大喜道：「此果名色俱佳，可速賜與吳絳仙，以不忘合歡之意。」

便喚小黃門捧著水果走馬到月觀去賜與絳仙，立等回旨。那黃門領了旨，不敢怠慢，上馬加鞭，飛也似地向月觀中奔去。吳絳仙自貶入月觀，終日以眼淚洗面；這一天也不梳不洗，悄悄地憑欄而立。忽見黃門手捧一物匆匆進來。絳仙問時，刃隰門說道：「萬歲掛念貴人，今得合歡水果一雙，特賜貴人，以表不忘合歡之意。」

吳絳仙聽了，頓把長眉一展，笑逐顏開，說道：「自從遭貶，已拼此身終棄，再無蒙恩之時；不意萬歲尚如此多情，今承雨露之私，不可不拜。」

當即入內梳妝起來，排下香案，向北再拜；謝了聖恩，將合歡水果連盤捧來一看，不期黃門在馬上

跑得太急了，中間合歡巧妙之處俱以搖散。吳絳仙一看，不覺流下淚來說道：「名為合歡，實不能再合

矣！皇上以此賜妾，是明明棄妾也！」

黃門急解勸說道：「貴人不必多心，此果在萬歲前賜來時，原是緊接相連；只因一時聖旨催促，走

馬慌張，以致搖散，實非萬歲有意拿此破果賜貴人也。」

絳仙說道：「既是好好賜來，到此忽散；縱非萬歲棄妾，天意亦不容妾合矣！」

說著只是淌眼抹淚的，一任黃門再三勸說，她總是悲咽難勝；黃門在一旁頻頻催著道：「萬歲吩

咐，立候回旨的。貴人有何言語，快快說來？」

那吳絳仙這裡愁腸百折，無從說起，被黃門官一聲一聲催逼不過，便在妝臺上提起筆來，寫成一首

詩，交給黃門官。那太監接著詩，飛馬回宮去復旨。煬帝看那詩時，上面寫道：

「驛騎傳雙果，君王寵念深；

寧知辭帝裡，無復合歡心。」

煬帝看了這詩，十分疑惑，說：「朕好意賜她合歡果，記念她昔日合歡之意，今看她來詩百種憂

懷，盡流露在字裡行間，何怨朕之深也？」

那黃門官見問，知是隱瞞不過，忙跪倒在地，把在路合歡水果搖散的情形說了。煬帝聽了，又拿絳

仙的詩句細細吟詠，吟到出神的時候，不覺嘆道：「絳仙不但容貌絕世，情思深長，即此文才華貴，也

不愧於班婕妤左貴嬪之流。」

正嗟嘆間，忽背後轉出一人，劈手將煬帝手中詩籤奪去，說道：「這淫娃又拿這淫詞來勾引陛下了！」

欲知後事如何，且聽下回分解。

陳水戲燈火澈御沼　步月光鹿影驚帝座

煬帝正把玩吳絳仙的詩籤，蕭后從背後走來，劈手把詩籤奪去，說道：「陛下盡看些淫詞做什麼！

今日乃上巳良辰，有杜寶學士製成《水飾圖經》十五卷，備言水中故事；又有黃袞所造水飾七十二種，上面都裝著木人，那木人有二尺多長，穿著綾羅，內藏暗機，盡能生動如意。其他禽獸魚鳥，無一件不窮極天下之巧，妾已令陳設在九曲池中，特來請陛下前去遊覽。不料陛下又正思念那妖精吳絳仙，未得有閒心腸去行樂！」

煬帝聽了，只得勉強笑道：「御妻又來取笑了，怎見得朕沒有心腸？」

說著，和蕭后一同上輦，向九曲池來。未到池邊，遠遠地見五光十色，堆堆得十分精巧。那許多太監和宮女，團團圍住，看著笑著。

煬帝下輦，走近去看時，原來那水飾是用十二隻方船裝載著，一船一船挨次在水面上行去。船上雕刻著生動的木人，有傍山的，有臨水的，有據定磐石的，有住在宮殿裡的，裝成七十二件水上的故事。

船身一動，那木人笙簫管絃，齊齊奏樂，曲調悠揚，十分動聽。又能舞百戲，百般跳躍，與生人無異。

又有伎船十二隻，雜在水飾船中。那伎女也都拿木頭製成，專管行酒，每一船有一木伎，擎杯立在

船頭，又一木伎捧壺站在一旁，另一木伎站在舟梢上把舵，又二木伎坐在船中蕩槳。船慢慢地行著，每到客位前，便停船不去，獻上酒來，候客飲乾，方才移動，酒若不盡，終不肯去。機括都在水中，絕看不見，真是窮極機巧，化奪天工。

這時煬帝和蕭后同席坐在那池邊，一面飲酒，一面把那水飾一樣一樣地玩賞；

第一樣，是神龜負八卦出河授於伏羲；

第二樣，是黃龍負圖出河；

第三樣，是玄龜銜符出洛水；

第四樣，是鱸魚銜籙圖出翠媯之水，並授黃帝；

第五樣，是黃帝齋於玄扈，鳳鳥降於河上；

第六樣，是丹甲靈龜，銜書出洛，投於蒼頡；

第七樣，是赤龍載圖出河授於堯；

第八樣，是龍鳥銜甲文出河授於舜；

第九樣，是堯與舜遊河，值五老人；

第十樣，是堯見四子於汾水之陽；

第十一樣，是舜漁於雷澤，陶於河濱；

第十二樣，是黃龍負黃符璽圖出河授於舜；

第十三樣，是舜與百工相和而歌，魚躍於水；

第十四樣，是白面長人魚身，捧河圖授禹，舞而入河；

第十五樣，是禹治水，應龍以尾畫地，導決水之所出；

第十六樣，是禹鑿龍門；

第十七樣，是禹過江，黃龍負舟；

第十八樣，是玄夷蒼水使者，授禹《山海經》；

第十九樣，是禹遇兩神女於泉上；

第二十樣，是黃魚化鯉，化為黑玉赤文；

第二十一樣，是姜嫄於河濱，履巨人之跡；

第二十二樣，是棄后稷於寒冰之上，鳥以翼覆之；

第二十三樣，是文王坐靈沼；

第二十四樣，是太子發渡河，赤文白魚躍入王舟；

第二十五樣，是武王渡孟津，操黃鉞以麾陽侯之波；

第二十六樣，是成王舉舜禮，榮光幕河；

第二十七樣，是穆天子奏鈞天樂於玄池；

第二十八樣，是獵於澡津，獲玄貉白狐；

第二十九樣，是觴西王母於瑤池之上；

第三十樣，是過九江，黿鼉為梁；

第三十一樣，是塗修國獻昭王青鳳丹鵠，飲於浴溪；

第三十二樣，是王子晉吹笙於伊水，鳳凰降；

第三十三樣，是秦始皇入海，見海神；

第三十四樣，是漢高祖隱碭山，澤上有紫雲；

第三十五樣，是武帝泛樓船於汾河；

第三十六樣，是遊昆明池，去大魚之鉤；

第三十七樣，是遊洛水，神上明珠及龍髓；

第三十八樣，是漢桓帝遊河，值青牛自河而出；

第三十九樣，是曹瞞浴譙水，擊水蚊；

第四十樣，是魏文帝興師，尋河不濟；

第四十一樣，是杜預造河橋成，晉武帝臨會，舉酒勸預；

第四十二樣，是五馬浮滹沱，一馬化為龍；

第四十三樣，是仙人酌醴泉之水；

第四十四樣，是金人乘金船；

215

第四十五樣，是蒼文玄龜，銜書出洛；

第四十六樣，是青龍負書，出河，並獻於周公；

第四十七樣，是呂望釣磻溪，得玉璜文；

第四十八樣，是釣汸溪獲大鯉魚，腹中得兵鈐；

第四十九樣，是齊桓公問愚公名；

第五十樣，是楚王渡江，得萍實；

第五十一樣，是秦昭王宴於河曲；

第五十二樣，是金人捧水心劍造之；

第五十三樣，是吳大帝臨釣臺望喬玄；

第五十四樣，是劉備躍馬過檀溪；

第五十五樣，是周瑜赤壁破曹操；

第五十六樣，是澹臺子羽過江，兩龍負舟；

第五十七樣，是留丘訴與水神戰；

第五十八樣，是周處斬蛟；

第五十九樣，是屈原遇漁父；

第六十樣，是卞隨投潁水；

第六十一樣，是許由洗耳；

第六十二樣，是趙簡子值津吏女；

第六十三樣，是孔子遇浴河女子；

第六十四樣，是秋胡妻赴水；

第六十五樣，是孔愉放龜；

第六十六樣，是莊惠觀魚；

第六十七樣，是鄭宏樵徑還風；

第六十八樣，是趙炳張蓋過江；

第六十九樣，是陽谷女子浴日；

第七十樣，是屈原沉汨羅水；

第七十一樣，是巨靈開山；

第七十二樣，是長鯨吞舟。

──形形色色，過了一船，又是一船。

煬帝賞玩到歡喜時候，命眾夫人傳杯痛飲，正熱鬧快樂的時候，忽見一官員跟跟蹌蹌地闖進宮來，那左右太監忙上去攔阻也攔阻不住，那人直跑到煬帝腳下，伏地痛哭。煬帝看時，原來是東京越王楊侗的近侍趙信。煬帝問他：「何事如此淒涼？」

217

那趙信奏道：「東京亡在旦夕，越王殿下，遣奴婢潛身逃遁，來萬歲爺跟前告急。」

煬帝是素來不問朝政的，如今聽說東京危急，十分詫異，忙問：「東京有何危急？」

那趙信奏說：「西京已被李淵占據，東京也被李密圍困甚急，城破便在旦夕，望萬歲速發兵去解圍。」

煬帝聽了，嚇得手中的酒杯落在地上，打得粉碎。嘆一口氣，說道：「朕久不問朝政，國事已敗壞至此，如今大局已去，叫朕也無可挽回。」

說著，宮女換上酒杯。煬帝說道：「朕且圖今天的快樂，眾夫人伴朕一醉罷！」

說著，舉杯向眾夫人連杯痛飲。那趙信卻兀自跪在腳下，不肯起身，口口聲聲說：「求陛下快發兵去救越王和代王！」

煬帝笑對趙信說道：「朕江都富貴，享之不盡，何必定要東京！

局勢既如此危急，索興置之不問罷了！」

趙信聽煬帝如此說法，便也不敢再奏，只得磕一個頭，退下階去。煬帝見趙信起去，忽然想起東京的景色，忙喚住問道：「我且問你，西苑中風景如何？」

趙信奏道：「西苑自聖駕東遊，內中臺榭荒涼，園林寂寞，朱戶生塵，綠苔繞砌，冷落蕭條，無復當時佳麗矣！」

煬帝道：「湖海中魚鳥想猶如故？」

趙信說道：「別的魚鳥如故，只有萬歲昔年放生的那條大鯉魚，二月內有一天風雨驟至，雷電交加，忽化成一條五色金龍，飛上天去，在半空中盤旋不已，京城內外人皆看見。」

煬帝聽了，十分吃驚，說道：「大奇！大奇！這魚畢竟成龍而去！」

蕭后在一旁說道：「曩日妾伴陛下游北海時，妾見它頭上隱隱有角，便已疑心，故勸陛下射它，不料天生神物，竟是人力所不能害的。」

煬帝接著又問道：「西苑中花木想也無恙！」

趙信奏道：「別的花木都依舊，只有那年酸棗邑獻的玉李樹，近來越發長得茂盛；那晨光院的楊梅樹，卻在一月前枯死了。」

煬帝聽了，不禁拍案大叫道：「李氏當興，楊氏當亡，天意有如此耶！」

原來煬帝素來以楊梅合姓，卜隋室之興亡。今聽說楊梅枯死，李樹繁榮，又聽說鯉魚化龍，他便認定姓李的要奪他的江山，因此失驚打怪。嚇得個趙信汗流浹背，不知是何故。唯有蕭后知道煬帝的心事，當時便勸說道：「無情花草，何關人事？陛下何必認真？」

煬帝也覺蕭后的說話有理，心裡略放寬些。

又想如今在江都的近臣，都沒有一個姓李的，眼前量來總沒有什麼危險，心裡更放寬了一層。便說道：「外面如此反亂，兩京縱不殘破，朕亦無心歸矣！聽說江東風景秀美，丹陽、會稽、永嘉、餘杭一帶山水奇麗，朕欲別治宮室，遷都丹陽，不知御妻願伴朕同去否？」

蕭后道：「江東地方雖僻，晉宋齊梁陳五代皆相繼建都，風景想也不惡，陛下之言甚是。」

煬帝大喜，到了次日，竟出便殿召叢集臣商議。煬帝說道：「兩京皆為盜賊所據，朕不願復歸，意欲退保江東以為子孫之計，不識眾卿之意如何？」

當有虞世基出班奏道：「退保江東，坐觀中原成敗，不獨子孫萬世之業，亦以逸待勞之妙策也。」

煬帝聽了大喜，便傳旨丹陽，重治宮闕，接挖新河，以通永嘉、餘杭，限日要成此大工，當下工部大臣領旨前去，開河的開河，治宮殿的治宮殿。此時民窮財盡，萬人籲怨，那地方官卻一味壓迫，只圖工程早完。那煬帝也終日在迷樓中追歡尋樂，只待江東宮殿完工，早日遷都。那兩京之事，早已置之度外。

便是眾美人也知道歡樂不久，沒日沒夜拿酒色兩字去迷弄煬帝。煬帝身體雖尋著快樂，但因國事日非，心中終不免鬱悶；再加他身體多年在酒色中淘磨過來，早不覺形銷骨立。有一天，杳娘正臨鏡梳妝，煬帝從她身後走去，原想逗著杳娘作樂的，誰知從鏡中照著自己容顏，十分憔悴，滿臉都是酒色之氣，自己不覺驚詫起來，說道：「何以消瘦至此！」

蕭后只怕煬帝傷心，故意湊趣誠道：「這正所謂渣滓日去，清虛日來。」

煬帝對鏡注視了半天，忽然自己撫著頸子，說道：「如此好頭顱，有誰斬去！」

蕭后和眾夫人聽了，一齊大驚失色。蕭后說道：「陛下何出此言？」

煬帝只是哈哈大笑，笑罷，又索酒與蕭后對飲，直吃到酩酊大醉，由兩個美人扶著進帳睡去。無奈上床睡不多時，便又驚醒，醒來無可消遣，和兩個美人調弄著，轉覺乏味；忽聽得窗外隱隱有女子歌唱

的聲音，腔調悲悲切切，十分淒楚。煬帝不覺從床上驚起，問：「誰在窗外唱這悲涼的曲子？」

連問幾聲，沒有人答應。煬帝耐不住，便披衣下床，走到簾櫳之下，側耳細聽。那斷斷續續的歌聲

又起，卻唱得字字清楚道：「河南楊柳謝，河北李花榮，楊花飛去落何處？」李花結實自然成！」

煬帝躡著腳繞出簾外看時，只見七八個宮女，圍著一個宮嬪，聽她唱歌，那宮嬪站在中央。煬帝心

中暗想，楊花李花，一成一敗，情見乎詞，宮闈之中，如何有此不祥之歌？急上去喚那宮嬪問時，那宮

嬪原是無心唱的，不期在這夜盡更深時候，被煬帝親自出來問住，慌得眾宮女驚惶無措。那宮嬪尤其嚇

得匍匐在地，不敢抬起頭來。這煬帝平素在宮女身上不肯用大聲呼喝的，忙安慰眾人說，「不要驚慌。」

又拉起那宮嬪來問道：「此歌是誰教給你唱的？」

宮嬪奏對道：「此乃道路兒童所歌，非妾婢自編的。」

煬帝問：「兒童之歌，你在深宮，如何得知？」

宮嬪道：「賤婢有一個兄弟，在民間聽得，因此流傳入宮。」

煬帝聽宮嬪說出這個話來，便不禁大聲叫道：「罷了！罷了！這真是天意呢！」

在這半夜時分，煬帝忽然大驚小怪起來，早有人報與蕭后知道。蕭后急急趕來，再三勸煬帝回宮安

寢。煬帝說道：「時勢相逼而來，叫人如何安寢！唯酒可以忘憂！」

吩咐快拿酒來！

宮人把酒奉上，煬帝直著頸子，一連五七杯倒下肚去。他越是痛飲，越覺怒氣沖沖，站起身來，在

院子裡走來走去，又仰首向天，夜空咄咄，心中沒個安排處。又坐下來捧著酒壺，向口中直倒。放下酒壺，胸中覺得有萬轉千愁，便提起筆來，寫出一首詞兒道：「瓊瑤宮室，金玉人家，簾珠開處碧鉤掛。梨園檀板動新稚，嘆人生一場夢話，休錯了歲歲桃花！奈中原離黍，霸業堪嗟！干戈滿目，阻斷荒遐。深痛恨，無勘王遠將，鑾輿迤邐！須拼飲，顧不得繁華天下！」

寫罷，自己又把詞兒歌唱起來，歌聲嗚嗚，聲淚俱下。蕭后忙上前來勸住，又拿酒勸煬帝飲著，直飲到迷迷糊糊，蕭后親自扶進帳去睡下。

第二天，從床上醒來，還未起身，便有王義頭頂奏本，直走到御榻前跪下。煬帝隨接過他奏本來看時，見上面寫道：

「犬馬臣王義稽首頓首奉表於皇帝萬歲：

臣本南楚傖儒，幸逢聖明為治之時，故不愛此身，願從入貢，幸因自宮，得出入左右。積有歲時，濃被恩私，侍從乘輿，周旋臺閣，皆逾素望。臣雖至鄙至陋，然素性酷好窮經，頗知善惡之源，略識興亡之故。又且往還民間，周知利害，深蒙顧問，故敢抒誠瀝次第敷陳。

自萬歲嗣守元符，休臨大器，聖神獨斷，規諫弗從，自發睿謀，不容人獻。大興西苑，兩至遼東，開元益之市，傷有用之財。龍舟逾於千艘，宮闕遍於天下；兵甲常役百萬，士民窮乎山谷。征遼者百不存十，死葬者十無一人；帑藏全虛，穀粟湧貴，乘輿四出，行幸無時。兵人侍從，常役數十萬；遂令四方失望，天下為墟。方今有家之村，寥寥可數；有人之家，寂寂無多。子弟死於兵役，老弱困於泥土；屍積如嶽，餓殍盈郊。狗彘厭人之肉，烏鳶食人之餘，臭聞千里，骨積高原，血膏草野，狐兔盡肥。陰

風吹無人之墟，野鬼哭寒葷之下。目斷平野，千里無煙；萬民剝落，莫保朝昏。孤苦何多，饑荒尤甚！亂離方始，生死孰知；仁主愛人，一何至此！陛下素性剛毅，誰敢上諫？或有鯁臣，又令賜死。臣下相顧鉗結，以自保全，雖龍逢復生，比干再世，安敢議奏。左右近侍，凡阿諛順旨，迎合帝意者，皆逢富貴，萬歲過惡，從何可聞？方今盜賊如麻，兵戈擾攘；社稷危於春雪，江山險於夏冰。生民已入塗炭，官吏盡懷異心。萬歲試思，世事至此，若何為計？雖有子房妙算，諸葛奇謀，亦難救金甌於已破也！近聞欲幸永嘉，不過少延歲月，非有恢復大計，當時南巡北狩之神武威嚴，一何銷鑠至此！萬歲雖欲發憤修德，加意愛民，然大勢已去，時不再來。所謂巨廈之傾，一木不能支，洪河已決，掬壤不能救。臣本遠人，不知忌諱，事已至此，安忍不言。臣今不死，後必死兵，敢獻此書，延頸待盡。伏乞聖明採擇，臣不勝生死榮幸之至！」

煬帝看完了奏摺，便說道：「你的話雖有理，但自古安有不亡之國，不死之主？」

王義聽了，忍不住大哭起來，說道：「萬歲時至今日，猶欲文過飾非；萬歲常說當誇三皇，超五帝，視商周，使萬世不可及。看今日時勢，車輦尚不能回，還說什麼富國強兵的話？」

煬帝到此時，也撐不住流下淚來，說道：「汝真是忠臣，說話如此剴切，朕悔不早聽汝之言也！」

王義說道：「臣昔不言，誠戀主也；今既奏明，死又何憾？願以此身報萬歲數年知遇之恩！天下方亂，願萬歲努力自愛，勿以臣為念。」

說罷，磕一個頭，涕泣辭出。煬帝認他是悲傷感恩之意，也不在心意中。不料到了午後，忽有幾個內相匆匆來報導：「王義在自己屋中大哭一場，自刎死了。」

煬帝聽了，頓足流淚道：「有這等事，是朕負王義了！」

蕭后在一旁勸道：「王義既死，悲傷亦無益。」

煬帝說道：「朕看滿朝臣子，皆高爵厚祿，曾無一人能如王義之以死諫，豈不可恨，豈不可惜！」

便傳旨命厚葬王義。

從此煬帝在宮中每想起王義，總是鬱鬱不樂。蕭后百般指使宮女歌舞，美人勸酒，在十分熱鬧的時候，煬帝總是長吁短嘆的不快樂。袁寶兒在一旁勸解道：「如此年月，終日為歡，尚恐不足，況乃戚戚乎？」

一句話點醒了煬帝，便又高興起來。

命眾宮女日夜歌舞作樂，自己拉住幾個寵愛的夫人、美人飲酒作樂，片刻不許離開左右。傳旨一切國事，不許瀆奏，如有報兩京訊息者斬。從此迷樓裡的人，終日戲笑歌舞，如痴如狂，所有外邊烽火，遍地刀兵，他們都置之不理。煬帝更是徹夜歡樂，不到天明，不肯休息，弄成白晝高睡，夜半笙歌。越是夜深，煬帝越愛到各處去遊玩。

這時初春天氣，秦夫人院中梅花盛開，煬帝說月下看梅，更添韻致。傳旨黃昏後在梅花樹下開宴，煬帝披著重裘，帶著十六院夫人，和眾美人赴宴去。只見一輪寒月，映著花光人面，倍覺清豔。煬帝坐下，吃過幾巡酒菜，命薛冶兒在月下舞一回劍，袁寶兒當筵唱一折歌，煬帝乘著酒興，拉著秦夫人出席步月去。

秦夫人也知道煬帝的意思，便也扶著煬帝，兩人靜悄悄地在月下走去，踱過梅花林，是一片空地，

天上一輪皓月，正照當頭；煬帝讚聲好月色！吩咐秦夫人在一株梅花樹下的石上坐著候著他，自己慢慢地向空地上踱去。他腳下走著，一面抬頭望著天上的月兒，不期走到一叢荊棘面前。

那荊棘忽地索索抖動起來，接著跳出一頭長頸子的巨物來。秦夫人看煬帝嚇得面貌失色，衣冠斜散，忙上去抱住問時，煬帝氣喘吁吁地指著身後說道：「怪物！怪物！」

喲，急轉身逃去，跟跟蹌蹌地逃到秦夫人跟前。煬帝原是心血淘虛的人，只叫得一聲哎

秦夫人是女流輩，有什麼膽識的。一聽說怪物，早已嚇得兩腳打戰，軟綿綿的一步也行不得了。幸得有許多宮女太監，奉著蕭后追蹤尋來，把煬帝接回院去。一面命太監拿著兵器，去追捉怪物！

誰知眾人在月光地下，空鬧了一大場，也不見什麼妖怪，只有幾頭長頸花鹿，在月光下吃著草遊玩著，大家回來復旨。煬帝才知道月下所見的便是長頸花鹿，但這一驚也不小，從此一連臥床七八日不起身，待起得身來，也十分膽小，冷靜所在，卻不敢獨自行走。

這迷樓宮殿，建造得十分廣大，雖有三五千宮女，和許多太監住在裡面，但這宮女和太監，都是陰性的人，膽原是十分小的。自從那夜煬帝在月下受驚以後，便大家疑神疑鬼，有的說在冷宮裡看見妖魔；有的說在長巷中遇到鬼怪。一人傳十，十人傳百，頓時傳遍宮廷，說得人人心驚，個個膽顫。

這宮院中閒空的屋子，原是很多，一到天黑，大家便不敢向空屋中走去，那冷靜的地方，越覺冷靜；荒涼的所在，越覺荒涼。大好樓臺，任令狐鼠跳梁，一到夜間，空屋中的狐鼠，成群結黨地啼嘶跳擲，徹夜不休，給那班宮女太監聽得了，更加說得活靈活現，神鬼出沒。

傳到煬帝耳中，他雖不信有鬼怪之事，但一想到皇室正在危急之秋，宮殿中因近來玉輦不常臨幸，

那荒涼的院落，越是多了，深怕有刺客大盜，乘此躲在冷宮裡，做出凶殘事體來。煬帝想到這裡，真有些不寒而慄，便把這意思和蕭后說知。蕭后便勸煬帝，把御林軍調進宮來，在冷落的宮院中，分班駐紮，又可以防得盜賊，又杜絕了眾人的謠言。煬帝聽了蕭后的話，便連稱好主意！

次日傳旨喚屯衛將軍宇文化及進宮，這宇文化及，便是宇文士及的哥哥，士及是煬帝的女婿，尚南陽公主的，化及和士及弟兄兩人常在宮中走動；煬帝和家人父子一般看待。化及在朝供職；也十分忠順。煬帝因信託他，便把御林軍歸化及統帶，隨駕到江都來，保護皇室。欲知後事如何，且聽下回分解。

巡宮闕月下遇紅顏　坐錦屏裙邊訂白首

煬帝因宮廷中十分冷落，深怕有盜賊奸險匿跡在深宮裡，便把屯衛將軍宇文化及傳進宮來，當面囑咐他，要他把御林軍調進宮來，在各處冷宮長巷裡日夜看守盜賊。那宇文化及領了旨意，便去挑選選了五百名少年精壯的兵士，親自帶領著進宮去，在各處冷靜宮巷中駐紮看守。日夜分作四班，輪流替換，又派了四個少尉官，不時進宮查察。那少尉官，全是大臣的子弟們保舉充當。

內中單說有一位少尉官，便是宇文化及的四公子，名叫宇文慶德，長得猿臂狼腰，清秀面目，自幼兒愛玩刀槍，射得百石硬弓，百發百中，宇文化及最是寵愛這個兒子，其餘三人，都從軍在外，只把這慶德留在身旁，當了這一名清貴的少尉官。

當時奉父親的命，進宮去查察御林軍。他們的軍令，每夜在三鼓以後，直到五鼓，是巡查得最吃緊的時候。須這四個少尉督同手下的兵士，在冷落的宮巷中四處巡查。當時夜靜更深，天寒露冷，在冷宮長巷中摸索著，原是一件苦事；但吃了皇上家的俸祿，也是無可奈何的事。

這一夜三更時分，宇文慶德正率領一隊御林軍，在衍慶宮的長廊一帶巡查過去，才繞過後院，只聽得東北角門「呀」的一聲響，接著一盞紅紗宮燈，從走廊上慢慢地移動著。宇文慶德見了，忙站住了，

悄悄地約退兵士，吩咐他們退回前院去候著，他自己忙把手中的燈火吹熄了，隱身在穹門腳下。

這時滿天冷月，遍地寒霜，偌大一個院子，黑黝黝的，靜悄悄的；那院子牆腳下一帶花木，高高低低地蹲伏著，月光如水，照在樹葉上，發出點點滴滴的寒光來。再看那走廊上一盞紅燈時，卻一步一步地越向眼前移來，院子裡月光越是分明，走廊上卻越是逼得黑暗。

這時紅燈離開得尚遠，慶德用盡眼力望去，終看不出是何等樣人。隋煬帝臨幸宮女，常常愛在暗中摸索；宇文慶德是不曾見過皇上的，他想萬一那來的是萬歲爺，叫我卻如何見得。想著，不覺心上打起戰來。轉心又想到萬歲原是怕深宮冷巷中埋伏刺客，才叫俺們進宮來巡查的。前面那來的，莫非便是刺客？他一想到這裡，不覺連身子上也打起戰來了。又轉心想到宮中近來常常鬧鬼，莫非那來的便是鬼怪？他一想到這裡，更不覺連兩條腿兒也索索抖動起來了。看那紅燈時，越走越近，由不得這宇文慶德急把佩刀拔在手中候著。

那紅燈慢慢地移到月光照著的廊下，才看得出那人上下穿著黑色衣裳，一手提著一盞紅燈，一手託著一隻爐盤，裊裊婷婷地走著，原來是一個女身。再向她臉上看時，不由得慶德又嚇了一跳；只見她高高的梳著氣個髻兒，漆黑的一個臉面，也分辨不出耳目口鼻來。這明明是一個鬼怪，慶德這一嚇，連兩條腿也酥軟了，急欲轉身時，那兩只腳，宛如被長釘在地面上釘住一般，一步也不能移動；那手臂要舉起來時，又好似被十道麻繩，綁住在身子上一般，只睜大了兩眼，向那鬼怪不轉睛地看著。看那鬼怪，兀自不停步地向宇文慶德跟前走過去。

慶德萬分慌張，幾乎要失聲叫喊出來。又轉心一想，我在同伴中自命不凡，如今見了這一個女鬼，

便如此膽怯，我這一叫喊出來，一世的英雄名兒，掃地盡了。他急把自己的嘴捫住，又在自己胸口拍了一下，壯壯自己的膽。正在這個當兒，忽見那女鬼，卻轉身冉冉地步下白石臺階去，在庭心裡站著，頭望一望天上的月色。看她把手中的爐盤，放在庭心的石桌上，又慢慢地伸手，把那頭上黑色的罩紗除下，露出一張玉也似白臉兒來。

看她點上三支香，俯身跪倒在地，一支一支地向爐中插下；又深深地拜著，站起身來。看她體態長得十分苗條，原來是一個宮女，並不是什麼女鬼，宇文慶德這才把膽子放大，便手提佩刀，搶到庭心裡去。那宮女聽得身後有人走來，急把那黑紗遮住頭臉，捧著爐盤，轉身要逃去。誰知已被宇文慶德攔住去路，見他手中提著明晃晃的刀，嚇得那宮女「哎喲」一聲，把手中的爐盤摔在地下，那身子便不由自主地倒了下來。慶德手快，急搶上去，把那宮女抱在懷中。可憐那宮女，已暈絕過去了！

慶德伸手去，把她頭上的黑紗揭起，露出臉兒來，月光照著看時，卻把慶德吃了一驚！原來這個宮女竟是一個絕色的美女。

看她彎彎的眉兒，高高的鼻兒，小小的唇兒，圓圓的龐兒，映著月光，把個慶德看出了神，幾疑自己遇著天仙了。

這宇文慶德，也是二十四歲的少年了，在他伴侶中，也算得是一個美男子，生平高自期許，非有美女子，他是不娶的。

他父母再三替他做主，勸他早早娶一房妻小，誰知這宇文慶德，終日卻只知盤馬彎弓，從不知憐香惜玉的勾當。如今也是他的豔福到了。在這深夜裡，深宮中遇到這絕世美人，他眼中看著這玉也似的容

貌，鼻中又聞著一陣一陣中人慾醉的香味，便把他自出孃胎未曾用過的愛情，都勾引了起來。他趁這美人兒不曾醒來的當兒，便和她酥胸緊緊地貼著，香腮輕輕地搵著。

半晌半晌，那美人星眸微轉，一眼見自己的身體，倒在一個男子懷裡，羞得她急推上前去攔住。那宮女見慶德手中提著刀，認作是要殺她來的。忙跪倒在地，兩行珠淚，從粉腮兒上直滾下來。

慶德見了這嬌姿豔態，也忘了自己的職務，便挨近身去，問道：「你莫慌，我絕不欺侮你，也不把你的事去告訴別人；你心中有什麼為難的事，只須告訴我。你若許我替你幫忙，便是拼去我的腦袋也是肯的！」

慶德上去扶她，那宮女急把身體倒躲，一手指著慶德的佩刀。慶德知是她害怕，便把佩刀收起。那宮女站起身來，慶德問她叫什麼名兒？在何處宮院當差？在這夜靜更深的時候到這冷靜宮院裡來燒香是什麼事？那宮女被他這一問，不曾開得口，只輕輕地嘆了一口氣，忍不住又把她袖口搵著眼淚。

從地上拾著爐盤，二轉身走去。這宇文慶德如何肯舍，忙搶上前去攔住。

不想一個鐵錚錚平日何等驕傲的少年公子，今日見了這個宮女，卻說出這許多可憐的說話來。

他原是被這宮女的美色打動了心，他心中早打定了主意，想我宇文慶德今生今世不愛女人便罷，若要愛女人，這個宮女，我是絕不放她逃去的。因此一任那宮女如何冷淡，不作聲，他總是一遍一遍地央告著。這宮女被他糾纏不清，便冷冷地說道：「將軍願意幫婢子的忙麼？婢子只求將軍答應兩件事兒：第一件事，請將軍許婢子依舊每夜到此地院子裡來燒香，莫說與外邊人知道；第二件事，以後將軍倘再遇到婢子，切莫和婢子說話。」

那宮女把這兩句話說完，急託著盤轉身走去。

這兩句話若出在別人口中，給宇文慶德聽了，早要拿出公子哥兒的氣性來，拔刀相向，無奈他如今心中已愛上了這個宮女，一任她如何搶白，如何冷淡，他總是不動怒。他非但不動怒，他只圖要和這宮女天天見面起見，這每夜三更以後到衍慶宮去巡查的差使，便向他父親去討了。每夜總是他帶了一隊御林軍進宮來，先把兵士調開，吩咐他們在前院子守候著，他卻獨自一人，轉到後院去，看那宮女出來燒香，看她燒罷了香，捧著爐盤進角門去，他才轉身走出前院來，帶了兵士到別處巡查去了。

後來日子久了，那宮女見了慶德，也不覺害怕了；只是他們約定在先，不許說話的，這慶德竟和奉聖旨一般的，雖夜夜和宮女見面，卻不敢和她說一句話，只怕這一開口，美人便要惱他。到後來，反是那宮女忍不住了，低低地問道：「將軍為何夜夜在此？」

慶德便恭恭敬敬地答道：「俺看你一個嬌弱女兒，夜靜更深在這深宮廣院裡燒香，怕有什麼鬼怪來嚇唬了你，因此俺夜夜到此來保護你的。」

這一句話，柔情千疊，任你是鐵石心腸的人，也要動了感恩之念；何況是一個多愁善感的女孩兒，聽了，早不覺在她粉腮兒上堆下嫣然的笑容來。又低低地說了一聲：「多謝！」

從此以後，這一對美男妙女，夜夜在這深宮麴院中互訴起肺腑來，那宮女問：「起初幾夜見了俺為什麼不說話兒？」

慶德說！「只因遵守美人的吩咐，又怕一開口惱了美人，反為不美；再者，便是不開口，靜靜地站在一旁看看美人的行動模樣兒，已夠人消受的了。」

看官須知道天下的女人，都犯著一樣的毛病，你若當面稱她一聲美，她心裡便覺得非常得意，十分感激。如今這宇文慶德得步進步，竟對著這宮女美人長美人短的稱呼起來，這宮女非但不惱，反放出百般嫵媚，千種風流來。兩人看了愈覺得可愛，那說話也越說越多。

你想一個美男，一個少女，在這夜靜更深，幽宮密院，月下花前的地方，靜靜地相對著，如何不要勾起萬種的柔情來；便是那宮女眼中，看著這月下少年，萬分可愛，也不知不覺地有說有笑，相親相愛起來。兩人常常互握著手兒，互依著肩兒。後來他們談話的時候愈久了，便覺得蒼苔露冷，寒月浸肌。

宇文慶德便大著膽，去偷偷地開了衍慶宮的正殿，這正殿原是預備煬帝平日召見妃嬪用的，中間設著軟褥龍椅，四圍豎著錦繡屏風。慶德便扶著這宮女去坐在龍椅上，自己卻坐在宮女的腳邊繡墩上說著話兒，便覺得十分溫暖。

這宮女細細地告訴他：

自己原是官家小姐，小名兒喚作鳳君，父親現任范陽太守，自幼兒養在膝下，和哥哥同在書房伴讀。父母十分寵愛，只因前年父親在公事上惱犯了西安節度使，他便要題本參奏，把俺父親問成充軍之罪，俺父親急切無可解救，恰巧來了一位黃門官，奉旨到范陽地方來採選美女。俺父親為要解脫自己的罪名要緊，便狠一狠心腸，把他的親生女兒獻給黃門官，斷送到這江都行宮裡來。俺當時離別了親生的父母，親愛的哥哥，千里跋涉，到這清靜孤苦的深宮裡來；又聽得說當今萬歲是一位多情的天子，凡是宮女，略長得平頭整臉些的，都要得萬歲的臨幸。似俺這粗姿陋質，如何禁得起萬歲的寵幸，俺一進宮來，便和同伴姊妹商量，要設法保全俺的貞節，又把自己所有的釵鐶銀錢蒐括起來，通通去孝敬了那管宮女，

事的宮監。虧得那宮監看俺可憐，又受了俺的孝敬，便替俺設法，派俺在這冷宮裡充當宮女。這宮裡全

養的是失寵年老的妃子，萬歲爺從不曾來臨幸過，因此俺也免得這個災禍。

宇文慶德又問她：每夜燒著香禱告些什麼？這鳳君說道：「俺第一支香，禱告父母安康；第二支

香，禱告哥哥早得功名；第三支香，卻禱告俺自己。」

說著，她忽覺得礙口，便停住不說了。慶德聽了，便接下去說道：「禱告自己早得貴婿！」

說著，便情不自禁地湊近臉去低低地問說：「俺替美人說得可是嗎？」

連連地問著，把個鳳君問得含著羞，低下脖子去，後來被慶德問急了，鳳君忍不住噗哧一笑，伸一

個纖指在慶德的眉心裡戳了一下，說道：「將軍真是一個鬼靈精。」

慶德趁勢撲上去，擁住鳳君的纖腰，嘴裡不住地央告著道：「好美人兒，好心上人兒，俺便做你一

個貴婿罷！你須知道俺平日是一個何等高傲的人，俺父母幾次替俺做主，有許多富貴小姐，還有萬歲家

裡的公主，都願給俺做妻小，只因俺生平立誓，非得一個絕色的女子，便甘一世孤獨。如今遇到了美

人，一來是你的面貌，實在長得美麗動人；二來也是天緣湊合。不知怎的自從俺一見了美人以後，睡裡

夢裡，也想著你，我這魂靈兒，全交給你了。你倘然不答應我這親事，我也做不得人了。」

說著伏在鳳君的酥胸上，忍不住灑下幾點英雄淚來！鳳君聽他絮絮滔滔地說了一大套，又見他低著

頭落下淚來。男兒的眼淚，是很有力量的，鳳君的心，不覺軟了下來，拿纖手去扶起他的頭來。宇文慶

德一聳身，站起來捧住鳳君的粉腮兒，正要親她的櫻唇，那鳳君急避過臉去，和驚鴻一瞥般逃下龍椅

來，躲在繡屏後面，只探出一個臉兒來，向慶德抿著嘴笑。

這時月光正照進殿來，鳳君的粉腮兒，映在月光下面，愈覺得嬌豔動人。慶德要上去捉她，鳳君忙搖著手說道：「你我相愛，原不在這輕狂樣兒，將軍如今愛上婢子，要婢子嫁與將軍做妻小，那婢子也是願意的。只是婢子也不是一個尋常女子，生平也曾立誓，非得一位極貴的夫婿，俺是也甘做一世老處女的。如今將軍願娶婢子，試問將軍有怎樣的富貴。」

那宇文慶德聽了，便拍著自己的胸口說道：「俺如今二十多歲的年紀，做到殿前少尉，如何不貴？家中現有父親，傳下來的百萬家財，如何不富？」

誰知那鳳君聽了他的話，只是搖著頭。慶德又說道：「俺父親現做到屯衛將軍，真在一人之下，萬人之上，如何的不貴？」

鳳君聽了，又搖了一搖頭。慶德又接著說道：「將來俺父親高升了，俺怕不也是一位現現成成的屯衛將軍了。」

慶德不住嘴地誇張著，那鳳君卻也不住地搖著頭。宇文慶德把話也說窮了，便呆呆地看著鳳君的臉兒，轉問著她道：「依美人說來，要如何富貴，才滿得美人的心意？」

只見她不慌不忙地走近龍床去，把手在龍床上一拍，說道：「將軍他日能坐得這龍床，才滿婢子的意呢。」

宇文慶德聽了，好似耳邊起了一個焦雷，把身體連退了三步，怔怔地說不出一句話來。那鳳君卻依舊滿臉堆著笑，扭轉了腰肢，站在面前。宇文慶德看她這嬌媚的神韻，實在舍她不下。又把一股勇氣，從丹田裡直衝上來，急急地說道：「美人敢是打誑嗎？」

那鳳君指著天上的月兒說道：「明月在上，實共鑒之。」

宇文慶德忙搶步上前，拉住鳳君的纖手，走出庭心去，雙雙跪倒。鳳君低低地向月兒禱告著道：「將軍成功之日，所不如將軍願者，有如此釵。」

說著把雲鬢上的玉搔頭拔下來，在石桌上一磕，磕成兩半段，兩人各拿著半段。這裡宇文慶德也侃侃地說道：「所不如美人願者，有如此袍。」

說者一手揭起袍角，一手拔下佩刀，颼的一聲，把嶄新的一隻袍角，割下來交與鳳君，一手把鳳君扶來，順勢把鳳君抱在懷裡，又要湊上去親她的朱唇。鳳君笑著把袍角隔開說道：「留此一點為將軍他日成功之賀禮。」

一轉身脫出懷去，和煙雲似地走上臺階。慶德追上去，鳳君轉過身來，只說了一句：「將軍努力為之，待成功之日，再行想見。」

說著一縷煙似地進角門去了。這裡宇文慶德，獨立蒼苔，抬頭向著天出了一回神，忽然把腳一頓，自言自語地說道：「拼俺的性命做去吧。」

說著大踏步地走到前殿去，領著一隊御林軍，悄悄地出宮去了。

從這一夜起，宇文慶德便立定主意，要推翻隋室的江山，奪煬帝的寶座。他雖每夜一般地帶領御林軍進衍慶宮去巡查，但他每夜走到後院去守候一回，卻不見鳳君出來，從此室邇人遠，慶德要見他心上人的心思越濃，他要造反的心思也便越急。

他在白天便在文武各官員家中亂跑，藉此探聽各人的口氣，又隨處留心著起事的機會。宇文慶德原

是和司馬德堪、裴虔通、元禮幾位郎將，平素最是莫逆，他三個都是關中人，此次隨駕到江都地方來，原是心中不願意的。只說皇上來幸江都，少則百日，多則半年，便回關中去的，不想如今一住三年，也從不曾聽煬帝提起說要迴鑾。他們都有家小住在關中的，久不回家，如何不想念？不想如今又聽說四處反亂，那關中也陷落在寇盜手中，自己又各有皇事在身，眼看著家鄉烽火連天，不能插翅歸去，叫他們如何不想，如何不怨。每到怨恨的時候，便集幾個平素知心的官員，在深房密院裡商量一回。這宇文慶德也常常被他們邀去商議大事。

在六個月以前，煬帝下旨，著封德彝到丹陽去建造宮殿，又捉住數十萬人夫，開掘從丹陽到餘杭八百里新河，預備他日遷都丹陽，並遊幸永嘉，龍舟航行之路。如今到了限期，封德彝居然一律完工，前來繳旨。那煬帝此時，正因在江都住得厭了，聽說丹陽宮殿完工，便心中大喜！一面下旨嘉獎封德彝的功勞，又賞他金銀彩絹；一面下旨各有司，並侍衛衙門，限一個月內，俱要整頓車駕軍馬，隨駕遷都丹陽宮，如有遷延不遵者，立即斬首。

這旨意一下，別的官員且不打緊，卻觸惱了元禮、司馬德堪、裴虔通一班郎將，再加宇文慶德從中鼓煽著，大家約在黃昏時候，在禁營中商議。司馬德堪說道：「我等離別家鄉，已有數年，誰不日夜想念父母家小？近來聽說劉武周占據了汾陽宮，又聽說李淵打破關中，眼見得家中父母妻子，都要遭他的荼毒，思想起來，寸心苦不可言！如今詔書下來，又要遷都永嘉，這一去南北阻隔，是再無還鄉之期了。諸位大人，有何妙計，可挽回主上遷都之意？」

元禮聽了，接著說道：「永嘉地方必不可去，不如會齊禁兵，將此苦情，奏明主上，求免渡江。」

裴虔通忙搖著頭說道：「此非計也，主上荒淫無道，只圖酒杯婦人快樂，江山社稷尚且不顧，豈肯念及我等苦情。以下官愚見，不如瞞了主上，私自逃回西京，與父母妻子想見，豈不乾淨。」

司馬德堪和元禮一班人聽了，都齊應聲道：「此言甚善！」

當下各自散去，打點作逃歸之計。

不想路上說話，草裡有人，早被一個宮人在屏後聽去，忙報與煬帝知道。誰知煬帝聽了，反把這宮人痛恨大喝道：「朕已有旨在前，不許人妄談國事和兩京訊息。你這賤人，如何敢來瀆奏！況那郎將直閣，全是朕識拔親信的人，豈有逃遁之理，不殺汝何以禁別人的讒言！」

說著，便喝令左右牽出打殺。可憐這宮人一片好心，無由分說，白白吃亂棍打死。煬帝既打死了這宮人以後，眾內相雖再有聽見，也不敢管閒事了。內中有一位郎將，姓趙名行樞，聞知此事，心甚不安，遂私自來拜訪一人商量。欲知後事如何，且聽下回分解。

撤宮禁私通魏氏　入閣門慘殺朱妃

宇文慶德自從愛上了宮女鳳君以後，便蓄意謀反，他見近日滿朝文武，都因煬帝要遷都丹陽，人心浮動，他便在各處官員跟前煽惑，勸他們乘機起事。宗文慶德的叔父宇文智及，現任少監，執掌禁兵；雖是煬帝的親信侍衛，平素卻最恨煬帝的荒淫無道。慶德又常在他叔父跟前下說辭，智及也很聽信姪兒的話。這一天，他叔姪兩人，又在後書房中密議；忽門官報稱，外面有郎將趙行樞大人拜訪。宇文智及和趙郎將，原是知交，便立即迎入。趙行樞劈頭便問道：「將軍知眾將士近日之事乎？」智及原早已知道的，聽了這話，便故意說不知道。趙行樞便說道：「眾軍士不肯隨駕渡江，紛紛商議，俱俗逃歸；我也很思念家鄉，特來請教，如何處置？」

宇文智及拍案說道：「若依此計，性命俱不保！」

趙行樞問：「為何性命不保？」

智及道：「主上雖是無道，然威令尚行；若私自逃走，不過單身一人，又不能隨帶兵士，朝廷遣兵追捉，卻如何是好？豈不是白白地丟了這條性命？」

趙行樞被這一句話說得躊躇起來。宇文智及趁勢說他道：「今煬帝無道，天下英雄並起，四海盜賊

蜂生；我二人所掌禁兵，已有數萬，依吾之見，莫若因眾人有思歸之念，就中圖計。或挾天子以令諸侯，或誅無道以就有道，皆可成萬世之業，何必作亡命之徒耶？」

趙行樞聽了，大喜道：「多承明教，真好似撥雲霧而見青天。」

宇文智及道：「雖說如此，但恐人力不齊，尚須得二三同心，共助大事，方可萬全。」

趙行樞道：「司馬德堪與元禮、裴虔通，既欲逃歸，定有異志，何不邀來共謀；倘肯預聞，人力便齊矣。」

智及便差人去請。

不多時，三人請到，想見畢，趙行樞忍不住先開口道：「主上不日遊幸永嘉，諸公行李打點得如何？」

司馬德堪詫異道：「逃歸之議，人人皆知，公猶問幸永嘉行李，何相欺也？」

趙行樞哈哈笑道：「非欺公也，聊相戲耳！」

裴虔通道：「既稱同官知己，何必戲言？主上欽限嚴緊，若要逃歸，須急急收拾行李；倘遲延落後，恐生他變。」

智及說道：「逃歸雖好，但路途遙遠，非一鞠可到，主上遣兵追捕，卻往何處躲避？」

三人聽了，皆面面相覷，一時說不出來。元禮跌足道：「我等實不曾思量及此，卻將奈何！」

趙行樞說道：「諸公勿憂，宇文將軍已有妙計在此，但恐諸公心力不齊，不肯相從耳。」

241

司馬德堪說道：「我等皆關中人，日夜思歸，寸心俱斷，既有妙計，安敢不從？如有異心，不得其死！」

趙行樞大喜道：「諸公如此，復何憂也！」

遂將宇文智及之言，細細對三人說了，三人俱大喜道：「將軍等既圖大事，吾三人願效一臂之力。」

宇文智及道：「列位將軍若肯同心戮力，不患大事不成矣！」

司馬德堪說道：「校尉令狐行達、馬文舉，皆吾心腹之人，邀來皆可助用。」

趙行樞道：「既然是心腹，多一人便得一人之力，便可請來。」

司馬德堪便起身親自去請來，趙行樞又把前議實說了一遍，二人齊聲說道：「列位將軍之命，敢不聽從。」

宇文智及大喜道：「眾人志向既同，吾事濟矣！但禁軍數萬，非可輕舉妄動，必須立一人為盟主，大家聽其約束，方有規模。」

說到這裡，那宇文慶德站在一旁，暗暗地伸手去拉著司馬德堪的袖子。司馬德堪站起來說道：「吾舉一人，可為盟主。」

趙行樞忙問：「是誰？」

司馬德堪道：「吾遍觀眾人，雖各有才智，然皆威不足以壓眾：唯宇文將軍令兄化及，是當今英雄，若得他主持，方可為也。」

裴虔通與眾人聽了，也齊聲說道：「非此人不可，司馬將軍之言是也。但事不宜遲，便可速行。」

便一齊到宇文化及私宅中來請見。

宇文化及原是一個色屬內荏奸貪多欲的人，當日聞眾人來見，慌忙接入間道：「諸公垂顧，不知有何事故？」

趙行樞首先說道：「今主上荒淫酒色，遊佚無度，棄兩京不顧，又欲再幸江東。今各營禁軍，思鄉甚切，日望西歸，皆不願從。我等眾人意欲就軍心有變，於中圖事，誅殺無道以就有道，此帝王之業也。但必須立一盟主，統率其事。眾議皆以將軍位尊望重，可為盟主，故特來奉請。」

宇文化及聞言，大驚失色，慌得汗流浹背，忙說道：「此滅族之禍也，諸公何議及此！」

司馬德堪道：「各營禁軍，皆我等執掌，況今人心搖動，又兼天下盜賊並起，外無勤王之師，內無心腹之臣，主上勢已孤立，誰能滅我等族？」

宇文化及道：「說雖如此，滿朝臣子，豈真無一二忠義智勇之士？倘倡義報仇，卻將奈何？諸公不可不慮。」

裴虔通道：「吾觀在廷臣子，皆諂諛之人，不過貪圖祿位而已，誰肯傾心吐膽為朝廷出力？即間有一二人忠心者未必有才，有才者未必忠心；只一楊義臣，忠勇素著，近又削職去矣。將軍試思眼下誰能與我等為仇？將軍可請放心為之，萬無一失也。」

宇文化及聽了，又沉吟半晌道：「公言固是，但主上駐駕在玄武門，驍健官奴，尚有數百人，縱慾為亂，何由得入？倘先把事機敗露，我們難免十族之誅矣。」

眾人聞言，一時答應不出，俱面面相覷。宇文智及看看眾人有畏縮的樣子，便奮然作色道：「此事何難？官奴皆司宮魏氏所掌，魏氏最得主上親信，今只須多將金銀賄結魏氏，託她說主上驅放官奴，主上在昏瞶之時，必然聽從。官奴一放，再無慮矣。」

眾人皆大喜道：「此等謀算，不減漢朝張子房，何憂大事不成耶？」

宇文化及說道：「既蒙諸公見推，下官不得不從命，禍福聽諸天罷了。」

眾人大喜道：「得將軍提攜，我們富貴便在眼前了！」

裴虔通說道：「大計已定，事不宜遲，須先賄結魏氏，請放官奴。」

宇文化及道：「誰人可往？」

令狐行達便說道：「某不才，願去說魏氏。」

便領了許多金銀幣帛，悄悄地去送給魏氏。

原來魏氏是一個婦人，專掌官司之職，管領著一班驍勇官奴，守衛玄武門，以備不虞。這一天，得了眾官員許多賄賂，便進宮去奏明煬帝道：「玄武門守禦官奴，日日侍衛，再無休息之期，甚覺勞苦，伏乞聖恩，放出一半，令其輪班替換，分值上下，則勞者得逸，逸者不勞，實朝廷休息軍士之洪恩也。」

煬帝道：「這些官奴，日日守禦，亦殊太勞，又且無用，便依汝所奏，放出一半，其餘分值上下，以見朕體恤軍士之意。」

魏氏忙叩頭謝恩道：「萬歲爺洪恩，真天高地厚矣！」

領了旨出宮來，便將官奴放出一半，令其輪班更換。眾官奴見煬帝如此優待，便都惓惓躲避不來守禦。司馬德堪等見其計已行，便都暗暗歡喜，便邀同裴虔通密召禁軍，在自己府中會齊，對大眾曉諭道：「今主上不恤群下，流連忘返，縱慾無度，今兩京殘破，不思恢復，又欲東幸永嘉。俺們若跟著昏君出去巡遊，便都要客死在他鄉，父母妻子，今生不能見了。如今許國公宇文將軍，可憐爾等，欲倡大義，指揮爾等復返長安，使爾息其勞苦，不知爾等眾人心下肯聽從出力否？」

眾兵士齊聲說道：「某等離家數載，日夜思歸；況主上荒淫不已，我等勞苦無休。將軍若倡大義，提挈還鄉，我等唯命是從。」

司馬德堪聽了大喜，便當場約定在四月中旬舉火為號，內外響應，共圖大事。外面鬧得天翻地覆，煬帝在宮中卻如何得知，每日只催逼著宮人，打點行李，預備徙都丹陽宮，又欲臨幸永嘉，以圖歡樂。

這一天與蕭后同遊十六院，多飲了幾杯酒，一時睏倦起來，便在第十院中龍榻上倒身而睡。才矇矓睡去，恍惚之中忽見越國公楊素，青衣小帽走來。奏道：「陛下好受用，整整十三年，今日才來，教臣等得好苦。」

煬帝猛抬頭看見，吃了一驚，忙問道：「與卿久別，為何這等模樣？不知見朕有何話說？」

楊素道：「陛下還不知，當時遣張衡入侍寢宮，與假詔殺太子，二事俱發矣！今日單候陛下來三曹對案，看是何人之罪。」

煬帝道：「此皆卿設謀不善，朕有何罪？」

楊素道：「謀雖是臣設，然皇帝是誰做？主意誰出的？陛下如何推得這等乾淨？」

煬帝道：「是卿也罷，是朕也罷，此乃往事，今日為何提起？」

楊素道：「陛下快活日子多，往事想都忘懷了；臣也不與陛下細辯，只同去，自有人問陛下的。」

煬帝初尤延挨著不肯去，只因楊素催逼活不過，不得已隨楊素來到一處，彷彿是西京仁壽宮的模樣。

走到階前，往上一看，只見正中間端端正正坐著一人，頭戴沖天冠，身穿蟠龍絳袍，十分嚴肅。煬帝心中暗想，如何又有一個皇帝在此？忙定睛一看，卻認得是先皇文帝。陡然吃了一驚，轉身往外便走；腳才移動，只聽得文帝大叫道：「楊廣哪裡去！」

煬帝嚇得魂魄俱散，手足失措，只得走進殿來，俯伏在地。說道：「兒久違膝下，時深孺慕，不期今日復睹慈顏。」

文帝怒罵道：「你這弒父畜生，已到今日，尚敢花言巧語欺誰？」

煬帝道：「篡逆之謀，皆楊素、張衡二人所設，與兒無干。」

楊素在一旁忙說道：「謀雖臣設，臣設謀卻為何人？這且不說，難道奸淫父妃，也是老臣設謀？」

一句話說得煬帝滿面通紅，無言回答。文帝罵道：「你這畜生！罪惡滔天，不容於死，今日相逢，焉能饒你？」

遂向近侍手中取了一口寶劍，親自起身斬煬帝。煬帝汗流沾背，魂不附體。正無計奈何，忽屏風後面轉出一人，仗劍奔來，煬帝看時，原來是太子楊勇。

煬帝急拔腳逃下殿去，那楊勇在背後大踏步趕來，口中喊道：「楊廣哪裡走，快還我命來！」

煬帝嚇得魂魄全無，正待上前分剖，楊勇怒氣沖沖，不管好歹，舉起鋼刀，照頂梁骨砍來。

煬帝一時躲閃不及，吃喝一聲道：「不好了，吾死也！」

忽然驚醒，嚇得滿身上下，冷汗如雨。

蕭后伴坐在一旁。看見煬帝神情怪異，忙斟了一杯參湯奉上，問道：「陛下為何驚悸，想是有甚夢兆？」

煬帝定了一回神，說道：「朕得一夢，大是不祥。」

蕭后道：「有何不祥？」

煬帝便將夢中所遇，一一細說了一遍。蕭后說道：「夢寐原是精神所積，此皆陛下注重兩京，追思先帝，故有此夢。」

說著，天色已晚，院中掌上燈來，院妃呂夫人又排上宴來，大家依然又飲。

飲不多時，忽聽得宮門外喊聲震地，好似軍馬廝殺一般。

煬帝慌忙丟下酒杯，拉著蕭后，走出院去看時，只見東南之上一派火光燭天，照耀得滿天通紅。煬帝失驚道：「此是為何？」

隨叫眾太監去探望，眾太監領著旨，正要跑到宮外去看；才走到宮門口，只見直閣中裴虔通領了許多軍士，攔住宮門。問道：「列位要往何處去？」

眾太監道：「奉旨看看是何處火起，為何有許多人聲吶喊？」

裴虔通道：「乃城東草房中失火，外面軍民救火，故如此喧嚷，列位不必去看，便拿這話去回旨便了。」

眾太監樂得偷懶，便把此話信以為真，便一齊退回院去，報與煬帝。煬帝道：「原來是草房中失火。」

便不拿他放在心上，依舊和蕭后眾夫人回席去飲酒。大家飲得迷迷糊糊，蕭后才把煬帝扶回正宮睡去。一覺醒來，天還未明，只聽得一派喊聲，殺入宮來。

煬帝心中驚慌，忙打發人去看，原來司馬德堪與趙行樞、裴虔通，約定日期，內外舉火為號，各領禁軍，團團將皇城圍住，各要害之處，均著兵把守。見天色微明，便領了數百騎一齊殺入宮來。此時，騎勇官奴，俱被魏氏放出，無一人在宮。

各殿中守禦將士皆為裴虔通等預先勸散了，只有屯衛將軍獨孤盛，與千牛備身獨孤開遠二人，這一夜正守宿內殿。聽得外面兵馬喧嚷，情知有變，獨孤盛忙率了千餘守宿兵士，出來迎敵。

剛遇著司馬德堪，殺將入來，獨孤盛忙攔住大罵道：「背君逆賊，休得無禮！有吾在此！」

司馬德堪道：「識時務者，呼為俊傑；今主上荒淫無度，遊佚虐民，我等倡大義誅殺無道，汝何不反戈相助，富貴共之。」

獨孤盛大怒道：「你這反賊，不要走，吃吾一刀去！」

便舉刀劈頭砍來。司馬德堪挺槍相迎，二人戰未數合，忽裴虔通從左掖門殺來，獨孤盛猝不及防，被裴虔通斜刺一刀，將頭砍下。眾軍看見主將被殺，如何有心戀戰，又無處躲避，都一齊叫喊起來。司馬德堪與裴虔通乘勢亂殺，鬧得宮中猶如鼎沸一般，獨孤開遠聽得獨孤盛被殺，再引兵來戰，又慮眾寡不敵，只得轉進宮來，要請煬帝親出督戰，藉此彈壓軍心。

此時煬帝已知道是兵變，驚得手足無措，忙傳旨將閣門緊緊閉上。獨孤開遠趕到閣門下面，只見雙門緊閉；事起倉猝，也顧不得君臣禮節，便令眾兵隔著門齊聲喊奏道：「賊兵變亂入宮，軍心懼怯，請萬歲天威親臨督戰，則眾賊必然震懾；臣等效一死戰，則禍亂可頃刻定也。」

接著聽得閣門上面有人傳旨道：「萬歲爺龍心驚怖，不能臨戰，著將軍等盡力破賊，當有重賞。」

獨孤開遠稱道：「萬歲不出，則賊眾我寡，臣等雖肝腦塗地，亦無用也。請聖駕速出，猶可御變；若再延遲，賊兵一到，便玉石俱焚，悔之不及矣！」

門上又傳下旨來道：「聖駕安肯親臨不測，且暫避內宮，著將軍努力死守。」

獨孤開遠奏道：「此時掖庭已為戰場，賊兵一到，豈分內外？萬歲往何處可避？若不肯出臨，則君臣生命與社稷俱不能保矣！」

說罷，首觸閣門，嚎啕痛哭。近侍忙報與煬帝，煬帝驚慌得目瞪口呆！聽得獨孤開遠竭力苦請，便要出去。蕭后忙攔住道：「眾兵既已為亂，豈分君臣，陛下這一出去，倘戰而不利，便如之奈何！莫如暫避宮中，俟天色明亮，百官知道了，少不了有勤王之兵，那時卻再行區處。」

煬帝道：「說得有理。」

慌慌張張便要拉著蕭后去躲避。此時大家也無暇梳洗，蓬著頭和三五個心愛的美人，躲入宮內一座西閣中去。

獨孤開遠在閣門外哭叫了一回，聽聽閣門內杳無訊息，他知道煬帝不肯出來，大勢已去，只索拚一拚性命的了。便回顧左右大叫道：「眾人有忠義能殺賊者，隨我快來！」

眾兵見煬帝不出，料想是敵不住賊兵的，便無一人敢答應，皆漸漸散去。獨孤開遠正無可奈何，只聽喊聲動地，司馬德堪、裴虔通、令狐行達一班人，如潮湧一般，殺奔閣門而來。獨孤開遠挺槍大罵道：「逆賊終年食朝廷厚祿，今日乃敢反耶？」

裴虔通亦應聲罵道：「我等殺無道以就有道，乃義舉也；爾等不識天命，徒自取死。」說著，便舉刀砍去。司馬德堪與令狐行達俱一齊動手，大家混殺一場，獨孤開遠縱然生得驍勇，當不得賊兵人多勢大，叫他如何抵擋得住？不多時，已被亂兵殺死。他手下兵丁，逃得一個走一個，影子也不留。

司馬德堪領著眾兵，直湧到閣門下，見雙門緊閉，大家動手，乒乒乓乓一陣開啟，竟衝殺到內宮去。嚇得眾宮女和太監們魂膽俱無，這邊內相逃生，那邊宮女躲死，亂竄做一堆。司馬德堪殺入寢宮，見走了煬帝，便領兵各處尋覓。怎奈宮廷深遠，左一座院落，右一處樓閣，如何找尋得到。不期尋到永巷中，忽撞見一個美人，她懷中抱了許多寶物，要往冷宮躲去，被裴虔通上去一把拉住問道：「主上今在何處？若不實說。便一刀砍你成兩段！」

那美人起初還推說不知，見裴虔通真的舉刀要殺，來勢十分凶殘，料想違拗不過，只得哀求道：

「望將軍饒命！萬歲實是躲往西閣中去的。」

裴虔通聽知是實，便把美人放走，帶領眾人，一齊趕到西閣中來。

到了閣下，聽得上面有人聲，知是煬帝在上面了。令狐行達拔刀先登，眾人相繼一湧而上，打進門去；只見煬帝與蕭后相對垂淚。煬帝見了眾人，便說道：「汝等皆朕之臣下，朕終年厚祿重爵給養汝等，有何虧負之處，卻行此篡逆之事。苦苦相逼？」

眾人聽了，面面相覷，一時說不出話來。獨裴虔通大聲說道：「陛下只圖一人快樂，並不體惜臣下，故有今日之變。」

煬帝見眾臣下聲勢洶洶，氣得一句話也說不出來，只見煬帝背後轉出一個朱貴兒來，用手指定眾人說道：「聖恩浩蕩，汝等是何心肝，行此昧心之事？且不論終年厚祿，只是三日前因慮汝等侍衛春寒，詔宮人與汝等裝裹絮袍絮袴，以賜汝等，萬歲親身臨視催督，數千件袍袴，只兩日便已完工，前日頒發給汝等，汝等豈忘了嗎？聖恩如此，還說並不體恤，是無心人也。」

煬帝接著說道：「朕不負汝等，何汝等負朕也？」

司馬德堪搶著說道：「臣等實負陛下，但今天下已叛，兩京皆為賊據，陛下歸已無門，臣等生亦無路；且今日已虧臣節，雖欲改悔，豈可得乎？」

煬帝大怒道：「汝口中一派胡言，今汝等來此，意欲何為？」

司馬德堪忽把臉色改變，大聲喝道：「今來欲提陛下之首，以謝天下！」

朱貴兒聽了大罵道：「逆賊焉敢口出狂言！萬歲縱然不德，乃天下至尊，為一朝君父，冠履之分，凜凜在天地間；汝等不過侍衛小臣，何敢逼脅乘輿，妄圖富貴以受萬世亂臣賊子之罵名？趁早改心滌

慮，萬歲降旨赦汝等無罪。」

裴虔通道：「如今勢成騎虎，萬難放手，汝是掖庭賤婢，何敢放肆？」

朱貴兒大罵道：「背君逆賊！汝倚兵權在手，輒敢在禁廷橫行！今日縱然不能殺汝，然隋家恩澤自在天下，天下豈無一二忠臣義士為君父報仇？勤王之師一集，那時將汝等碎屍萬段，悔之晚矣！」

令狐行達大怒道：「淫亂賤婢，平日以狐媚蠱惑君心，以致天下敗亡，今日乃敢以巧言毀辱義士，不殺汝賤婢何以謝天下？」

便喝令亂兵一齊動手。朱貴兒大罵道：「人誰無死，我今日死萬歲之難，留香萬世，不似汝等逆賊，明日碎屍萬段，不免遺臭千載！」

罵聲未絕，亂兵刀劍早已齊上，可憐朱貴兒玉骨香魂，都化作一腔熱血。只聽得一聲慘號，早已倒臥在血泊裡死了。

令狐行達見殺了朱貴兒，便一手執劍，一手竟來扯煬帝下閣去。煬帝見殺了朱貴兒，早已驚得魂不附體；又見來扯他，便慌得大聲叫道：「扯朕有何事，卻如此相逼！」

令狐行達卻冷冷地說道：「吾不知有何事，汝只去見了許公便知分曉。」

煬帝道：「今日之事，誰為首？」

司馬德堪道：「普天同怨，何止一人？」

煬帝卻只是延挨著不肯下閣去，被眾兵一齊上前，推擁而行。煬帝原不曾梳洗的，被眾人推來攘

去，弄得蓬頭跣足，十分狼狽。蕭后看見如此形狀，趕上前去，雙手抱住，放聲痛哭道：「陛下做了半生天子，何等富貴，不期今日反落在賊人之手，狼狽得這般模樣，妾看了心痛萬分！」

煬帝亦大哭道：「今日之事，料不能復活矣！只此便與御妻永別了！」

蕭后哭道：「陛下先行，妾尚不知畢命在何時，料亦不能久活矣！！」

欲知後事如何，且聽下回分解。

白絹繞頸煬帝就死　紅顏貼體蕭后貪生

煬帝被令狐行達揪住，要拉他下閣去見宇文將軍，他知道自己性命難保，便和蕭后兩人抱頭痛哭。

令狐行達在一旁候得不耐煩了，大聲叱道：「許公有命，便可速行！哭亦無益了！」

煬帝和蕭后猶抱持不捨，被眾兵拉開蕭后，擁著煬帝，下閣往前殿而去。司馬德堪吩咐把煬帝暫時拘禁在一間便殿裡，一面卻親自帶領甲兵，迎請宇文化及入朝為政。

此時天色初明，宇文化及得知令狐行達逼宮的訊息，嚇得他抖衣而戰，半晌不能言語。裴虔通道：「將軍不必遲疑，大事已成，請速速入朝理政。」

宇文化及見事已至此，料想推辭不得，只得內裡穿了暗甲，外面蟒袍玉帶，打扮得齊齊整整，宛似漢平帝時候的王莽，桓靈二帝時候的董卓、曹操一般，滿臉上都是要篡位的模樣，帶領眾人齊入朝來。到得殿上，一班同黨的官員都搶著來見。宇文化及說道：「今日之事，須先聚集文武百官，令知改革大義，方能鎮定人心。」

司馬德堪道：「將軍之議有理，可速發號令，曉諭百官。」

宇文化及便傳下令去道：「大小文武官員，限即刻齊赴朝堂議事，如有一人不至者，定按軍法斬首。」

文武百官聽了這號令，嚇得魂魄齊飛；欲想會眾討賊，一時又苦無兵將。又見禁軍重重圍住皇宮，料已有定計，反抗也無用，欲思逃出城去，又見各門俱有人把守不放；欲思入朝降賊，又不知煬帝訊息如何，恐事不成，反得了反叛的罪名。大家我推你，你推我，我打聽你的舉止，我打聽你的行動；延挨了好一回，早有幾個只顧眼前不顧身後看勢使風的官員，穿了吉服入朝來賀喜。一個走動，便是兩個，兩個來了，接著三個四個，上朝的絡繹不絕。不消半個時辰，這些文武早來了十分之九。

眾官到了朝中，只見宇文化及滿臉殺氣，端端正正坐在殿上。司馬德堪、裴虔通、趙行樞一班賊黨，都是戎裝披掛，手執利刃，排列兩旁，各營軍士，刀斧森嚴，分作三四層圍繞階下，望去殺氣騰騰，好不怕人。眾官看了，個個嚇得膽顫心驚，瞠目向視，誰敢輕發一語。宇文化及說道：「主上荒淫酒色，重困萬民，兩京危亡，不思恢復，又要徙都丹陽，再幸永嘉。此誠昏愚獨夫，不可以君天下，軍心有變，皆不願從。吾故倡大義以誅無道，舉行伊尹霍光之事，汝等當協力相從，以保富貴。」

眾官俱面面相覷，不敢答應。正延挨著，只見人叢中先閃出二人，齊朝上打一恭說道：「主上虐民無道，神人共怒，將軍之舉，誠合天心人望，某等敢不聽命。」

眾人看時，原來一人是禮部侍郎裴矩，一個便是內史封德彝。眾官員看了，心中暗暗地驚詫道：

「主上所為荒淫奢侈之事，一大半皆此二賊在中間引誘攛掇，今日見勢頭不好，便轉過臉來，爭先獻媚，誠無恥之小人也。」

當時宇文化及坐在上面，聽封德彝、裴矩二人說得湊趣，滿心歡喜道：「汝等既知天意，便不愁不富貴矣。」

話猶未了，只聽得宮後一派人聲喧嚷啼哭而來，湧到殿前，眾人看時，只見煬帝蓬頭跣足，被令狐行達與許多軍士推推擁擁，十分狼狽，早已不像個帝王模樣了。宇文化及遠遠望見，頓覺侷促不安，恐怕到了面見不好打發，又恐怕百官見了動了忠君之念，便站起來揮手止住道：「何必持此物來，快快領去！」

令狐行達聽了，便不敢上前，依舊把煬帝簇擁著回寢宮去。

司馬德堪恐宇文化及要留活煬帝，忙上前說道：「如此昏君如何放得？」

封德彝也接著說道：「此等昏君，留之何益，可急急下手！」

宇文化及便在殿上大喝道：「速與我結果了這昏君！」

司馬德堪得了令，忙回到寢宮去，對煬帝說道：「許公有令，臣等不能復盡節矣！」

說著，拔出劍來，怒目向視。煬帝嘆一口氣說道：「我得何罪，遂至於此？」

賊黨馬文舉說道：「陛下安得無罪！陛下拋棄宗廟，巡遊不息，外則縱慾黷武，內則縱慾逞淫，土木之工，四時不絕。車輪馬跡，天下幾遍，致使壯丁盡死鋒刃之下，幼弱皆填溝洫之中；四民失業，盜

賊蜂生，專任諛佞之臣，一味飾非拒諫。罪大惡極，數不勝數，何謂無罪？」

煬帝道：「朕好遊佚，實負百姓，至於汝等高位厚祿，終年榮寵，從未相負，今日何相逼之甚也？」

馬文舉道：「眾心已變，事至今日，不能論一人之恩仇矣！」

煬帝正要說話，忽抬頭只見封德彝慌慌張張走進宮來，你道為何？

原來宇文化及知道封德彝乃煬帝心腹佞臣，今日第一個又是他先投降，心中疑他有詐，便心生一計，對封德彝說道：「昏君過惡猶不自知，汝可到後宮去當面數說他的罪惡，使昏君死而無怨，便是你的功勞。」

封德彝欲待推辭，因見宇文化及甲兵圍繞，倘然一怒，性命難保；欲進宮去面數煬帝的罪惡，卻又無顏想見。但事到如今，寧可做面皮不著，性命要緊，便應道：「將軍之言是也，某願往說。」

煬帝被司馬德堪正逼得危急的時候，見封德彝慌慌張張地跑來，自以謂平日待他極厚，只道是他好意前來解救，連聲喚道：「快來救朕的性命！快來救朕的性命！」

封德彝卻假裝不曾聽得，舉手指著煬帝的臉兒，大聲說道：「陛下窮奢極欲，不恤下情，故致軍心變亂，人懷異心。今事已至此，即死謝天下，猶是不足。臣一人之力，如何救得陛下？」

煬帝見封德彝也說出這話來，心中不勝忿恨，便大叱道：「侍衛武夫，不知君臣名分，勇於篡逆，猶可說也！汝一士人，讀詩書，識禮義，今日也來助賊欺君。況朕待汝不薄，乃敢如此忘恩負義，真禽獸之不如也！」

257

封德彝被煬帝痛罵了一頓，羞得滿面通紅，無言可答，只得默默而退。

此時宮女內相們逃的逃，躲的躲，各尋生路，不知去向。

煬帝跟前，唯世子趙王楊舉一人。這楊舉是呂后所生，年才一十二歲，當時見父親，受臣下欺侮，

他便號哭著，跟定在左右不離，見煬帝蓬頭跣足的被眾人牽來拽去，便扯住煬帝的衣角，痛哭不止！裴

虔通在一旁催道：「左右是死，哭殺也不能生，何不早早動手！」

便搶步上前，扯過趙王來，照頸子一劍，可憐金枝玉葉的一個王子，竟死在逆臣之手！趙王的頭顱

落地，一腔熱血，直濺煬帝一身，嚇得煬帝心膽俱碎，可憐他站在一旁，哭也不敢哭，逃也不敢逃。裴

虔通此時乘勢提劍，直奔煬帝。煬帝見來勢凶殘，便慌忙大叫道：「休得動手，天子自有死法，汝豈不

聞諸侯之血入地，天下大旱；諸侯如此，況朕巍巍天子乎？快放下劍，速將鴆酒來。」

馬文舉道：「鴆酒不如鋒刃之速，何可得也。」

煬帝大哭道：「朕為天子一場，乞全屍而死！」

令狐行達便取出一匹白絹來，拋在煬帝手裡。煬帝接絹大哭道：「昔日寵妃慶兒，夢朕白龍繞頸，

今日驗矣。」

司馬德堪又催逼道：「陛下請速速自裁，許公在殿上立等繳令的。」

煬帝猶自延挨不捨，令狐行達便喝令眾武士一齊動手，將煬帝擁了進去，竟拿白絹生生縊死，這時

煬帝年紀只有三十九歲，後人有詩弔之曰：

千株楊柳拂隋堤，今古繁華誰與齊。

想到傷心何處是，雷塘煙雨夕陽低。

司馬德戡見煬帝已死，便去報知宇文化及，宇文化及道：「斬草不留根。」

便下令著裴虔通等，勒兵殺戮宗戚蜀王楊秀，齊王楊暕，以及各親王，無老無少，皆被誅戮，唯秦王楊浩，素與宇文智及往來甚密，得智及一力救免。

宇文化及既殺了各王，隨自帶甲兵，直入宮來，要誅滅后妃，以絕其根；不期剛走到正宮，只見一個婦人，同了許多宮女，簇擁在一處，抱頭痛哭！宇文化及便上去喝問道：「汝是何人，卻敢在此啼哭？」

那婦人慌忙跪倒在地說道：「妾身便是帝后蕭氏，望將軍饒命！」

說著低下脖子去拭著淚，那一頭雲鬢，耀在宇文將軍眼前，禁不住便伸手去扶起她臉兒來看時，真是月貌花容，嫵媚動人，心中十分迷惑，便不忍得殺她。因說道：「主上無道，虐害百姓，有功不賞，眾故殺之，與娘娘無干，娘娘請勿驚慌。我手中雖有兵權，只為的是除暴救民，實無異心，倘娘娘有心，保與娘娘共享富貴。」

說著，不覺哈哈大笑。此時蕭后已在九死一生之時，得宇文將軍一見留情，便含淚說道：「主上無道，體宜受罪，妾之生死，全賴將軍！」

宇文化及伸手把蕭后扶起說道：「但請放心！此事在我為之，料不失富貴也。」

蕭后乘勢說宇文化及道：「將軍既然如此，何不立隋家後代，以彰大義。」

宇文化及道：「臣亦欲如此，如今且與娘娘進入宮去商議國家大事要緊。」

說著，他也不顧君臣體統，也不顧宮門前許多甲士，竟擁著蕭后，進內寢宮去。

那班甲士在宮門外守候著，直守過兩個時辰，只見宇文將軍，臉上喜形於色，從內宮中大踏步出來，只帶著隨身親兵，到別宮查抄去。吩咐甲士留下，看守正宮，不許放人進去騷擾。他一處一處地去查宮。

煬帝宮中，原最多美貌婦人，宇文化及這時深入脂粉隊裡，看看都是天姿國色，真是見一個愛一個。他挑選那最是年輕貌美的，吩咐親信兵士，送去正宮安置。看看查到衍慶宮中，這原是冷宮，裡面住的全是年老色衰，貶落下來的妃嬪；所以走進宮去，裡面靜悄悄的。

誰知一腳跨進正殿，那龍座上卻有一對男女，擁抱著坐著。那男子見有人進來，忙把女子推開，拔下佩劍相待。宇文將軍一看，這男子不是別人，卻便是他最寵愛的小兒子宇文慶德。那宇文慶德見了他父親，把手中的劍也丟了，只是低著頭，把臉羞得通紅！宇文將軍再看那龍椅上的女子時，真是長得搽脂搽粉一般嬌嫩，秋水芙蓉一般豔麗。

宇文化及上去拍著慶德的肩頭笑說道：「怪道我在各處找尋，不見我兒，原來在這裡享豔福。這女孩兒，我見猶憐，我兒眼力，到底不差！這宮裡既有我兒在，我也放心！我兒你不必驚慌，好好地在這裡玩罷。」

說著便丟下慶德！退出衍慶宮去。

原來慶德為了鳳君一句話，連日處心積慮，把這煬帝的皇位推翻了，大隊禁兵，殺進宮來。他原是禁兵的少尉，也帶了一隊甲士，混在眾人裡面，攻打閣門的時候，卻是他殺得最是奮勇，提刀直入，大呼大喊。待到一殺進閣門去以後，便已不見他的影蹤。在司馬德堪一班人心中，只顧捉殺皇帝要緊，卻也不去留心他。慶德撇下了眾人，卻轉彎抹角地找到衍慶宮去。

慶德近來常常在宮中值宿，所以這宮裡的路徑，他非常熟悉。

那衍慶宮的一班妃嬪，忽見他手仗著白晃晃的寶劍，又帶領了幾十個勇赳赳的甲士，女流之輩。如何見過這陣仗兒，早嚇得她們燕泣鶯啼，縮成一堆！內中鳳君見是宇文慶德，知道大事已成，反笑吟吟地迎出院子來，拿手攔住慶德說道：「這裡都是一班可憐的女人，將軍休得嚇壞了她們。」

宇文慶德原只要這個鳳君，他見了鳳君，便也無心去搜查宮院了。當時吩咐甲士在院子裡看守著，他卻和鳳君手摻手兒，走到那前日夜深私語的正殿上去，依舊把鳳君捧上龍椅上坐著。兩人你戀我愛，唧唧噥噥的只管說著恩情話頭。說到情濃之處，便並肩兒在龍椅上坐著，臉貼臉兒互相擁抱著。慶德禁不住要在她珠唇兒上親一個吻，那鳳君只是抿著珠唇，把她粉臉兒閃來閃去，只是躲避。

正在得趣的當兒，猛不防吃那宇文化及一腳走進殿來衝破了。幸而他父子們，都是憐香惜玉的，宇文化及這時，已搜得了許多美人，心滿意足，見兒子也得了一個，便也讓他快活去，退出殿去了。

慶德見他父親去了，這是走了明路的了，便去把鳳君抱在懷裡，美人寶貝地喚著。又說：「你看不是我父親已成了大事嗎？將來俺父親做了皇帝，俺不是穩穩地做了太子，你不是穩穩地做了妃子嗎？往後去俺又坐了這把龍椅做了皇帝，你便也升做皇后，這不是依了你的話嗎？」

說著捧過鳳君的粉臉來，不住地在她珠唇上接著吻，乘勢把鳳君按倒在龍椅上，竟要無禮起來。鳳君推住慶德的身體，低低地說道：「將軍放穩重些，天下豈有苟合的皇后。」

慶德原也是一個多情種子，一句話把他的慾火按住了，便放了手，兩人又密密切切地談了一回，退出宮去了。

趕到正殿上，看他父親正傳下令來，說奉皇后懿旨，立秦皇楊浩為帝，自立為大丞相；又封弟宇文智及和裴矩為左僕射，封異母弟宇文士及為右僕射；慶德升任屯衛將軍；長子承基，次子承祉，俱令執掌兵權；此外心腹之人，都各重重封賞；又殺牛宰馬，大宴群臣。酒飲到數巡，宇文化及對大眾說道：「吾本無壓眾之心，君等謬推我為主，我自諒德薄，不足以當大位，故承立新君，以表我無篡奪之心。」

百官聽了，齊應聲道：「丞相之命，誰敢不遵！」

宇文化及大喜，又命進酒，大家盡歡方散。

第二天大丞相又傳出令來說道：「主上無道之事，全是奸臣虞世基、裴蘊、來護兒等數十人所為。今日昏君既誅，奸人豈容在側，可收戮於市，以儆後人。」

司馬德堪與裴虔通等得了令，遂領甲兵，挨家去搜捉，將數十個助桀為虐的奸臣，一齊拿至市中去行刑。虞世基的弟弟虞世南，聞知這事，慌忙跑到市中，抱住世基，嚎啕痛哭，請以自身代死。左右報知宇文化及，宇文化及傳訟道：「昏君之惡，皆此賊積成，豈可遛之；且吾倡大義，只除奸佞，安可殃及好人。」

竟不聽。可憐眾奸臣平日獻諛獻媚，不知費了多少心力，方得了高官厚祿，能享用得幾日，便一旦

同被誅戮，身首異處，好不苦惱！

宇文化及既殺了眾奸臣，又傳旨細查在廷中臣僚，昨日有幾人不到。趙行樞查了回覆道：「大小官員俱至，唯僕射蘇威，與給事郎許善心，二人不到。」

宇文化及道：「二人素有重名，可恕其一次。」

再差人去召，如仍執迷不來，即當斬首示眾。

原來蘇威因諫煬帝罷選美女，與修築長城，被煬帝削職罷歸，後來雖又起官，然終有些侃直之名；當日聞煬帝被弒，竟閉戶不出。次日見有人來召，自思逆他不得，遂出往見。宇文化及大喜，遂加其官為光祿大夫。

還有那許善心，字務本，乃高陽新城人，仕隋為禮部侍郎，因屢諫逆旨，便降官為給事郎，聞宇文化及之變，便閉門痛哭，不肯入朝。次日化及差人來召，許善心絕不肯往，其侄許宏仁勸之，說道：「天子已崩，宇文丞相總攝大政，此亦天道人事代終之常，何預叔事，乃固執如此，徒自苦耳。」

許善心說道：「食君之祿，當死君之難，雖不能死，焉肯屈膝而拜逆賊乎？」

早有人報知宇文化及，宇文化及大怒道：「許善心乃敢倔強如此！」

遂差軍士拿捉入朝。眾人得令，遂蜂擁而去，不移時即將許善心綁縛入朝來。宇文化及大怒道：「吾舉大義，誅殺無道，乃救民也。滿朝臣子，莫不聽從，汝是何等樣人，乃敢與吾相抗？」

許善心道：「人各有導，何必問也。」

263

宇文化及怒氣不息，虧得眾臣幫著勸道：「昔武王伐紂，不誅伯夷、叔齊；今許善心雖違號令，然情有可原，望丞相恕之！令其謝罪改過。」

宇文化及道：「既是諸公相勸，且饒其死，遂喚左右解其縛。」

許善心走起來，抖一抖衣冠，也不拜謝，也不開言，竟自轉身昂昂然走出朝去。宇文化及看了大怒道：「吾好意放他，焉敢如此不遜。」

復喝令拿回來。眾人又上來勸。宇文化及道：「此人太負氣，今不殺之，後必為禍。」

竟不聽眾人勸說，命左右牽出斬首訊息報到許善心家裡，他母親范氏，年已九十二歲，臨喪不哭。

人問她為何不傷心？范氏說道：「彼能死國難，吾有子矣，復何哭為！」便也絕食而死。

宇文化及殺了許善心以後，威權一天重似一天。他知眾人畏服，便十分恣意，竟將少帝楊浩，遷入別宮，派兵在宮外團團圍住。凡有一切政令，俱自己議定了，只令少帝用印頒發而已。自己竟搬進迷樓去住下，占據六宮，天天和蕭后及十六院夫人，淫亂為樂。打落在冷宮裡的吳絳仙，袁寶兒一班美人，皆隨時召幸，自己享用，宛如煬帝時候一般。放蕩了一個多月，那班禁軍，時時想念家鄉。

便是衍慶宮中的鳳君，她也是關中人，她原和他慶德說定的，只須把她送回家去，和父母說知，再由慶德依禮迎娶，方肯和他成夫婦，若要在宮中苟且成事，她抵死也不肯。慶德但求鳳君願嫁他，便也百依百順，因此也天天在父親跟前，催著要回關中去。

宇文化及見眾人都有家鄉之念，便逼勒少帝，並擁了六宮的妃嬪，帶著皇帝的傳國璽，拔隊西行。

一路上竟用煬帝的玉輦儀仗，其餘宮人珍寶，金銀緞帛，盡用驟馬車輛裝載，不足用的，便沿路搶劫。

軍士的車甲行李，俱著其自負而行。宇文化及在路上，和蕭后及眾美人，調笑放蕩，毫不避人耳目，也不知道愛惜兵士，大家都起了怨心。

看看走到彭城地方，趙行樞悄悄對司馬德堪說道：「當時隋主不仁，天下離亂，民不聊生，我等出此非常之舉，原想轉禍為福，改辱為榮，今不料所推的宇文化及，卻是一個暴戾之人，立之為主，今日暴虐愈甚，反致六宮蒙羞，不久諸侯起兵除暴，此賊必死，我等從人為賊，如何得免，若不早圖脫禍，將來死無葬身之地了。」

司馬德堪說道：「諸公勿憂，眾既懷怨，明早入朝，只須袖藏利刃刺之，有何難處。」

眾人計議已定，不期事機不密，早有人報知宇文化及。宇文化及大怒，便和親信商議，將計就計，埋伏武士於帳下。

次日趙行樞，司馬德堪，裴虔通，元禮，令狐行達，馬文舉，一班賊黨，俱袖藏利刃，魚貫著進帳來，準備行刺。他們才跨進帳門，宇文化及早大聲呼武士拿下，在各人身旁，都搜得利器，謀刺真情，一齊顯露。宇文化及喝令押赴市曹，將二十餘人，一齊斬首。從此宇文化及目中無人，越發橫暴起來。

看看走到聊城地方，鳳君便和宇文慶德說知，她家便住在聊城東坊。宇文慶德便去和他父親說知；又說明把鳳君娶作妻子。

宇文化及說道：「我兒婚姻大事，原是要鄭重的。」便撥了五百名甲士，又派兩名親信大臣，護送前去，算是替宇文慶德說媒去的。那宇文慶德也捨不得放鳳君一人回去，便自己也跨著馬，跟在鳳君車兒後面，一同前去。欲知後事如何，且聽下回分解。

恩怨分明美人成烈女　忠義昭著內宮護幼君

鳳君坐在七寶香車裡，後面五百名甲士簇擁著；又有宇文慶德和兩位大臣，跨馬護送，一路上何等榮耀。看看到了東坊，前面一座高大門樓，鳳君在車中吩咐一聲說到了，那車馬一齊停住。這屋子外面來了許多兵馬，把屋子裡的人，嚇得個個向門外探頭兒。內中有一個老婆婆，她卻認識車子裡坐著的是嬌娜小姐，忙嘴嚷著小姐，一顛一蹶地趕出門來，拉住鳳君的手。

原來這鳳君並不是別人，便是那第一回書上表過的范陽太守朱承禮的女兒嬌娜小姐，那鳳君是她選進宮去以後，改的名兒。這高大門樓，也並不是什麼嬌娜小姐的家，竟是他表兄申厚卿的家。這申厚卿和嬌娜小姐，上次書上不是表明過，很有一段纏綿悱惻的私情嗎？而且嬌娜小姐的身體，早已給厚卿破了，厚卿住在他舅父家裡，和嬌娜暗去明來，偷情也不知道偷過幾次了，在他兩人，以為終身之事，可以千妥萬當的了；誰知自從厚卿和嬌娜小姐分別過以後，他們的終身大事，便大大的變起卦來了。

厚卿也曾和他父母說知，幾次打發人去向朱承禮求親說媒，誰知這朱太守心眼兒十分勢利，任那媒人如何說法，他總絕口回覆說：「我家女兒的親事，早已配定的了。」

其實他全沒有這一回事；他眼中卻瞧不起申家，他原知道女兒長得十分美貌，如今天子好色，他盡

可以靠著女兒的顏色，謀些高官厚祿。他自從那日去迎接總管太監許廷輔回家來以後，便早已打定了這個主意。他見盡多有紳富人家，把他親生的女兒送進宮裡去，得了皇帝的寵愛，闔家父兄封侯的封侯，拜相的拜相。朱承禮看得眼熱了，所以見申家來求親，他便絕口不允。誰知他夫人榮氏，是十分愛這外甥兒厚卿的，照榮氏的意思，這頭親事，是千肯萬肯的了。

還有那嬌娜小姐，自從厚卿去了以後，便好似掉落了魂靈，天天伸長了粉頸兒，盼望申家有人來說媒；好不容易，盼望得媒人來了；誰知這無情無義的父親，竟把這頭親事絕口回覆了。當時不但是嬌娜小姐心中懊喪，便是榮氏心中也很覺可惜。連那大姨娘飛紅，也鬱鬱不樂起來！

飛紅幾次在他老爺跟前勸說：把俺家小姐，配給申家的外甥哥兒，真是門當戶對，一雙璧人！俺們原是舊親，又可以親上加親。飛紅的一張嘴，原是伶牙俐齒的，又是朱太守言聽計從的；誰知只有這件親事，朱太守卻一句話也不肯聽，榮氏的說話，更是不願聽了。為了嬌娜小姐的親事，他老夫妻兩人幾乎反目。

後來許廷輔第二次來採訪美女的時候，朱承禮究竟拿他親生的女兒，獻了上去。可憐嬌娜小姐和他父母分別的時候，哭得何等悽慘！朱承禮心中也覺得不忍，但為前途的功名富貴起見，也只得狠一狠心腸，和他女兒今生今世永別的了。

可憐嬌娜小姐臨走的時候，既舍不下父母，又掛念那厚卿哥哥，她一陣子傷心，早已暈倒在車兒裡，待得清醒過來，離家已是遠了。她便拭去眼淚，從此不哭了。她一路上打定兩個主意：第一個主意，進得宮去，決計不和皇帝見面，一來替厚卿守著清潔的身子；二來不得皇帝的寵幸，她父親也決計

得不到好處，也叫父親冷了這條富貴之念。第二個主意，她在宮中靜心守著，得有機緣，便把這淫亂的皇帝刺死。她在家裡，常常聽厚卿說起這隋煬皇帝如何淫亂暴虐，她原痛恨在心；如今又因供皇帝的淫樂，打破了和表兄的一段好姻緣，又把自己的終身埋沒在這暗無天日的深宮裡；因此她把個隋煬帝越發恨入骨髓。

她在宮裡，每到夜靜更深的時候，便悄悄地出來，當天燒三炷香：第一炷香是願皇天保佑她厚卿哥哥，長壽安康；第二炷香是願天公幫助她早早報了這昏君的仇恨；第三炷香願天保佑她保住貞節而死。這三句話，嬌娜小姐在睡裡夢裡，也唸著不忘。那夜給宇文慶德撞破了，說什麼願天保佑她早得富貴夫婿的話，她都不在心上；但她知道此生若不離了宇文慶德，依舊不免要給他糟蹋了身子，因此心生一計，只推說父母家住在聊城地方，把宇文慶德引到這東坊地方來。

誰知慶德竟認作是真的，便依著嬌娜小姐的話，拚命地幹起來。居然那煬帝的一條命，被嬌娜小姐一句話，輕輕地弄丟了。

嬌娜小姐看看這宇文慶德的痴情，真痴得利害，倘然沒有申厚卿的一段恩情在前，這宇文慶德的人才，也中得嬌娜小姐的意了。無奈她立願在前，替申厚卿守一世貞節的了，便任你宇文慶德瓊姿玉貌，厚愛深情，她都不在心上；但她知道此生若不離了宇文慶德，依舊不免要給他糟蹋了身子，因此心生一計，只推說父母家住在聊城地方，把宇文慶德引到這東坊地方來。

這東坊人家，原不是什麼嬌娜小姐的家裡，竟是那申厚卿的家裡。申厚卿這時父親已死，只有母親朱氏在家，厚卿自從朱家的親事不成，他也立志終身不娶；也無意功名，只伴著母親住在家裡。忽然聽得門外馬嘶人喧，家裡上下的人，都湧出去看。停了一回，那老婆婆扶著嬌娜小姐，走進院子來，後面跟定了一個雄糾糾氣昂昂的少年英雄。這老婆婆原是從前在朱家伺候榮氏的，所以認得嬌娜小姐。當時

申厚卿見了嬌娜小姐，好似半天裡落下來的一般，忙搶上前去拉住嬌娜的手。

嬌娜急甩脫手說道：「哥哥請站遠些，如今俺的身子，被別的男子擁抱過，已不是乾淨的身子了；俺的手被別的男子把握過，已不是乾淨的手了；俺的嘴被別的男子親接過，已不是乾淨的嘴了；但是哥哥也須可憐俺，原諒俺，俺原是要報仇，出於不得已……」說著止不住嗚嗚咽咽地痛哭起來。

那朱氏見自己姪女兒來了，十分歡喜，親自出來攙扶她。誰知嬌娜小姐，噗地跪翻在地上，把自己在宮裡做的事體，一五一十地說了，又回過身來向厚卿拜了幾拜，說道：「哥哥！如今妹子的身體汙穢了，今生今世不能再事奉哥哥的了。哥哥千萬不要以妹子為念，好好看奉姑母，娶一房賢淑的妻子，團圓了一家骨肉，妹子便是死在九泉之下，也是瞑目的了。」

說著，看她袖中拔出一柄雪亮的尖刀來，向粉頸子上直刺。那申厚卿和宇文慶德見了，同時搶上前去奪時，早已來不及了。一朵嬌花，倒身在血泊裡。

宇文慶德和申厚卿兩人，你看著我，我看著你，怔怔地看了半天。宇文慶德才嘆了一口氣，伸手在厚卿肩上拍了一下，說道：「美人兒是你的，終是你的。」

說著一甩手，轉身大踏步而去。

他一走出門，既不招呼自己手下的甲士，也不上馬，只是落荒而走，在山腳下找到了一座小廟，竟自落髮做了和尚；任他父親宇文化及再三來勸說，他終是不肯回去。

宇文化及沒奈何，便留下一隊甲士，駐紮在廟裡保護他。

宇文化及大隊人馬，依舊向前進行，看看到了魏縣。宇文化及見少帝在一路走著，君臣的名分，終

覺有些顧忌。便想道：「千日為臣，不如一日為君。」

當夜到了客店息下，竟將鴆酒，把少帝藥殺了。魏縣原也有一座行宮，第二天宇文化及進了行宮，便自即皇帝之位，國號改稱許，把年分改作至道元年，發下許多詔書，上面蓋著傳國璽的印，頒布四方。

這個訊息，傳到魏公李密耳中，先屯兵在鞏水、洛水一帶，攔住化及的兵馬。那吳興太守沈法興，得了宇文化及的詔書，十分憤怒！便乘勢占得江表十餘座城池，聲稱討伐宇文化及。

那梁王蕭銑，見煬帝已死，居然自稱大皇帝，徙都在江陵地方。

那李淵手下的許多謀臣，得了探報，各各謀自己的富貴，便連日連夜地勸李淵也自立稱帝。李淵遲疑不決，便把建成、世民兩人喚回長安來，把眾人的意思，和他兄弟二人商量。誰知他兄弟二人，比別人還高興，便不由分說，立刻帶劍進宮去，逼著代王侑，要他禪讓帝位。

代王是一個庸懦小兒，如何經得起這個威嚇，見他兄弟二人前來逼迫，只得唯唯從命。一班攀龍附鳳的臣子，便天天替代王擬詔，今日加唐王九錫，明日許唐王戴十二冕旒，建天子旌旗，出警入蹕，延挨到五月戊午日，真的宣告禪位。那詔書上說道：

天禍隋國，大行太上皇遇盜江都，酷甚望夷，釁深驪北；憫予小子，奄造丕愆，哀號永感！心情靡潰。仰維荼毒，讎復靡申；形影相弔，罔知啟處。相國唐王，膺期命世，扶危拯溺，自北徂南，東征西怨；；致九合於諸侯，決百勝於千里；糾率夷夏，大庇忙黎，保乂朕躬，緊王是賴；德侔造化，功極蒼旻。

兆庶歸心，曆數斯在；屈為人臣，載違天命。在昔虞夏，揖讓相推？苟非重華，誰堪命禹。今九服崩離，三靈改卜，大運去矣，請避賢路。予本代王，及予而代；天之所廢，豈其如是，庶憑稽古之聖，以誅四凶；幸值維新之恩，預充三格。雪冤恥於皇祖，守禮祀為孝孫，朝聞夕隕，及泉無恨！今遵故事，遜於舊邸；庶官群辟，改事唐朝；宜依前典，趣上尊號；若釋重負，感泰兼懷；假手真人，俾除醜逆；濟濟多士，明知朕意。

*　*　*

代王發下這道禪位詔書，便打發刑部尚書兼太保蕭造，司農少卿兼少尉裴之隱，捧了皇帝傳國的璽綬，到李淵府中。當時自有李淵手下的眾官員，在府中大堂上，築起一座受禪臺來。

詔書一到，便把唐王請出來。李淵到了臺上，蕭造和裴之隱，把詔書捧上去。李淵再三推讓，揖三回，讓三回，才行拜受。

當時用全副帝王的儀仗，把唐王迎接進宮去。把大興殿改稱太極殿，定在甲子日登基。

到了這一日辰刻，先派蕭造祭告南郊，再行即位的典禮。

這時李淵年已五十二歲，鬚髮花白，推算五運是土德，朝服都用黃色，戴黃冕，穿黃袍，由侍衛簇擁著，登上帝座，殿下一班宗戚大臣，趨蹌上殿，排班朝賀，一齊跪伏在丹墀下面，三呼萬歲。這便是唐朝第一代的高祖皇帝，下詔改義寧二年為唐武德元年，大赦天下；官員各賜爵一級；義兵過處，豁免三年賦稅；廢郡改州，改太守為刺史。退朝後，在便殿上賜百官筵宴，賞齎金帛。

第二日又下詔授世民為尚書令，從子瓌為刑部侍郎，裴寂為右僕射，劉文靜為納言，蕭瑀、竇威為

內史令，李綱為禮部尚書，竇璉為戶部尚書，屈突通為兵部尚書，獨孤懷恩為工部尚書。自殷開山以下，各加給官爵；又在都城裡建立四親廟，追尊高祖熙為宣簡王，曾祖天錫為懿王，祖虎為景皇帝，廟號太祖；父昞為元皇帝，廟號世祖；祖妣和母后，俱稱後；追封妃竇氏，為太穆皇后，追封皇子玄霸為衛王，立世子建成為太子，封世民為秦王，元吉為齊王，又降故隋帝侑為酅國公，撥一座邸第在京師住著。追封隋太上皇為煬皇帝。

江都太守陳稜見宇文化及去了，便備了天子的儀仗，改葬煬帝在江都宮西面，吳公臺下。所有當時被宇文化及殺死的煬帝弟蜀王秀，煬帝子齊王暕，長孫燕王倓，以及宗室外戚，又有殉難的大臣虞世基、裴蘊、來護兒、蕭鉅、許善心，一班十多個人，都挨次分葬在煬帝墓旁。這一位風流天子，只落得這樣慘淡的結果！

如今我再說江都宮中，有一位老太監，名秦真的，他原是服侍文帝的。煬帝即位，他便也在煬帝駕前侍衛，心中十分忠實，眼見煬帝如此淫亂，原知道不是好事；只以自己是下賤的人，不敢勸諫。他歷來也積蓄得一份家產，這時他先將家財散去，結識了守苑太監鄭理與各門宿衛、宇文將軍手下的將士，十分親密。打聽得司馬德堪一班人，定期起事，便悄悄地打發他母親姜氏，帶一個丫鬟，坐了車，望宮苑中來。

這姜氏苑中是常來的，也無人去攔阻她。到了苑中，下得車來，徑投寶林院中，只見清修院的秦夫人，文安院的狄夫人，綺陰院的夏夫人，儀鳳院的李夫人，沙夫人，還有那沙夫人的兒子趙王，六七個人，在那裡圍坐著，看夏夫人和狄夫人圍棋。姜氏一見，說道：「外邊事體不好

了！虧眾位夫人，還有這閒心下棋。」

眾夫人忙問何事？姜氏把司馬德堪預備逼宮的危險情形說了。眾夫人聽了，只有哭泣的份兒！沙夫人勸著說道：「你們盡哭是無益的，俺姊妹們快想一個脫身之計要緊；若說到我自己，倘沒有這個趙王，便一死殉了國難，也是該當的。如今有了這個趙王，他究竟也是萬歲爺的一派命脈。

如今只得求姥姥救俺母子兩個了！」

說著，便向姜氏跪下去。

姜氏忙把沙夫人扶起說道：「今日老身原是救諸位夫人來的，如今請眾夫人快歸院去收拾細軟。」

一句話點醒了眾人，忙飛也似地各歸院去。

正忙亂時候，只見薛冶兒直搶進院來，說道：「朱貴兒叫我拜上沙夫人，外邊訊息緊急，今生料不能想見矣！只是趙王是聖上的親骨血，務必帶去，一同逃生。」

沙夫人見了薛冶兒，便也不放她去，兩人計議如何脫身的法兒。薛冶兒說道：「這卻不妨，貴妃與妹子已安排停當。」

說著袖中取出一道聖旨來，說這是前日要差人往福建採辦建蘭的旨意，雖早已寫就，只因萬歲爺連日病酒，徑擱著不曾發出，貴姐姐因要保全趙王，悄悄地去偷來，送與夫人應用。正說時只見四位夫人，都帶著隨身衣服到來，大家看了聖旨。聽袁紫煙說道：「依妹子的意見，還該分兩起出宮去才是。」

姜氏又想得了一個計較，說道：「快把趙王改了女妝，將跟我來丫鬟的衣服，脫與趙王穿了，混出

宮門去。再將丫鬟改作小宮監模樣，老身帶著趙王先出宮去。眾夫人也都改扮了內相模樣，慢慢地混出宮門，由丫鬟領著，到老身家裡，再和俺兒子秦真從長計議，豈不是神不知，鬼不覺的麼？」

眾夫人聽了，說道：「計雖是好計，只是急切間。哪裡去取得七八副宮監衣帽。」

姜氏說道：「不勞眾位夫人費心，老身早已攜帶得在此。」

當下便從衣包中搬出十來套新舊內監的衣服鞋帽來，這原是秦真的衣服，如今與眾夫人穿戴上去，恰恰正好。姜氏見趙王改扮已完，日色已暮，便帶了趙王，慢慢地走出苑來。

原來秦真見姜氏進院去了，便如飛的來尋守苑太監鄭理，邀他在自己家裡，灌了他八九分酒，放他回宮來。時鄭理帶醉地站在院門口，看小太監翻勛斗耍子，見姜氏的車兒出宮來，便道：「姥姥回府去了，剛才咱家在姥姥府上，叨擾得好酒好菜。」

姜氏笑說：「公公有空兒請常來坐坐，俺家還釀得上好的甕頭春呢。」

說著，車兒早混出苑去了，不過裡許，已到家中。秦真看見趙王，叫母親不要改趙王的裝束，藏在密室中。

接著又有七八個太監，由丫鬟領著，大模大樣，走進門來，大家會意。秦真也不敢停留，忙忙收拾，和眾夫人上路，各城門上，都是秦真平日錢財結識的相知，誰也不去攔阻他。待到半夜時分，宇文化及領兵進宮去，秦真領著趙王和眾夫人出城，已遠走了二三十里。

那眾夫人平日在深宮裡，都是嬌生慣養的，早個個走得一顛一蹶，狼狽不堪。秦真便去借一民戶人家歇了，一夜之中，只聽得城中炮聲火光，響亮不已，來往之人，訊息傳來，都說城中大變。袁紫煙說

道：「我夜觀天象，主上怕已被難，我們雖脫離樊籠，不知投往何處去才好？」

秦真思索了半天，說道：「別處都走不得，只有一個所在，可以逃生。」

眾夫人忙問何處？秦真說道：「太僕楊義臣，當年主上聽信讒言，把他收了兵權，退歸鄉里。他知隋家氣數已盡，便變姓埋名，隱於雷夏澤中。此人是個智忠兼全，忠君愛國的人，我們找上他門去，他見了幼主，自然有個方略出來。」

袁紫煙一聽便喜道：「楊義臣是我的母舅，必投此處方妥。」

一行人商議既定，便買舟竟向濮州出發。

這楊義臣自從大業七年，納還印綬，休官回家，猶怕惹禍，便改變姓名，隱居在雷夏澤中，早晚和漁樵作伴。那天偶從樵夫那裡，打聽得城中人人傳說：宇文化及在江都逼宮弒帝。不禁心中十分憤恨道：

「化及庸懦匹夫，何敢猖狂至此。他弟弟士及，卻和我八拜之交，將來天下合兵討賊，吾安忍見他遭這滅族之禍。」

略一思索，便得了一計，可以指導他全身遠害，便打發家人楊芳，送一瓦罐，親筆封寄，徑投黎陽來。那士及接了瓦罐，開啟封皮來一看，只見裡面封著兩枚棗子，和一隻糖製成的烏龜。士及看了，一時卻摸不到頭腦，他一面打發楊芳退去，把這瓦罐拿到書房裡去，細細推敲。

正納悶的時候，忽畫屏後轉出一個美人來，正是士及的親妹子，名喚淑姑的，年才十七歲，尚未字人。這女孩兒，不獨姿容絕世，更兼聰明過人；見士及對著瓦罐發怔，便問道：「哥哥！這瓦罐是誰人送來的，卻勞哥哥如此躊躇？」

士及便說道：「這瓦罐是我好友、隋太僕楊義臣送來的，這楊義臣深通兵法，頗明天文，只因忤了

當今，削去兵權，退隱在家。如今他忽然送這瓦罐來，罐中藏此二物，這個啞謎，其實叫人難猜。」

淑姑對瓦罐端詳了一回，便道：「這謎兒有什麼難猜，這二物明明包含著『早歸唐』三字。」

一句話說得士及恍然大悟道：「原來楊義臣怕我哥哥做了弒逆之事，性命被他拖累，是勸我投降唐

王，避免災禍的意思。妹妹到底是聰明人，想得出；但我如今也不便寫書，也得用一件器物去報答他，

使他明白我的意思才好。」

淑姑說道：「但不知哥哥主意可曾拿定？若主意定了，妹子卻想得了一個回答的法子。」

士及說道：「愚兄也正思避禍之計。」

淑姑便轉身回到內室，去了半晌，捧出一個漆盒子來。揭開盒子，裡面藏著一隻紙鵝兒，鵝兒頸上

掛一個小小的魚網，網上面卻豎著一個算命先生的招牌，緊緊地綁在鵝頸子上。士及看了，十分詫異，

說道：「這是何用？」

淑姑便附在他哥哥耳邊低低地說了幾句。士及聽了，連聲說妙！便將漆盒封固，付與楊芳拿回去

覆命。

到了第二日，士及去見了化及，便說：「近聞得秦王世民，領兵前來，臣意欲帶領一二家僮，假裝

著避難人模樣，前去探聽虛實，回來報與陛下知道。」

化及見自己親弟弟願去做探子，這是再好也沒有，便一口答應。士及領命下來，便叫妻子和淑姑，

扮作家僮模樣，連晚混出長安，投奔唐王這裡來；拿他的妹子，做了一封上好的贄見禮，進與唐帝，做

了昭儀。唐帝見淑姑聰明美麗，十分歡喜，便拜士及為上儀，同管三司軍士。

再說那楊芳帶了漆盒回家來，交與主人，楊義臣開啟盒兒一看，便知道他是回答「謹遵命」三字的意思。第二天楊義臣獨自一人，拄著柺杖，到門口河堤邊去眺望。這時天色尚早，河面上靜悄悄的，忽然斜刺裡咿啞咿啞地搖過一隻小船來。欲知後事如何，且聽下回分解。

竇建德自立爲王　竇線娘巧戰得婿

楊義臣正在家門口閒望，見門前小河的上流頭，搖過一隻船來，恰恰搖到楊家門口停住。船艙裡一個老人，走上岸來，東張西望的，正找尋得忙。楊義臣雖說是老眼昏花，但這秦真老太監，他在朝時候，朝夕見面的，因此也還認得。便上前去把那老人的手拉住，秦真也認識是楊太僕，忙跪下地去，給他叩頭。楊義臣一把拉起，秦真止不住眼淚直滾！義臣邀秦真屋裡坐定。秦真附楊義臣的耳說道：「且慢，還有小主人和夫人們在舟中。」

楊義臣聽見，忙說道：「快請上岸。」

說著自己進去穿了巾服，命小僮開了正門，自己站在門首，看一行人走進門來。楊義臣不敢抬頭，只在一旁打恭迎接著，忽然一個少年男子，上前來扶住楊義臣，口稱母舅。楊義臣抬眼看時，卻不認識。那男子去了方巾，露出一頭雲鬢來，才知道是女子改扮的，又細細地向他眉目間一認，才認出是自己的外甥女兒袁紫煙。當下袁紫煙扶著舅父，回進草堂，見了趙王，重行君臣之禮。又一一見過眾位夫人，廚房裡煮些粗菜淡飯，勸趙王和眾夫人胡亂吃些。楊義臣依舊執著臣禮，站立在一旁。

飯罷，沙夫人便和義臣商量，安插趙王的事。義臣說道：「此地草舍茅廬，牆卑室淺，不是潛龍之

所，一有疏虞，叫老臣何以對先帝於地下。」

沙夫人道：「只是如今投奔何處去好？」

楊義臣道：「眼下去處甚多，李密父子兩人，都是隋臣，如今擁兵二三十萬，屯紮金墉城；東都地方，越王侗令左僕射楊世充，將兵數萬，駐守洛倉地方；聞說西京李淵，也立代王侑為帝，大興征伐。但這些多不過是假借名義，事成則去名而自立；事敗則同遭滅亡，終不是萬全之處。依老臣愚見，只有兩個地方，可以去得。一處是幽州總管那裡，他姓羅名藝，雖是年老之人，卻是忠勇素著，先帝委他坐鎮幽州，手下強兵勇將甚多，四方盜賊不敢小覷了他。若殿下和夫人們前去，他必能接待，或可自成一家，只可恨路上有竇建德這賊子，十分狂獗，梗住去路，如之奈何？若要安身立命，只有義成公主處，她雖是蠻夷之國，那駙馬啟民可汗，還算誠實忠厚，比不得俺們中國人，心地險惡；他和殿下又是郎舅至親，先帝在日，曾同公主前來朝觀，先帝看待他也十分優異，殿下若肯去，公主必以優禮相待，平安無慮。」

沙夫人聽楊義臣說了這一番話，都點頭稱善！都說老將軍金石之論，足見忠貞，但水遠山遙，不知如何的去法？楊義臣道：「若殿下主意定了，臣自有一個計較；但此去千山萬水，不能人多，只好秦真伴著殿下，和夫人同去。聞說薛貴嬪弓馬嫻熟，亦可去得。此外四位夫人，卻未便同去。」

那四位夫人聽了，俱落下淚來道：「妾等姊妹四人，願同生死，老將軍莫謂忠臣義士，盡屬男子，認俺女流，儘是隨波逐浪之人。況朱貴兒，袁貴人，一般是女子，都能罵賊而死，我等雖不能一齊殉難，但繁華好景，蒙先帝深思，已曾嘗過，將軍若不放我等前去，卻將我們安插到什麼地方去？老將軍

若疑心我們有別的念頭，我們若不明心跡，何以見我等的志氣。」

說著，忙向裙帶上取下佩刀來，各向粉臉上左右亂劃。慌得沙夫人和姜氏，忙上前一個個抱住。

這時夏夫人臉上，早已割了兩道刀痕，血流滿面。楊義臣忙出位向上拜著，連連磕頭道：「這是老臣失言，罪該萬死！無奈此去啟明可汗那裡，實在路途遙遠，四位夫人貴體嬌弱，萬不能去；但夫人們既有此決心，老臣卻有一個計較：此去一二里，有一個斷崖村。村上不過數十人家，全是樸實小民。村北有一座女貞庵，庵中有一老尼，即高開道之母，原是滄州人氏，只因少年時夫亡守節，故遷到南方來，建造此庵，以終餘年。那地方是個車馬罕見，人跡不到之處，若四位夫人的內焚修，可保半生安康。至於日用盤費，老臣在日一日，自當供奉一日。」

說著，趙王上前去把楊義臣扶起，當夜暫把眾夫人和趙王，安插在草堂裡住下。次日便把四位夫人，送到女貞庵去住下；又留下袁紫煙作伴。過了幾天，又打聽得有登萊海船到來，便悄悄地把趙王和沙夫人、秦真、姜氏四人，送上船去，向遼陽出發去了。

再說這時天下，自隋室滅亡以後，四方起義的豪傑，越聚越多，內中有幾個勢力浩大的，都各稱帝稱王。有一個竇建德，他也起義了多年，占據了許多地方，手下兵精糧足，在河北地方，可稱一霸，早已自稱長樂王。他打發祭酒凌敬，說河間郡丞王琮，舉城來降。建德封王琮為河間郡刺史，河北郡縣聞知，咸來歸附。

在一年冬天，有一隻大鳥停在樂壽城樓上，有數萬小鳥，在大鳥四周飛繞著，停了一日一夜才去。那樂壽地方的百姓，都說是鳳凰來儀，國家的祥瑞；又有宗城人張亨，在山上樵採，得一玄圭，私地裡

去獻與建德，因此建德便立意稱帝，在樂壽城中，即皇帝位，改元稱五鳳元年，國號大夏，立曹氏為皇后。

建德手下統帶一萬多兵，意欲併吞李密，聽說宇文化及弒帝稱尊，竟和自己做了敵體，十分憤怒，便欲分兵討之。只苦於自己兵少將寡，又無足智多謀的大將，心下正自躊躇。那酒祭凌敬，便推薦楊義臣，說他胸藏韜略，腹隱機謀，足能勝任。

建德便又備了一份厚禮，打發凌敬到雷夏澤中，去把楊義臣請到。那義臣因宇文化及弒了煬帝，急欲報君父之仇，便肯替夏王出力。但他有三條約言在先，一不願稱臣於夏，二不願顯自己姓氏，三一俟擒住了宇文化及，報了先帝之仇，便當放歸田裡。這三條建德一一依從。楊義臣又替他招降了曹濮山的強盜范願，他手下兄弟們數千，極其驍勇。楊義臣又替他招募了數萬人馬，日日操練，這夏國的威勢，便頓時強盛起來。

正預備出兵，忽報唐朝秦王李世民，差納言官劉文靜送書來，建德開啟書看時，原來是約同會兵黎陽，征討化及，便對劉文靜說道：「此賊吾已有心討之久矣，正在預備出動，煩納言回上秦王，不必遠勞大駕，只消遣一副將領兵前來，與孤同誅逆賊，以謝天下。」

文靜道：「臣奉使出來時，秦王兵已離長安矣，望貴國速速出師。」

建德送別了劉文靜以後，便拜楊義臣為軍師；劉黑闥為大將軍，掛元帥印；范願為先鋒；高雅賢為前軍；孫安祖、齊善行為後軍；曹旦為參軍；納言裴矩；宋正本為運糧；建德的女兒線娘為監軍正使；凌敬和孔德紹，留守在樂壽，與曹後監國。

如今說起線娘，卻有段豔史，寶建德生這女兒，自幼兒卻十分寵愛。原是建德髮妻秦氏所生；那秦氏亡故已久，因常常想起前妻，便特別寵養這個女兒。自己做了大夏國王以後，便把女兒封作勇安公主。

這勇安公主，慣使一口方天畫戟，有神出鬼沒之能，又練成一手好金彈丸，百發百中，這時年紀只有十九歲，長成苗條身材，秀麗姿容。那四方來求婚的少年公子，也不知有多少。有幾個年貌門第相當的，建德便要與她做主許婚，誰知這位線娘小姐，卻眼格甚高，必要才貌武藝，和自己相等的，才肯以終身相托。因此把這婚姻之事，直耽擱到如今。

勇安公主卻自己練一支女軍，共有三百多人。建德每逢出師，卻派公主領一軍為後隊，把這三百餘名娘子軍，卻環列在這花容月貌的公主的左右。這公主對待軍士，比較他父親更加紀律嚴明，號令威肅。又因她容貌美麗動人，每到打仗的時候，只須她嬌聲一呼，那將士都肯替她去打拚命仗。因此這勇安公主的威名，一天大似一天。

建德那時未得楊義臣幫助以前，兵力很是單薄，那北方總管羅藝，又常常出兵去騷擾他的後方。寶建德這時要去征討宇文化及，又慮羅藝截他的後路。他女兒便勸父親，須先打退了羅藝，才可放心前進。建德又怕自己兵力敵他不過，勇安公主卻倒豎柳眉，連拍酥胸，說小小羅藝，包在孩兒身上，馬到擒來。建德聽了女兒的說話，不覺膽子也放大了，便立刻點起兵馬，向北方出發。

說出那羅藝，原是一員宿將，年已六十四歲，精神卻十分高強，與老夫人秦氏，齊眉共守。他手下原有精兵一二萬，被隋主東調西撥，提散了一萬多人馬，只留下七八千人，只靠他兒子羅成，是一個少

年英雄，有萬夫不當之勇。羅藝傳授他一條羅家槍，舞弄得出神入化；講他的面貌，又是眉清目秀，齒白唇紅。這樣一個玉人，凡是家中有女兒的，誰不願招他去做女婿。無奈這羅成生來也有些左性，父親要替他做主定了親事，羅成總說若不是他親眼看過的絕色美人，他是願終身不娶妻子。因此把他婚姻之事，耽擱下來了。這些閒話，且不去說他。

只因當時建德父女兩人，帶了人馬去犯羅藝的地界，哨馬直報與羅藝知道，羅成正陪坐在一旁，聽了直跳起來，說道：「請父親點交孩兒五千精兵，乘他未立營寨以前，迎殺上去，痛痛地打一仗，挫挫他的銳氣，叫他知我們厲害，便可不戰而退。」

羅藝聽了不許，卻齊集眾將，傳發號令。第一路差標下左營總帥張公謹，領精兵一千，去埋伏城外高山之左，聽城中子母炮起，殺出敵住建德前軍；第二路差右營總帥史大奈，領精兵一千，埋伏城外高山之右，聽城中子母炮起，殺出敵住建德中軍；第三路便差兒子羅成，著他領精兵一千，離城三十里獨龍岡下埋伏，如見建德敗下陣去，便衝散他的後隊，擷取他的輜重；自己便留薛萬徹、薛萬均二人，在城中守護。這三路人馬，各各領命前去。

那邊竇建德，帶領大兵，直抵州城。先鋒劉黑闥，安子營寨，見城門緊閉，不肯出戰，只得令兵士們在城外辱罵。後面建德領大隊人馬到來，看看攻城不下，便駕起雲梯，上城攻打；不料城中火箭齊發，雲梯被火燒斷，夏兵只得退下。劉黑闥又安排數百輛衝車，鼓譟而進；城內把鐵鎖鐵錘，飛打出來，衝車又一齊打折。兩軍相持數日，建德手下的兵，都覺怠惰起來。

一夜三更時分，羅藝密傳將令，三軍飽餐戰飯畢，人各含枚，殺出城來，趕到夏營，那夏兵正在好

睡時候，只聽得一聲炮響，金鼓大振，如山崩海沸一般。竇建德在睡夢中驚醒過來，忙披甲上馬，親隨鄧文信，緊緊隨後，恰遇薛萬徹殺入中軍，把文信一刀斬於門旗下。

竇建德轉過身來，敵住薛萬徹，劉黑闥敵住羅藝，六人正在軍中酣戰之際，只聽得子母炮三聲響亮，高雅賢敵住薛萬均，如飛逃走，直奔了二三十里。眾軍士喘息未定，左右山腳下，伏兵齊起。建德知中了敵計，便棄了營盤，忽聽得山岡下，一棒鑼響，一員少年勇將，衝殺出來。先鋒高雅賢，欺他年輕，把大刀直砍過去。

那少年將軍，便是羅成，只見他那時不慌不忙，把手中槍一逼，那高雅賢左腿上，早中了一槍，高雅賢痛徹心肝，幾乎跌下馬來，虧得劉黑闥接住，戰了十數合，當不起羅成這條槍，如遊龍取水一般，直搠進來。建德只怕黑闥有失，前來助戰。

羅成力戰三將，愈覺精神抖擻，只見向劉黑闥臉上虛照一槍，大喝一聲，斜刺裡卻把槍尖向竇建德當胸點來；建德吃了一驚，即便敗將下去。

羅成直殺到天明，只見陣後轉出一隊女兵來，中間擁出一員女將，看她頭上盤龍裏額，額間翠鳳含珠，身穿錦繡紅綾戰襖，手持方天畫戟，坐上青驄馬，卻顯出滿臉嫵媚，竟體風流。

羅成只覺一陣眼花，早把手中槍停住了。誰知那邊女將，見了這俊秀兒郎，心中也暗暗的納罕，只把手中畫戟，擱在鞍橋上，流過眼波去，孜孜地看著。那手下的女兵，齊聲喊說：「公主莫只是看他，快把彈丸打下這賊人來。」

那羅成看了多時，心下轉著道：「我聞得竇建德之女，是一個兒女英雄，今日相看，竟是一個絕色

女子，我也不捨得殺她。待我羞辱她兩句，使她退去也罷了。」

便欠身向前道：「我想你父親，也是一個草澤英雄，難道手下再無敢戰之士，卻叫你女孩出來獻醜。」

那線娘聽了，也不動怒，只嬌聲喝道：「我也在這裡想，你父親也是一員宿將，難道城中再無敢死之士，卻趕你這只小犬出來咬人。」

說著自己也撐不住，把一方羅帕，按住櫻唇，嫣然微笑；惹得眾女兵，狂笑起來。羅成起初聽她罵小犬，心中不覺動怒，及抬頭看見線孃的笑容，真覺嫵媚動人，便也忍不住哈哈大笑起來，說：「女孩兒好利嘴，莫多說話，且要你知道小犬的厲害！」

說著，掉起手中槍，直向線娘粉臉上刺來。那線娘卻也不弱，擎起手中方天畫戟架住，一槍一戟，一往一來，在陣前戰了三四十回合。

線娘看看羅成，槍尖如雨點似下來，有些招抵不上，撥轉馬頭便走。那羅成如何肯舍，便在後面緊緊跟定，流星趕月似的，直趕了四五里地。羅成看看趕上前面一叢樹林，那線娘拍馬向林中一攢，那羅成的馬也直搶進林中來，馬尾和馬頭相銜。

羅成正要擎槍刺去，忽一陣風過處，夾著脂粉香直撲進鼻管來。

羅成心中一動，不覺把手中槍停住，連坐下的馬也停住了。前面線娘見羅成不趕了，便轉過腰肢來，在錦囊內取一九金彈子來，搭上弓弦，颼的一聲，那粒彈子直向羅成的面門打來，只聽得噗的一聲，羅成的頭盔落地。羅成在後面看線孃的背影，雙肩削玉，一搦柳腰，正出神的時候，猛不防那金彈

丸打來，他叫一聲哎喲，捧著腦袋，轉過馬頭便逃。

這勇安公主的弓彈，不是上面說過，百發百中的麼？為何今天這一彈，卻偏偏不能命中呢？只因線娘在拉弓的時候，原打算覷準羅成眉心打去的，一看羅成長著這一副姣好的面目，高強的本領，這一彈打過去，好好的一個少年，豈不白白的結果了性命；因此一念憐才，心中動了一動，那手中的彈弓，也略偏了一偏，不曾打中。

這時線娘見羅成敗出林子去，便也勒轉馬頭，追出林子，羅成一時心慌，也不回大路，只挑選那荒僻小路走去，彎彎曲曲，直走到一座削壁下面，真是前無去路，後有追兵。羅成發一發狠，大喝一聲，掉過槍尖，撲轉身直向線孃的坐騎刺去，指著那馬一聲狂嘶，左眼上早著了一槍，滿嘴噴出血來，倒地而死；跟著線娘也跌下馬去，一支畫戟，丟在一旁。羅成也跳下馬來，且不上去捉拿，候線娘從地上爬起身來，拾了那支畫戟，兩人站在平地上，又一來一往地廝打起來。

那線娘到底是一個女孩兒家，方才從馬上摔下來的時候，又跌壞了筋骨，手中提著一支畫戟，便覺轉運不靈，經不起羅成那桿槍兒，和靈蛇生龍一般逼來。線娘沒奈何，只得且戰且退，猛不防被腳後一塊山石一絆，倒下地去。那羅成一聳身，壓住線上娘身上，舉起槍便要向線娘粉臉兒上刺去。線娘這時仰天倒著，緊鎖著柳眉，閉上雙目，只有聽死的份兒。羅成到了此時，看了線娘這可憐的樣子，實在心中不忍，便一丟下槍，扶著線娘起來；又從地上拾起那支畫戟，遞線上娘手中說道：「小姐！我欺侮你了，你恨我嗎？小姐心中若有惱恨之意，便請小姐把俺一戟刺死，俺閉上眼站在此地，絕不躲閃，也絕不回手。」

說著，他真的遠遠地站在當地，反剪著兩手，一動也不動，等勇安公主去刺他。你想這樣一個俊秀的少年，站在面前，叫線娘如何下得這毒手。這時線娘忽然想到自己的終身上去，她想難得遇到這個美貌少年，性格兒又溫存，說話兒又柔順，俺竇線孃的終身，不寄在此人身上，怕此生再沒有可寄託的人了。

那邊羅成閉上眼，候了半天，卻不見畫戟刺來。睜眼看時，只見那線娘，低著脖子望著地下，在那裡出神。羅成趁勢跑上前去，兜頭作了一個揖，說道：「俺不忍殺小姐，小姐也不忍殺我，俺們兩家講了和罷？」

線娘因父親打了敗仗，自己也打了敗仗，明知這場虧吃得不小，原只望兩家說了和；聽羅成這樣說了，便接著說道：「俺父親此番前來，原打算和尊大人講和，連結成一氣，去打宇文化及的。」

羅成也說：「俺父親原也有征討宇文化及之意，待俺回營和父親說去。」

說著，便轉身走去，待走了幾步，忽又回轉身來，把自己騎的馬，拉線上娘跟前，說道：「小姐想來十分辛苦了，快騎俺的馬回去吧？」

說著，便去把線娘扶上馬鞍，親自替她拉著馬韁，慢慢地走去，一邊走著，一邊問道：「小姐青春幾何？」

俺向尊大人求婚去，小姐可願意嗎？」

起初線娘還不肯說，經不住羅成連連地問著，那線娘才說了一句十九歲。接著羅成又說道：「明天

線娘在戰場上，和男子對打對殺，卻不害羞，如今被羅成一句話，說著她羞答答不肯抬頭。那羅成

手下的兵丁，和線娘手下的女將，見男女兩主將，半晌不見他們出來，便一齊擁進

樹林中找尋去。只見羅成替線娘拉著馬，自己步行著，從山腳下出來。眾兵士看了這神情，十分詫異，

彼此也不打仗了，只是你看著我，我看著你。

看看那羅成把線娘拉進州城去，到了衙前，扶線娘下了馬，雙雙去見了羅藝，便把這講和的話對

羅藝說了，又把要向竇建德求婚的事體，對他父親說了。羅藝膝下，只有此子，十分寵愛，百依百順

的，如今見羅成同這勇安公主說和了，又看他們雙雙對對，站在面前，真好似一對璧人一般，便也十分

歡喜！

羅成又立逼著他父親，一塊兒到建德營中去說定這頭親事。那羅藝看兒子面上，便帶了羅成、線娘

二人，出門上馬，一直跑到建德營中來。建德這時打了敗仗，見又走失了愛女，心中正是悔恨。忽見羅

藝笑容滿面地走進帳來，心中萬分驚疑。

那線娘一見了父親，便聳身上前，投在父親懷裡，把在戰場上的情形，和講和的情形，細細地說

了，接著羅藝又把羅成求婚的話說了，一天殺氣，都化作喜氣；接著竇建德便在營中，擺上筵席，請羅

家父子入席，一場杯酒，把和也講定了，從此羅成在營中，和線娘兩人，同出同進，

言笑追隨，建德把羅成帶回樂壽去住下。

這時楊義臣招降了范願，聲勢頓時浩大起來，他一方會合了唐王的軍隊，一方會合了羅成的兵士，

三路兵馬，殺奔宇文化及的許國裡來。那宇文化及打聽得三路兵馬，來鋒甚銳，便將府庫珍寶，金珠緞

匹，招幕海賊，以拒諸侯之兵。這時唐王派李靖、李神通、徐懋功一班人，帶二萬人，前去助戰。

那徐懋功探知化及募兵，密使心腹將王簿，帶領三千人馬，暗藏毒藥三百餘斤，授了密計，假名殷大用，投入化及城中；化及大喜，封為前殿都虞侯。淮安王李神通，進兵去討化及，離城四十里下寨。化及欺神通無謀，忙統眾出城迎敵。欲知後事如何，且聽下回分解。

舊事重提蕭后忍辱　新仇暗結秦王遭擒

三路兵進攻宇文化及，李靖的兵去得十分神速，他欺化及的兵馬初到，未曾安營，卻令劉宏碁領一軍，斜刺裡飛騎出去，直取化及。那邊杜榮、馬華，各提一支畫戟，如飛追來敵住。

劉宏碁一口刀向左右一揮，兩戟齊斷，杜榮、馬華，只擎著兩支戟桿，向宏碁馬頭上亂打。正廝拼時候，那李靖卻遠遠地搭上箭，向杜榮心窩射去，杜榮應弦落馬，許兵大敗。宇文化及守不住魏縣，連夜帶了蕭后，逃至聊城。這一夜，李靖和神通回營，計議明日策略。李靖怕洩漏軍機，便附耳向神通說了幾句，神通點頭稱善。便傳令屈突通，帶領能打獵的五百人，各帶兵器網羅之類，遊行郊外，只看聊城內飛出禽鳥，便上去捕捉，捉得活的，照數給賞。屈突通領命自去。

那邊竇建德帶領人馬，也到了聊城地界，便問楊義臣破兵之計。義臣說道：「初臨敵境，不知虛實，且命范願領三千人馬，前往挑戰，探賊動靜，然後定計。」

建德聽了他話，便傳令范願領兵挑戰，但令汝敗，不令汝勝。范願到了聊城，化及令長子宇文承基出戰，兩人戰不到二十合，范願便詐敗，退後二十餘里，丞基亦不追宋，各自鳴金收軍。

訊息傳到李靖營中，知道楊義臣用誘敵之計，便將屈突通所捕捉得的鳥雀燕鴿等類，共有數千頭，

將胡桃李杏之核開啟去仁，俱把艾火裝在裡面，用線拴住飛禽之尾，叫軍士齊放入聊城。那邊宇文承基殺退了范願以後，以為夏兵無用，第二日，化及傳大將楊士覽、鄭善果、司馬雄、寧虎一班戰將授計，各自領兵，伏埋四方。太子承基為前軍，智及為中軍，化及自領後軍，俱至聊城六十里外紮營，以號炮為信。留殷大用和承祉守城保駕。

分派已定，當夜各將士，俱領兵出城；獨有化及，因迷戀蕭后，尚未動身。到夜深時候，他兩人正擁抱酣眠，忽報滿城火發，化及忙出宮巡視，只見煙沖霄漢，烈焰沖天，瞬息之間，燒得城內一派通紅。倉庫殿閣，俱燒成一片赤地。那殷大用和唐朝通了聲氣，便假救火為名，叫軍士汲存三日之水，將毒藥分投滿城井內，化及見軍士焦頭爛額之後，忽然又上吐下瀉，一齊病倒，便放聲大哭，以謂天降災殃，來奪朕命，日夜驚惶不安。

夏兵細作報與夏主，義臣知是李靖用計，便傳令范願領步兵一萬，扮作許兵，各備記號，乘夜偷過智及大營二十里外，埋伏停當；又命劉黑闥、曹旦、王琮，引兵五萬，與智及對壘；另撥精兵二萬，義臣統帶著，親自去劫奪智及營盤；高雅賢、孫安祖、宋正本領兵四萬，埋伏路中，以截承基兵隊；留兵二萬，與裴矩留守大營；勇安公主護駕。分派已定，軍士們飽食戰飯，大砲三聲，夏主領兵，直逼聊城；唐魏二營，探知夏主攻城，也放炮助威，向四門攻打。化及催督將士，同殷大用出城拒敵。夏主認得化及，便不打話，忙提偃月刀，直砍進來。

化及挺槍來戰，戰了二十餘合，指望殷大用來接戰，豈知大用反退進城去，將城門大開。化及知中了計，忙轉身向智及營中跑去，且戰且退。只見楊義臣劫了智及大營，縱馬前來，挺槍直刺化及，兩個

只戰了二三合，勇安公主在後面押陣，怕義臣有失，忙向錦囊內取出彈丸來，拽滿雕弓，正中化及眉心。一群女將，手持團牌砍來，直滾到馬前，亂砍化及的馬足。

楊義臣也趕上，奮力一槍，直把化及兒刺下馬來。義臣喝令捆了，推上囚車。只見曹旦已斬了楊士覽，劉黑闥與諸將尚與智及三四敵將一堆兒戀戰。楊義臣分開眾兵，將化及囚車推出軍前，大聲向敵將說道：「汝等俱是隋國軍民，為逆賊所逼，汝等家屬，盡在關中，今賊已被擒，汝等可速回家鄉。願投降夏國的，俱給官升爵。若猶執迷不悟，頑抗不降，吾當盡坑之。」

許兵聞言，一齊丟去兵器，卸下甲冑，伏地求降。

智及見他哥哥已人陷車，心膽俱碎；又見眾軍倒戈棄甲，忙撇了眾人，轉身欲逃入承基營中去。不意孫安祖一騎飛來，一槍正中腰間，直跌下馬來。眾兵士一齊上，也把智及綁了，打入囚車。麾兵又去攻打承基營盤。那竇建德見手下將士打了勝仗，便領兵直衝到聊城下；只見城門大開，一將手提一顆首級，向建德馬前投來。說道：「臣乃魏公部下左翊衛大將軍徐世勣首將王簿，奉主將之令，改名殷大用，領兵三千，假扮作海賊，投入化及城中，化及用為都虞侯。前日拿毒藥投在井中，今日開城迎接大王，便是末將所為。」

說著，又獻上首級，說是化及次子承祉的首級，說罷，便要辭去。建德因他有破城之功，如何肯放他去，無奈王簿再三說是徐將軍的令，不敢逗留，建德只得放他出城去。一面擁兵入城，到得宮中，請蕭后出御正殿，建德行臣禮朝見，立煬帝少主神位，令百官一齊穿著素服發喪。這時勇安公主，帶領諸將，陸續進宮，便將宇文化及、宇文智及弟兄二人，推到面前。

曹旦提了楊士覽首級，范願提了宇文承基首級，劉黑闥、孫安祖一班人，上來報功。建德吩咐武士，拿化及、智及兩人，綁在殿柱子上，拿快刀細細碎剮，祭祀煬帝；又將許將排列著跪在靈座，願降的救他一死，不願降的便立即殺死；一面收拾國寶圖籍，排宴在龍飛殿，慶賞功臣。建德大小將領，正在一堂歡飲的時候，忽見留守大營打發一個小將來送上稟帖，原來是楊義臣的。建德開啟稟帖來一看，上面說：「賊臣化及已擒，臣志已完，唯望大王實踐前言，放臣即歸田裡。」

建德看了，說道：「義臣一去，朕失股肱矣！」

於是便將隋宮留下來的珍寶，悉分賞給各功臣；國寶圖籍，卻付與勇安公主收藏。因問蕭后：「今欲何歸？」

蕭后道：「妾已國亡家破，今日生死榮辱，悉聽大王之命！」

建德聽了，只笑而不言。勇安公主在旁，怕父親也受了蕭后的迷惑，忙介面道：「既如此，何不將娘娘交與孩兒伴著，先到樂壽去？一則可慰母樣懸念，二則也免得娘娘在此多受驚恐。」

劉黑闥、曹旦欲領兵追趕，建德說道：「孤前曾許之，今若去追，是背約也，孤當成其名。」

當時建德深以為然。一宿無話。

第二日一清早，曹旦點兵二萬，伺候蕭后，蕭后帶了韓俊娥、雅娘、羅羅、小喜兒四個得意的宮人，上了寶輦，勇安公主也帶了她的娘子軍，一同起行。不一日，到了樂壽，哨馬報知曹後，說公主回朝。曹後聽說女兒回來了，十分歡喜，忙差凌敬出城去迎接。這凌敬到得城外，便請蕭后暫在行館中住下。

勇安公主隨著他舅父曹旦進城，朝見過曹後，便將隋氏國寶圖籍奇珍異寶呈上，曹後大喜。勇安公主又奏稱：「蕭后現在客館中，請母親懿旨定奪。」

曹後聽了，冷笑道：「什麼蕭皇后，此老狐狸，把隋家整個江山斷送了！亡國淫婦，要她來做什麼！」

凌敬勸說道：「蕭后既到這裡，她是個客，俺們是個主，娘娘還當以禮待之，一俟主公回來，再商量個安置之處。」

曹後聽凌敬說話，也很有理，便說道：「既如此，便吩咐擺宴宮中，只說我有足疾，不便迎接。」

凌敬領了懿旨，便到行館，把蕭后請上鑾輿，迤邐向宮門走來。蕭后坐在寶輦上，想起當初隨著煬帝在各處遊幸時，扈從如雲，笙歌觸耳，與如今冷淡情景，兩兩相較，不覺傷心淚下。

不一時，到了宮門，勇安公主出來迎接進宮。蕭后一眼望見曹後鳳冠龍髻，鶴佩霞裳，端莊凝重，絲毫不露窈窕輕盈之態，四個宮女扶著下階來，迎接蕭后進殿。

曹後請蕭后上坐朝拜，蕭后如何肯坐，推讓再三，只得依賓主之禮想見。禮畢，大家齊進龍安宮來。只見正屋中擺著兩桌盛筵，兩位皇后，分賓主坐下。曹後即舉杯對蕭后說道：「草創茅茨，殊非鸞鳳駐蹕之地，暫爾屈駕，實是褻尊。」

蕭后答道：「流離瑣尾之人，蒙上國提攜，已屬萬幸，又荷盛情，實深靦顏！」

大家坐定，酒過三巡，曹後問蕭后道：「東京與西京是何處優勝？」

蕭后答道：「西京只是規模宏大，無甚景緻。東京不但創造得宮室富麗，兼之西苑湖海山林，十六院幽房曲室，四時有無限佳景。」

曹後道：「聽說那時賭歌題句，剪綵成花，想娘娘必多佳趣？」

蕭后道：「全是十六院夫人做來呈覽，妾與先皇不過評閱而已。」

曹後說道：「又聞月下長堤，宮人試馬，這真是千古帝王未有的風流樂事。」

韓俊娥站在後面，代答道：「那夜因娘娘有興，故萬歲爺選了許多御馬進苑，以作清夜勝遊。」

曹後問蕭后道：「她居何職？」

蕭后指點著說道：「她名韓俊娥，她名雅娘，此二人原是先帝在日承幸的美人；此羅羅、小喜兒兩人，是從幼在我身旁伺候的。」

曹後便問韓俊娥道：「你們當初共有多少美人？」

韓俊娥答道：「朱貴兒，薛冶兒，杏娘，妥娘，賤妾；後又添上吳絳仙，月賓一班人。」

曹後說道：「杏娘是拆字死的；朱、袁二美人，是罵賊死的，那妥娘是如何一個結局？」

雅娘答道：「是宇文智及要逼她，她跳入池中溺死。」

曹後笑道：「那人與朱、袁兩美人，好不痴呆！她不想人生一世，草生一秋，何不學你們兩個，隨著娘娘，到處快活，何苦枉自輕生！」

蕭后還認是曹後也與自己同調的，不曾介意。

勇安公主在一旁接著問道：「聽說有一個能舞劍的美人，如今到何處去了？」

韓俊娥答道：「那人名叫薛冶兒，她隨著五位夫人，與趙王，是先一日逃出宮去的，不知去向。」

曹後點頭說道：「她們畢竟是有見識的。」

又問蕭后道：「當煬帝在苑中，雖與十六院夫人綢繆，聽說卻夜夜回正宮去的，這也可見得夫妻的深情了。」

蕭后道：「一月之內，原也有四五夜住在苑中的。」

曹後又說：「如今我宮中卻有一個宮女，據說她原是當年娘娘身旁的宮女，待我喚她出來。」

說著，便吩咐傳青琴。只見一個十五六歲的宮女，出來叩見蕭后。蕭后仔細看去，認得是袁紫煙的宮女青琴，便道：「我認你是隨袁夫人去了，卻不道落在此地？」

勇安公主道：「她原是南方人，被我遊騎查見，知是隋宮侍女，便收留她在此。」

曹後又笑指著蕭后身後的羅羅道：「聽說昔年煬帝要臨幸她，被她再三推卻，難得她極守法度。又聽說煬帝曾贈她佳句，娘娘可還記得麼？」

蕭后道：「妾還記得。」

便吟著道：「個人無賴是橫波，黛染隆顰簇小蛾；今日叫儂伴入夢，不留儂注意如何！」

曹後聽了，嘆道：「好一個多情的皇帝！」

勇安公主問道：「聽說吳絳仙秀色可餐，如今這人卻在何處？」

韓俊娥答道：「她聽說先帝被難，便和月賓縊死在月觀中了。」

勇安公主又問：「十六院夫人，去了五位，那其餘幾位還在麼？」

雅娘答道：「花夫人，姜夫人，謝夫人，是縊死的了；梁夫人與薛夫人，因不從化及，也被殺死；知明院江夫人，迎暉院羅夫人，降陽院賈夫人，亂後也不知去向；如今只剩積珍院樊夫人，明霞院楊夫人，晨光院周夫人，三位還在聊城中。」

曹後喟然長嘆道：「錦繡江山，卻為幾個妮子弄壞了！幸喜也有幾個死節殉難的，捐軀報恩，稍可慰先靈於地下！」

又問：「這三位夫人還在聊城中，何不陪伴娘娘到樂壽來？」

蕭后不及回答，勇安公主卻說道：「既已別抱琵琶，何妨一彈三唱！」

此時蕭后被她母女二人冷一句熱一句，譏笑得實在難當。只得老著臉強辯道：「此中苦情，娘娘有所不知。妾原也不是貪生怕死之人，只因那夜諸逆入宮，變起倉卒，屍首血汙遍地，先帝屍橫枕蓆；若非妾主持，將沉香雕床改了棺槨，先殮了先帝，後再把那殉節的美人逐一收殮，安放停留。不然，那些屍首，必至腐爛，不知作何結局呢！」

曹後聽了，卻忍不住說道：「前此苦心，原也難怪；但不知後來賊臣既立秦王浩為帝，為何不久便被他毒殺了？這時娘娘正與賊臣情濃意密，竟不發一言解救，是什麼道理？」

蕭后答道：「當時未亡人一命懸於賊手，雖說了也無濟於事。」

曹後卻冷笑著說道：「『未亡人』三字可以免稱，不知娘娘今日是隋氏的『未亡人』乎，抑為宇文氏之『未亡人』乎？」

一句話說得蕭后無地自容，只得掩面悲啼。

正下不得臺的時候，只見宮人進來，報導：「主公已到，請娘娘快去接駕。」

曹後一面起身，一面吩咐把蕭娘娘送到凌大夫宅中去暫住。夏王寶建德，此次回宮中遺留下來的彩帛綾羅，以及宮娥綵女，卻不計其數。提出十分之二，分賞給了功臣戰士；餘下的全數，收進宮去。曹後卻笑著對夏王說道：「如今卻還有一個活寶在此，不知陛下將置之何地！」

夏王道：「御妻休認作俺也是好色之徒，只因怕蕭后留在中原，又被別人奸汙，於先朝面子上，太不好看，所以著女兒先把她帶回宮來的。如今御妻既有疑朕之意，莫如立刻把蕭后送到突厥啟民可汗那裡去，那義成公主和她有母女之分，想來決沒有推卻之理。」

他二人商量已定，過了幾天，便僱了一條海船，著凌敬送蕭后飄海去了。從此便交代了隋宮的下場。

如今再說那唐王的次子秦王世民，他見夏國殺死了宇文化及，得了頭功，便也班師回長安來，朝見唐主。父子二人，談起國事，說劉武周和蕭銑二人，占住西北地方，其勢十分狙獗，俺們須設法滅去此二人，方可高枕無憂。世民道：「要用兵攻打劉、蕭二人，必先結好王世充，免得瞻前顧後。」唐主聽了，也連聲稱善。即由世民修書一通，著楊通、張千二人到洛陽王世充那裡去投遞。誰知王世充看了來信，拍案大怒，竟將楊通斬於階下，張千再三哀求，被他割去兩耳，只得抱頭鼠竄，逃回長

安來，哭訴一番。那唐主聽了大怒，自欲提兵去剿滅世充。

秦王勸道：「父皇不必動怒，臣兒自有滅世充之計。」

當下差李靖為行軍大元帥，領兵十萬，去扼住劉武周；世民自己統帶一支兵馬，前往洛陽出發，命殷開山為先鋒，史嶽、王常為左右護衛，劉弘基為中軍正使，段志玄、白顯道為左右護衛，自領一軍居後。長孫無忌、馬三保等保衛船騎。水陸並進，來到洛陽地方。王世充探知，亦領軍於睢水列陣。秦王屯兵於睢水以北，兩軍無日不交戰。當不起唐家兵精將勇，殺得世充大敗，逃進城去，閉門不出。唐營了勝仗，便大排筵宴，犒賞三軍。

秦王乘著酒興，騎馬到北邙山去遊玩。這北邙山離城北十里以外，周圍有一百里地面，帝王陵寢，忠臣墳墓，全布滿在山上。當時世民便帶了一個馬三保，和十餘騎親兵，直奔山腳下打獵去。秦王看見高山上華表墓碑和石人、石馬，不覺嘆道：「此固一代雄主，只落得墓門宿草，狐兔縱橫，想俺唐家天下，將來也難免這下場頭，豈不可嘆！」

正說話時候，忽見一頭白鹿，從樹林中直衝出來，世民急扣滿弓，一箭射去，正中鹿背。那頭鹿帶箭向西逃去，秦王縱馬追趕。跑過數里地面，轉過山頭，卻不見鹿的影跡。秦王卻不肯舍。放馬四下追尋，不覺跑到一方大平原上來，遠遠望見那壁廂旌旗耀日，干戈如林，一座城門，日光照著，射出「金墉城」三個字來。世民猛想起這是李密的城池，馬三保跟在身後，也勸說道：「此是魏主李密的地界，殿下請速回，若被他知道，便不得脫身了。」

不提防那方守城兵士，早已看見，忙來報知魏主。李密聽了，心下還有幾分疑惑，認是唐兵誘敵之

計。程知節聽了，卻忍耐不住踴躍向前道：「主公此時不擒，更待何時？」

說著，也不候軍令，手提大斧，跨馬出城去了。秦叔寶在一旁看了，恐知節有失，隨即趕出城去。

這時秦王聽了馬三保的話，正欲回馬；只見一人飛馬趕來，大叫道：「李世民休走！」

世民橫槍立刻，問道：「你是何人？」

知節道：「我便是程咬金，特來捉你。」

世民大笑道：「諒你這賊人，有多少本領！」

知節也不聽話，舉起雙斧，直砍秦王。秦王挺槍相迎。兩人鬥了三十餘合，因馬三保被秦叔寶接

住，世民只得撥轉馬頭逃去，三保抵敵不住，也保住秦王逃去。

秦王回過頭來，看敵人追得很緊，便搭上箭，拽滿弓，颼的一聲，正射中知節盔纓。世民見射不

中，心中著慌，縱馬加鞭逃走。看看當前一座古廟，牌上書「老君堂」三字，秦王此時也顧不得三寶

了，忙躲進廟門，把門關上，搬過一條大石板來頂住了門，把馬拴在廟廊下，踏進殿去，向神像作一個

揖道：「神聖在上，若能救得我李世民脫去此難，當重修廟宇，再塑金身。」

祝罷，急向神座內一躲。此時程知節也趕到廟門口，卻不見動靜；正要回

馬，那秦叔寶也隨後趕到，兩人去抬了一塊大石來，撞開了廟門；走到殿前，只見廊柱上拴著一匹馬。

他們認得是李世民的坐騎，便一擁進了殿。瞥見神臺上簾幕搖晃，原來秦王見有人進殿來，便在簾幕中

輕輕拔出劍來；知節眼快，搶步上前，把簾幕揭起，喝道：「賊子，躲著的不是好漢！」

舉起大斧，向秦王頭上砍來。世民急用劍擋住，隨即逃下神座來。斧來劍往，狠鬥起來；夾著又是秦叔寶的雙鐧直壓下來，世民一個措手不及，把手中的劍打脫了。叔寶喝叫手下兵士上去，把世民綁了，扶出廟門，推上了馬，程知節、秦叔寶兩人押著，直送進金墉城來。

到了府前，魏公李密升座，程知節把秦王推至階下。李密在堂上喝道：「你這個猾賊，卻自來送死！汝父鎮守長安，坐承大統，吾居金墉，管理萬民，原是各不相犯；如今你們卻不知足，前已明取河南，今又暗襲金墉，是何道理？」

世民只得分辯道：「叔父請息虎威，姪兒此來，並非窺覷金墉，只因洛陽王世充殺我使臣，故姪領兵征討，打敗了他的三軍。世充閉門不出，姪故退兵千秋嶺下，偶因乘醉出獵，不覺來到叔父的地界上，不意叔反疑姪兒有窺覷之意。」

李密怒道：「你父子早晚覷覦我的地土，還講什麼交情？你既沒有這個叔父，我也沒有你這個姪兒。此番明明是來探吾虛實，如今被我捉住，還敢強辯麼？」

喝令武士推出斬之。此時一旁閃出一個魏徵來，勸道：「此人殺不得。他父子兩人，坐承大統，兵精糧足，手下戰將如雲，謀臣如雨，我若殺其愛子，他父親李淵必要起傾國之兵，前來報仇。」

李密聽了這幾句話，不覺把怒氣減了幾分，便問道：「依你意見如何？」

魏徵道：「莫若將他永遠監禁在此。李淵怕傷了他愛子，便終生不敢來侵犯了。」

李密聽了，點頭稱是，便吩咐獄卒將李世民打入南牢。

唐主在長安，馬三保回去報告此信，李淵急得坐立不安，親自要提兵去討李密，轉心又想到劉文靜

和李密有郎舅之親，便親自修下書信，交文靜帶去交與李密。

不料李密不但不肯放世民，反和文靜變臉，要拿他斬首，虧得徐世勣在一旁勸解，便也打入南牢，拘禁起來。恰巧這時開州凱公校尉殺了刺史傅鈔，奪了印綬，會合參軍徐雲，結連寧陵刺史顧守雍造反，大起人馬，殺奔李密地界來；接連又見流星馬報到說：「凱公計誘了洪州何定刺史，獻了城池，合兵攻打偃師、孟津一帶地方，甚是緊急。」

李聞報大驚，便親率大軍前去抵敵，傳令命程知節為先鋒，單雄信、王伯當為左右護衛、留徐世勣、魏徵、秦瓊三人總理朝政。分派停當，立刻拔隊往開州出發。這裡徐、魏、秦三人照常每日管理朝政，不敢稍有怠慢。欲知後事如何，且聽下回分解。

馬上隆弓鞍世民結襪　宮中正帝位李淵點妃

那秦叔寶是個重義氣愛結交朋友的人，他雖親自去捉了李世民來，暗暗地留神，知道世民確是一個英雄豪傑，他頗有結納之意，當時礙著程知節的耳目，只得把世民捉來，關在監中。

如今程知節隨魏主出征去了，秦瓊便常到南牢裡來探望世民、文靜兩人，又時時饋送食物，買囑禁卒，不叫他受苦。那南牢的獄官徐扶義，又是一個仁心仗義的人，更兼他見高識廣，眼力極精。他一見了世民，便知道不是尋常人物，便處處從優款待：南牢裡的犯人，吃的是粗惡囚糧；徐扶義卻每日備些精美酒菜，送進獄中去，給劉文靜、李世民兩人吃著。

徐扶義妻子早死，只留下一個女兒，名喚蕙英，年已及笄，尚未適人。只因自幼生成絕色，性格又十分聰明，又知孝順父母。她父親自然特別痛愛她些，請一位老儒在家教蕙英誦讀詩書。聰明女兒，原是和書本兒有緣的；她一得了書中滋味，不論在梳妝的時候，或是在刺繡的時候，總是手不釋卷的。到十四歲上，早已讀得滿腹詩書，又寫得一手好秀媚的字；無事的時候，常常吟詩作賦，描龍繡鳳。

那時魏王冊立正宮王娘娘的時候，廣選天下繡女，進宮去替王娘娘繡袍；獨有蕙英刺繡的本領，高人一等，繡來鮮豔奪目。王娘娘看了十分歡喜，當時便把蕙英傳進宮去，試過她的文字，兩人說話又十

分投機；從此和王娘娘做了閨房知友。王娘娘每有為難事體，或憂悶的時候，必要把蕙英小姐宣進宮，去盤桓幾天。因此把她父親徐扶義升做了南牢獄官。

這南牢獄官，並不是等閒的缺分，專管的是軍國要犯，獄官每日可以朝見魏王。在徐扶義的意思，王娘娘既是如此寵愛蕙英，索興拿她獻給魏王，做一位妃子，豈不是父女都得了富貴；誰知這位蕙英小姐，卻是有大志氣的，她早看到魏王無天子之量，絕不能久有天下，因此一任她父親如何勸說，她總是推說孩兒只願嫁得如意郎君，卻不貪圖富貴。

徐扶義是寵愛女兒的，便也不忍去勉強她。此番捉得李世民，關入南牢；徐扶義回家的時候，對女兒說起，如今南宋中囚著一個唐王的世子，品貌如何俊偉，人才如何出眾，不覺打動了她一寸芳心，便和她父親說妥。在夜靜更深，獄中無人的時候，扶義帶著他女兒，悄悄地走進南牢去，在窗外窺探。這時李世民和劉文靜二人，正對坐在室中談論天下大事，看世民臉上眉飛色舞，卻一點沒有憂戚的神氣。這蕙英小姐在窗外看出了神，不覺低低說了一句：「真英雄也！」

扶義忙拉著蕙英走出南牢。

從此蕙英小姐一心在李世民身上，每日親自烹調幾色精美的餚饌，送進南牢去，給世民享用；又怕世民在牢中用的被褥不清潔，便把自己貼身蓋用的一條繡花被兒，送進南牢去，給世民蓋臥。這綢被兒上繡的是鴛鴦戲荷，那一對鴛鴦的毛色，和荷花的顏色，都繡得活潑鮮豔。

李世民雖是蓋世英雄，見了這嬌豔的繡被，又從被中領略得一陣一陣的幽香，不禁引得他雄心跳動起來。又常聽得徐扶義說起他女兒如何美貌，如何有才學，他便一心嚮往，時時掛唸著。只因自己是鐵

錚錚的男子，這裡女私情，不好意思出得口。

那徐家見女兒的神色舉動，知道她情有所寄，便特別把世民和文靜兩人好看待。再加秦叔寶、魏玄成、徐懋公這一班人，都是心向著唐王的，便也常常私地到獄中來探望世民，用好言勸慰，玄成私地對秦叔寶說道：「秦王龍姿鳳眼，真是英雄；如今趁他在災難之中，先和他結交，日後相逢，也好做一番事業。」

叔寶原是和唐王有舊的，聽了玄成的話，便說道：「我兄弟既有此意，不如趁主公不在朝中，大家備一席酒，到獄中去和他二人敘一敘交情。」

當下便整治了一席盛筵，悄悄抬進南牢去；玄成、懋功和叔寶三人進獄去，邀獄官徐扶義四人，伴著李世民、劉文靜二人，在監獄中淺斟低酌起來。

這時魏王帶領人馬，出去攻開啟州凱公，朝廷大事，由徐世勣、魏徵、秦叔寶三人主持；他們在南牢中公宴李世民，有誰敢透漏訊息。六人一邊飲酒，一邊商議日後大事。秦叔寶有心要開放李世民，便和徐扶義商議，如何使李世民得脫身之計。

正計議的時候，忽見一個家人，匆匆走來，在徐扶義耳邊低低地說了幾句，轉身去了。秦叔寶問時，扶義說道：「方才家人來報說王娘娘生了太子，傳著懿旨出來，喚小女進宮去陪伴；小女特打發這家人來喚老漢回家去商議要事。如今老漢失陪了。」

說著，便站起來，第一個退出南牢去。那徐、魏、秦三人，聽說王娘娘產了太子，各人衙中有事，便也和李世民告辭，一齊出來。第二天，這個喜信傳遍了金墉城，百姓聽說魏王添了太子，便家家掛燈

慶祝起來。當日王娘娘懿旨下來，大赦囚犯，只有南牢重囚不赦。忽報徐扶義進府來，兩人見了面，便談起不赦南牢的事情。徐扶義說道：「將軍不必憂慮，下官已有釋放李世民之計，特來邀請將軍今晚到舍下去共同計議。」

秦叔寶捱到夜裡，便悄悄地跑到徐扶義家裡來。家人領進內書房，一看，那徐、魏二公早已在座；停了一回，徐扶義卻領著四個家人，從內房出來。秦叔寶眼快，認得那前面兩個家人，是李世民、劉文靜二人改扮的，忙上去想見；又看後面站著兩個家人，卻十分年輕，面貌又十分俊美。秦叔寶問：「是何人？」

徐扶義卻笑說道：「一個是小女蕙英，一個便是小女身旁的丫鬟秋雲。」

說著，便喚蕙英過去拜見了徐、魏、秦三位，轉身過來，又拜見了李世民、劉文靜二人。蕙英小姐被她父親說破了，羞得她紅暈滿面，拜見過後，急急低著頭，拉著她丫鬟，避進後房去了。這裡李世民原也不留意的，如今聽說蕙英小姐女改男裝，急留神看時，果然長得俊美萬分，直看到蕙英小姐躲進後房去，他兀自把兩道眼光注定在房門上出神。

原來這全是蕙英小姐預先定下的計謀，她進宮去見了王娘娘，便替她父親徐扶義討了一個到開州魏王行營裡報生太子的喜信的差使，卻把獄官辭去，把李世民和劉文靜二人改扮成家人模樣，從南牢裡混出來，藏在自己家裡。又知道自己這一去，決沒有回家的日子，蕙英小姐是他心愛的，如何肯丟她在家裡吃苦，便也把女兒和丫鬟兩人裝成了男子，混充是差官的四個家人。

這事須做得迅速，一到天明，南牢中便要發覺。當下他六人說了一番交情上的話，看看到了四更時

分，院子裡原備下五匹馬，李世民依舊跨上自己的追風馬，徐扶義父女二人，和劉文靜，有徐世勣當初從宇文化及那裡奪來的駿馬三頭。一行人騎上馬，臨走的時候，徐、魏、秦三人，又說了無數依戀的話，兩方各灑淚分別。六頭快馬，二十四隻鐵蹄，著地捲起一陣泥土，飛向城門口去。蕙英小姐早已在宮中盜得了兵符，那守城兵官驗明瞭兵符，開城放他們出去。

徐扶義在馬上不敢停留，快馬加鞭的趕了一程，約摸走了三十里路，迎面一座高山，聽得村雞亂鳴，眼見東方發白。蕙英小姐是一向在深閨中嬌生慣養的，如今跟著跑了這許多路，早已跑得腰痠腿軟，在馬上嬌聲呻吟起來。

李世民自從在徐扶義家中和蕙英小姐一見以後，便十分鍾情，如今見她嬌喘細細，香汗涔涔，越是動了憐惜之念。忙吩咐住了馬，親自上前去，把蕙英小姐扶下馬來，扶她去坐在山石子上休息一回。蕙英小姐慢慢地回過力來。一行人再上馬，慢慢地走上嶺去。這是一條有名的惡嶺，山路崎嶇，虎狼出沒。李世民騎的是一匹追風馬，不但來去神速，騎在馬背上，跑山越嶺，如履平地。

五騎馬在嶺頭慢慢地走著，獨有世民的馬，忽然跑在前面領路，忽然又跑下嶺來押隊，又時時跟在蕙英小姐的前後照看著。正走著，忽聽得蕙英小姐嬌聲喊起來，李世民帶轉馬頭，回頭看時，只見一隻大狼，和人一般站起來，正向蕙英小姐踏鐙上撲去。幸而徐扶義弓箭在手，一箭射去，正中那大狼的頸子；那大狼負著痛，向森林中竄去。蕙英小姐驚魂略定，低頭一看，才知道左腳上一隻靴兒，被那大狼銜去了。

蕙英小姐原是三寸長的小腳兒，只因要改扮男裝，便在小腳兒外面寬寬的套上一雙男靴，如今一隻

靴兒失了，不免要露出女孩兒的原形來。李世民見了，忙勒轉馬頭，向森林中趕去，飛也似地越過幾座林子，從草地上拾得那隻靴子，李世民恭恭敬敬地捧著回來。只見蕙英小姐坐在馬上，露出那隻和春筍似小腳兒，世民情不自禁，走上前去，要親自替蕙英小姐穿靴。把個蕙英小姐，羞得忙把袍角兒遮住了小腳；一面徐扶義上來，說：「不敢褻瀆公子。」

把世民手上的靴子接了過去，遞給蕙英小姐，背過身去穿上。這一條嶺，煞是難走，山壁又陡，山路又窄，世民下馬，親自替蕙英小姐拉住轡頭，慢慢地走過嶺去。蕙英小姐騎在馬上，沿路和世民指點些風景，講究些地勢；到得嶺下，已是暮色蒼茫。徐扶義四處投奔，苦得找不到宿處，沒奈何，只得在一處山野人家，借宿一宵。只有一間屋，一張炕，六個人便睡在一個炕上。

蕙英小姐沿路走來，已和世民廝混熟了。這時他二人同宿一炕，便有說有笑，十分親愛。雖沒有顛鸞倒鳳之事，卻也有偎暖依香之樂。第二天，才得黎明，徐扶義從夢中醒來，只聽得炕頭蕙英和世民二人的聲音，唧唧噥噥地說著話；又偷眼看時，見蕙英小姐伸著一隻腳，擱在世民的膝上，世民屈一膝蹲在地下，捧住蕙英小姐的小腳兒，在那裡替她穿靴兒。一個揚著臉，一個低著脖子，四道眼光，緊射著，看得正是出神。

扶義心知自己女兒的終身，總結果在世民身上的了，便也一任他們親熱去，一行人起來，依舊趕路。

看看到了霸陵川頭，忽聽得身後喊聲動地，塵土蔽天，一隊人馬趕來，世民知是魏國追兵，急吩咐徐扶義保護蕙英小姐，自己轉身勒馬，擎槍候著。看看敵兵越追越近，足有五六百人馬，自己只有單槍

獨馬，如何抵敵。但事到其間，也說不得了，只得拼一個你死我活。看看來將趕到面前，他也不打話，奮勇上前，刀槍齊舉，劉文靜自己是不慣廝殺的，只站在一旁乾急。

看看世民和敵將鬥到五十餘合，漸漸有些支援不住了，便把槍虛晃一晃，落荒而走。敵將如何肯放，便也撥馬直追。蕙英小姐到這時候，見世民敗了，只急得她嬌聲連呼：「啊喲！」

正在危急時候，猛不防趕上一隊兵士來，把他四人團團圍住，一個個拖下馬來綁住。蕙英小姐最是關心，自己的生命，早已置之度外；她只伸長了粉頸，向世民逃去的一條路上望著，只恐世民被敵將追捉住了。不知道世民騎的卻是一匹風馬，那敵將騎的一頭平常戰馬，如何追趕得上？扶義正仰首呼天，無可奈何的時候，一眼見上流塵頭起處，趕來一隊人馬，打著大唐旗號。到跟前看時，劉文靜認得是袁天罡、李淳風、李靖三人。他們殺退魏兵，解了繩索，文靜又訴說世民落荒逃走。

李靖聽了，便囑咐李淳風保護扶義、文靜一班人，自己卻和袁天罡二人帶領本部人馬，前去追殺敵將。文靜立刻在高地上觀望，只聽前面樹林中喊殺之聲不絕；一騎敵將前面逃著，李世民和李靖、袁天罡三人，一齊從林中追殺出來。看看追到跟前，扶義抽弓搭箭，颼的一聲射去，正中敵將面門，應弦而倒；李靖手下兵卒上前去，割下首級來，獻在世民馬前。

那魏兵見死了主將，早已四散奔逃，走得一個不留。

世民吩咐整隊回國，進了潼關，望見城樓，那蕙英小姐卻不肯進城去；世民正在情濃的時候，如何割捨得下，便再三勸說要她同進宮去。扶義也在一旁攛掇著。蕙英小姐說道：「俺是一個寒賤女子，隨公子進宮去，算是何等樣人？」

世民聽了她的話，明白了她的意思，便吩咐差官，把她父女二人，寄頓在客館裡，自己帶了劉文靜、李靖一班人進宮去，朝見父皇。

說起李密，不念兩家交情，唐皇便萬分憤怒。世民說：「父皇不須動怒，孩兒必有一天報了此仇。」

劉文靜又奏稱南牢管獄官徐扶義，如何有恩，如何私放秦王。唐皇便打發人從客館裡把徐扶義傳上殿來，親自撫慰了幾句。第二天，傳諭下來，便拜他做上大夫；他女兒蕙英小姐，加封一品夫人。立妃的這一天，秦王府中十分熱鬧，唐皇也親自到王府來吃一杯喜酒；侍女們給蕙英小姐，加全身披掛了，扶義出來，拜見唐皇。因新妃子有救秦王性命之恩，便賞她一對白玉如意；從此這新妃在府中，十分得秦王寵幸，這且不在話下。

唐皇在這時，勢力極大，土地很廣，差不多隋朝的天下，已有大半入唐皇之手。李靖和劉文靜一班元老大臣，便商量上表，勸主公接皇帝位。李淵當時因突厥未平，魏王的勢力也很強大，意欲待天下一統以後，再登皇帝寶位。無奈臣下勸諫的人，十分忠誠；秦王世民，又自己承認去討平突厥，王世充又一力擔任去討平李密。唐皇推辭不得，便下諭選定吉日登皇帝位；臣下奉上尊號，稱神堯大聖大光孝皇帝。【夢遠按，神堯大聖大光孝皇帝是李淵死後天寶十三年改尊的諡號。】

這位皇帝，半生厮殺，到這時得安享富貴。他便參酌周官，在皇后下面，立貴妃、淑妃、德妃、賢妃四位妃子。立昭儀、昭容、昭媛、修儀、修容、修媛、充儀、充容、充媛，九人稱作九嬪。此外又有婕妤，美人，才人，每種九人；再下又有寶林，御女，采女，也是每種九人：共八十一人。管宮的還有尚宮，管禮的還有尚儀，管衣服的還有尚服，管車馬的還有尚輿：共稱六尚。

六尚以外，又採納了二千名宮女。蒐集了四千多工匠，建造起一座太和宮來，三年造成；卻是殿閣崇宏，樓臺曲折，把一班妃嬪宮女，養在宮裡，頓時覺得花柳掩映，鶯燕翻躚。唐皇朝遊賞，十分快樂。他從前在晉陽宮私幸的張、尹兩位宮女，只因寶皇后早已去世，便很得唐皇寵幸，到這時候，張氏已封了貴妃，尹氏已封了淑妃，在宮廷間頗有權威。此外得皇帝不時召幸的，在昭容、昭儀、婕妤、才人中，卻也有二十多人。唐皇年已垂老，也不十分留心政事，終日便與這班美人說笑擁抱。

獨有那秦王世民，和王世充、李靖一班大臣，卻十分忠心。

看看突厥兵勢一天強似一天，漸漸的侵犯唐朝疆土，唐皇下旨，派並州行軍總管張瑾，統帶五萬人馬，在太谷地方，大戰十日，張瑾大敗逃歸。那鄆州都督張德政，也陣亡了；行軍長史溫彥博，卻被突厥兵活活地捉去。接二連三的敗信，傳到太和宮中，把個唐皇氣得咆哮如雷；秦王世民便自請出馬去，征服突厥。

唐皇下諭，派大將軍李靖，統率十萬大兵，出師靈州；又派任城郡王道宗，帶五萬人馬為後應；秦王世民，屯兵蒲州，監督兵馬。三面夾攻，才把這突厥兵馬打敗，突厥王打發他大臣屈列真前來唐營求和。這時唐皇在周氏陂一帶地方打圍獵，李靖便伴送屈列真到行宮去，面訂和約，誰知唐朝氣運十分旺順，這邊既打敗了突厥，那邊又收服了李密。

原來魏王李密，他自以為兵精糧足，地廣人多，便四處討伐，爭城奪地。他新打敗了開州凱公，得勝回來，越發不把唐朝放在眼裡，滿意班師回國，把南牢裡的李世民拉出來砍了腦袋，和唐朝挑戰。誰知在半路上，接到王娘娘的密報，說南牢獄官私放李世民、劉文靜二要犯，一同脫逃。李密聽了，不覺

大怒，便也不班師了，隨帶原來人馬，直奔向洛陽殺來。

在李密的意思，唐朝正和王世充交兵，又有突厥為患；如今自己出其不意，攔腰痛擊，怕不給他一個腹背受敵，眼見唐朝立刻滅亡。不料唐皇用兵如神，他這時早已打退了突厥，收服了王世充。這王世充在唐皇跟前，自己擔承討伐魏王，便早已領了一支勁旅，在偃師、邙山一帶地方守候著。猛不防王世充伏兵齊起，殺得魏兵轍亂旗靡。李密留王伯當把守金墉城，自引精兵，也從邙山一帶地方出發。這一仗，李密只帶得三百騎脫逃。

手下的大將裴仁基、祖君彥，俱被世充活捉了去；那洛口地方的守將鄭頲，聽說魏王大敗，忙起兵來接應。誰知他手下的兵將，早已變了心；把鄭一出得城，城內便大亂起來。五千兵士，衝進將軍府去，把鄭頲的妻小殺了，獻了城池，投降了唐朝。

鄭頲在路上，得知了這個訊息，便拔劍自刎而死，手下的兵丁，也各四散逃命。王世充不費一箭一卒之勞，便垂手得了洛口城。

訊息傳到金墉城，那王伯當看看守不住了，便棄了金墉，退保河陽；李密帶了敗殘兵馬，從武牢間道奔回河陽。見了王伯當，便說道：「敗了敗了！諸位辛苦了！我如今便請一死謝諸位罷！」

說著，便拔下佩刀來要自刎。伯當急搶上前去，抱住了李密的身體，兩人同聲大哭；手下的兵丁，都陪著淌眼淚。正在徬徨的時候，忽然傳進唐皇的招降書來；王伯當便竭力勸李密人關投唐，府掾柳爽，也說道：「明公與唐主同族，兼有舊情；雖未曾陪從起義，但出兵東都，斷隋歸路，使唐主不戰而據京師，此亦公之功也。」

眾人都說：「柳大夫的話有理。」

王伯當便檢點兵馬，尚有六千餘人，便一面修送降表，一面整隊起程。那唐皇便打發使臣，在半路上迎勞；李密見唐主待他不薄，心中也十分喜悅。

誰知一到得京師，住在客館裡，一連半個月，不見唐主召見；那使臣招待也漸漸疏薄起來，竟向李密開口要他一千緞匹，才許他朝見。欲知後事如何，且聽下回分解。

通貴妃父子聚麀　爭良田妃嬪結怨

李密既投降了唐朝，滿想唐皇重用他的；誰知他到京師，一連十多天，不蒙召見，那使臣又十分簡慢。李密是一個剛直漢子，如何受得起這骯髒氣，卻巧唐皇傳諭下來，說黎陽地方還有李密的舊部，著李密親自去招降，再來進見。李密便帶了王伯當，行至桃林地方，便叛變起來。選嬈勇兵丁幾千人，扮作婦人模樣，藏刀在裙底，假稱婢僕妻妾，直入桃林縣城；脫去了衣服，殺出城來，把桃林縣左右幾個城池占據住了。

這時右翊衛將軍史萬寶，坐鎮熊州；得了這個訊息，便打發副將盛彥師帶領步騎兵四千人，追到陸渾縣南面七十里地方，先在深山野谷裡埋伏著兵馬。那李密親自帶了人馬，從山谷中經過，意欲前去攻打陸渾縣，兵隊正在山谷下經過一半，那盛彥師一股生力軍，攔腰殺出。這時李密的兵士，進退兩難，前後不能相顧，一時措手不及，被盛副將衛向前來，斬了李密的首級去。

王伯當在後面壓陣，聽說李密陣亡，他便痛不欲生，在馬上自刎而死。手下兵士，殺死的殺死，投降的投降；後面王世充兵馬也趕到，把失去的幾座城池一齊收復過來，班師回朝。

這時秦王李世民，也打平了突厥，班師回國，兩支人馬會合。打聽得唐皇在昆明池教練水戰，便一

齊趲到昆明池去，奏明皇帝；唐皇見自己兒子立了大功，便特別歡喜。一面慶功行賞，一面把世民留在行宮裡。父子二人，十分親愛。

這李世民是從晉陽起義以後，東征西殺，屢立大功；在唐皇意思，原欲立世民做太子，無奈世民一再謙辭，便立建成做了皇太子，封世民做了秦王。如今唐皇見世民又立了大功回來，便嘆著說道：「吾兒真是英雄！惜乎不得其位，他日功高震主，兄弟之間，怕不免有一番嫌疑。」

世民平日待人接物，很是和氣，因此臣下歸順他的很多；自從唐皇說了這句話以後，便有一班臣子，幫著建成進言，勸唐皇廢了太子建成，立世民為太子。但太子那邊，也有黨羽在唐皇身旁探聽訊息；早把唐皇說的話，和臣下謀廢太子的情形，去通報建成知道。建成聽了十分驚惶，便連夜召他弟弟齊王元吉，進府去商議。

原來建成自立了太子以後，自以為唐朝天下，可以穩穩坐享的了，便放膽胡行起來。又有一班趨炎附勢的大臣，見太子貪財好色，又愛遊玩，便百般收刮金銀來送到太子府裡去，又搜尋了許多絕色的女子，安置在洞房麴院裡，一任太子隨意淫樂。這太子妃原是左僕射周禹吉的女兒，卻生性端莊；跟著太子，從患難流離中吃盡辛苦。見太子如今得了富貴，便狂放胡為，也曾好言勸諫過幾次；無奈建成心迷財色，把妃子的話當作耳邊風，夫妻之間，情愛一天一天冷淡下來。

誰知那建成太子，真是色膽如天；他終日在府中尋歡作樂，還嫌不足。自有一班同流合汙的官員，輪流著肆筵設席，徵歌選舞，悄悄地把太子接了去享樂。這太子又生成一副下流性格，他到了那班官員府中，便逼著那官員把自己的妻女姬妾貢獻出來陪酒伴坐；見有幾分姿色的，他便仗著酒蓋住了臉，百

般調笑。有幾個生成輕賤的婦女，貪慕太子榮華，也便急急把自己的身體獻給太子享用。太子既姦汙了人家的妻女，便也給他的丈夫加官晉爵；因此很有幾個下流官員，遇著自己妻女去勾引著太子上了手，自己的官位，便立刻上升。

這時有一位驃騎將軍彭人傑，他娶了一位夫人，真是天姿國色，滿京城裡誰不知道這位彭夫人是當今第一位美人；這名氣漸漸地傳進宮去，那張貴妃和尹淑妃便設下了筵宴，把這位彭夫人接進宮去。天下唯有美人能賞識美人，那張妃和尹妃也生成的芙蓉為面，楊柳為腰；當初唐皇在晉陽宮中，也曾一見魂銷。如今聽說彭夫人是一個絕色女子，兩位妃子把她接進宮去，也是惺惺相惜之意。她三人見面之下，果然十分羨慕，說話也很投機。

從此這彭夫人，也時常進宮去，和張、尹二妃說話消遣。那時唐皇宮中最得寵的，除張、尹二妃外，有萬貴妃、莫嬪、孫嬪、郭婕妤、宇文昭儀、王才人、張寶林、張美人、楊美人、劉婕妤、崔嬪、小楊嬪、楊嬪、魯才人、柳寶林，二十幾位妃嬪。見張、尹二妃得唐皇的恩情最深，大家都來親近她二人，因此彭夫人也認識了這一班妃嬪。真是鶯鶯燕燕，裊裊婷婷。

這班美人每日聚在一塊兒說歌唱，好不熱鬧。唐皇又不時出外去遊獵，不在宮中的日子多；因此這彭人傑也很放心，見他夫人常常進宮去，也不加阻止。原來唐宮規矩，皇子一生下地來，便交保母管養；到十歲上，便送交世子府教讀，非奉傳喚，不得擅自入宮。因此唐皇共生有二十二子，除寶皇后生的長子建成、次子世民、三子玄霸、四子元吉，除玄霸幼年死難，其餘都封王玄府。

此外萬貴妃生子智雲，莫嬪生子元景，孫嬪生子元昌，尹妃生子元亨，張妃生子元方，郭婕妤生子

元禮，宇文昭儀生子元嘉和靈夔兩人，王才人生了元則，張美人生子元懿，楊美人生子元鳳，劉婕妤生子元慶，崔嬪生子元裕，小楊嬪生子元名，楊嬪生子元祥，魯才人生子元曉，柳寶林生子元嬰，共十八位世子。年長的都娶了妃子，分居在外；年幼的也在世子府裡，受師傅的教訓。做他母親的，心中雖一般想念她親兒；無奈格於宮禁，非有大禮節，不得傳喚進宮。獨有這太子建成，他仗著當朝儲君，父皇這時正駕幸昆明池觀練水軍，委太子留守監宮。他便耀武揚威，在宮中出入自由。

這一日合該有事，他在太和宮的長廊下，遇見了這位彭夫人：輕盈裊娜，冉冉行來，真好似月裡嫦娥，從雲中捧出。建成的一縷痴魂，直從泥丸宮中透出，只是怔怔地站著看著，直看到那美人兒轉過穹門，不見了影兒，才轉過氣來。急拔步要追出穹門去，後面小黃門上來拉住，低低地說道：「千歲不可鹵莽，那位是當今驃騎將軍彭人傑的夫人。」

原來建成在他父皇宮中，早已肆無忌憚；見有姿色的嬪娥，他也不問是否父皇寵幸過的，便拉進密室去，威逼軟誘，總要如了他的心願，才肯罷休。那被奸汙的嬪娥，有的畏懼太子的威權，有的羨慕太子的勢位，便也含垢忍辱地受著。如今他見了這位彭夫人，便也忍不住放開老手段來；後來聽說是驃騎將軍的夫人，只得把一腔慾火，暫時按住。但他嘴裡卻自言自語地說道：「這樣的美人，叫俺如何放手得過！」

連連地說著，正出神的時候，忽見一個小宮女迎上來，說道：「張娘娘有請。」

建成這才跟著那小宮女，曲曲折折地走進鳳藻宮去。宮中的侍女，一見了建成，便一齊避去。那張貴妃和建成兩人，竟手拉著手兒，肩並著肩兒，走進寢宮去，只留下三五個心腹宮女，在走廊下靜靜地

守候著。只聽得那一陣一陣嬌脆歡笑的聲音，從簾幕裡度出來。

原來這位張貴妃生性放蕩，她在隋宮裡，得煬帝一度雨露以後，便冷清清地丟她在晉陽宮；正淒涼得難受，後來得侍奉唐皇，枕蓆之間，頗得唐皇寵幸。與尹淑妃兩人都是天生成的豔態媚骨，卻是不可一日無陪伴的。無奈這位唐皇，自接了皇帝位以後，年時已過半百，後宮的新寵，一天多似一天；輪流侍寢的，共有一百四五十位妃嬪。這張、尹二妃，位分雖是很高，但因日久恩疏，雨露之恩，卻一日稀少一日；唐皇年華日增，精力日衰。又以近來常愛在四處圍獵，出京的日子多，駐宮的日子少。唐皇赴各處巡遊，便把幾個新寵的妃嬪，帶在身旁，其餘的一概丟在宮中。你想這張、尹二妃正在中年，情慾十分旺盛的時候，這長門寂寞，叫她如何忍得？她獨守在宮中，常常對月長吁，看花灑淚。

正淒絕無聊的時候，真是孽緣湊合。張妃清晨起來，侍兒服侍她梳洗著，忽報太子建成請見。這時唐皇正巡幸龍躍宮去，卻委太子留守宮中；因此太子得自由在宮中出入。

張妃當時一面便催著侍女趕快梳妝，一面卻吩咐宮女出去，擋住太子的駕，請太子在外室稍待；她又因要和太子見面，便挑選了一套美麗的衣裙穿上，臉兒上多擦些脂粉，鬢兒上多插些珠翠。正妝扮得慌張，忽覺門簾兒一動，接著小宮女報導：「千歲來了！」

這時張妃手中正拈著一朵鮮花，向鬢上插去；見那太子搶步上前，兜頭一揖，口中說：「參見娘娘。」

那張妃慌忙斂袖還禮，一鬆手，把那朵鮮花落下地來。建成手快，忙去把鮮花拾在手中；身旁的侍女，正要上去接時，誰知太子竟甩脫了侍女的手，跨進一步，把鮮花送在張妃手裡。張妃也不由得伸手

去接，那太子的手，在袖口裡，卻輕輕地扣住了張妃的纖指不放；那張妃粉臉上不覺飛起了一重紅暈，那手兒一任太子握著，卻乜斜著媚眼，看定了太子的臉，只是孜孜憨笑。

建成這時也酥呆了半邊，兩道眼光，只是不停地在張妃粉臉上亂轉，兩人險些不曾化了石頭人兒，痴痴地站著，也不說話，也不讓坐，那兩旁的侍女，見了這神情，便也知趣，各自悄悄地退去。建成見左右無人，他便大著膽，伸手向張妃柳腰上輕輕一攬，低著聲說道：「待俺替娘娘戴花。」

張妃也趁勢軟靠在太子肩頭，一任太子輕薄著。原來他兩人心目中，早已有了意思。張妃出身，原是妖賤的，又是久曠的身體；見了這太子雄糾糾氣昂昂的一個偉少年，心中豈有不羨慕之理？在太子建成心目中，看張、尹二妃，最是妖冶動人，久已想下她的手了；只因父皇在宮中，耳目太近，怕闖出禍事來，是以忍耐在心。如今好不容易，天假良緣，父皇出外巡狩去了；自己又是宮監，不在此時下手，卻待何時？因此他蓄意起一個早，過宮來偷香竊玉。兩人的心意兒，一拍即合；不多幾日，連尹淑妃也走在一條路上去。

從此建成常常進宮來，左擁右抱，送暖依香，替父皇盡了保護之責。在張、尹二妃，私通著太子，除貪圖恣欲之外，卻另有一種心意兒。上面說過張妃生的兒子，名叫元方，尹妃生的兒子，名叫元亨。這時元亨封作鄷悼王，外任做金州刺史；元方封作周王，卻開府在京中。這兩人年幼軟弱，張、尹二妃，深怕唐皇去世以後，兩兒受弟兄的欺負，因此有意結歡太子，也無非望將來太子登位以後，另眼看待這兩位皇弟。

但在這建成，蓄意要勾引張、尹二妃上手，除貪圖私慾以外，卻也另有一層深意。建成自己也知

道，狂放行為，很不滿人意的；況且密報傳來，秦王左右，正在那裡謀廢太子；如今要保全太子的名

位，又非有人在父皇跟前替他說話不可。當朝大臣中，父皇最親信的，如劉文靜、房玄齡、蕭瑀、宇文

士及、封德彝、陳叔達、裴寂、長孫無忌、杜如晦、尉遲敬德、侯君集這一班忠直的官員，大都是和

秦王親近的，諒來也不肯幫助自己。他便從內宮下手，好在宮中那班妃嬪，都要望太子將來保全自己兒

子的祿位；十有七八，是和太子結識下私情的。內中又算是張、尹二妃的勢力最大，他便打通了全宮中

的妃嬪，替太子在父皇跟前說話。妃嬪們保住了太子的祿位，便是保住了自己兒子的祿位，如何不替他

出力呢！

男人的嘴，究竟敵不過女人的嘴；有幾位忠直的大臣，也曾在唐皇跟前勸諫，說：「建成在外面如

何跋扈，若不從早廢除，後患便不堪設想。」

唐皇也明知道這太子行為不端，將來難繼大業；但一進宮去，給那班妃嬪七嘴八舌地說這太子如何

忠實賢孝，因此他心中便搖惑起來。又回想到從前，初打天下的時候，建成在河東保護家小，又幫著在

太原起義，帶兵略定西河，打平洛陽，立著很大的功勞。也不忍心去廢除他。再加張婕好從中竭力替太

子說著話，這張婕好在妃嬪中，原是最得唐皇的寵愛，也是和秦王有嫌隙的人。當初唐兵攻下洛陽的時

候，隋宮中珍寶財物和田宅契券，真是堆山積海的多；還有那三十六院房屋的曲折，裝飾的美麗，久已

天下聞名。如今一齊落在唐皇手裡，唐皇因兵馬倥傯，無暇顧問；那班妃嬪知道了，卻一齊向唐王吵嚷

著，說要到隋宮去遊玩。唐皇也要趁此遷都洛陽，便打發這班妃嬪先行。一路上香車絡繹，繡旗飄展；

衛懷王帶領羽林軍士，保護著妃嬪，進了洛陽城。

秦王世民，正在點收宮廷；聽說妃嬪駕到，忙出去迎接進城。張婕妤的意思，便要直入隋宮中駐紮，秦王卻不答應，說宮中器物，尚未點查清楚，一時不便移居。卻把這一群妃嬪，安置在別殿裡。房屋十分狹小侷促，弄得那班妃嬪，人人怨恨；好不容易，盼望得隋宮中收拾清楚了，妃嬪們搬進宮去一看，大失所望。

原來秦王早已把三十六院中陳設的珍奇玩物，一齊收起，只留下空洞洞的幾座高大院落。張婕妤問秦王時，秦王說那些珍寶器物，未曾父皇過目，小王不敢擅自動用；現在一齊收藏在府庫裡，諸位貴妃，若要玩賞時，請到府庫中一看。那張婕妤便帶著一群妃嬪們，到府庫中來觀看；誰知那些珍寶衣飾，以及錢財契券，俱裝著箱子。箱子上面，都有秦王府的封條貼著。那班妃嬪一齊吵嚷起來，說要開啟箱子來看，誰知那秦王卻執意不從，說非待父皇來過目，不能輕自開拆。那班妃嬪，個個乘興而來，敗興而返；人人心中怨恨秦王。

那張婕妤一回宮去，便寫了一本奏章，說秦王封鎖珍寶的事，又替他父親求上黨的美田，原來上黨的美田，是隋煬帝的御田；每年豐成十分富厚。張婕妤在晉陽宮的時候，早已聞名。

張婕妤的父親，原是一個田舍翁，家中十分貧寒；張婕妤是天生麗質，在家中的時候，受盡飢寒。後來真正窮苦不堪，張老兒才把他女兒賣在城中一家富戶去做養女；後來選進宮去，張婕妤時時不忘家中的老父。如今得了唐皇的寵愛，又攻得了洛陽，想起父女兩人常常在茅舍中對泣。張老兒嘆著氣，說：「家中倘有三畝薄田，也不教你女兒受著飢餓了。」

父親從前說的話，便在奏章上求唐皇把上黨的美田賞給她父親。誰知這奏章才送出宮去，那唐皇卻有一道

諭旨送進秦王府中來。諭旨上說：「除內宮服玩財帛外，所有官爵田宅，秦王得專權處決。」

秦王得了這諭旨以後，第一件，便把上黨的美田，賜給了淮安王神通；只因攻打洛陽，神通是立的頭功，所以秦王便把這美田賞給他。此外封爵的封爵，賜田宅的賜田宅，一時文武百官，都歡聲雷動；獨有那妃嬪們的親族，都得不到好處，大家把個秦王都恨得牙癢癢的。誰知不多幾天，唐皇又有第二道諭旨下來，把那妃嬪的父兄親戚，一齊封作列侯；有的還兼宮廷差使，一般地賜田賜宅。

又另下一道詔書，把上黨的美田，賞給了張婕妤的父親。張婕妤得了這道詔書，歡喜得笑逐顏開，立刻打發內監到鄉間去，把她父親找來，沐浴衣冠，住著高大的府第。一般的豪奴豔婢，十百成群；一面又打發內監帶領數十豪奴，到上黨去點收美田。

誰知一到田邊，早已有淮安王派了莊丁，在那裡看守田地；兩家都是有大勢力的人，如何肯讓，一言不合，便動手鬥毆起來。

那班莊丁，十分凶橫，打死了張家的豪奴。那內監見事體鬧大了，便扭住了看守莊田的頭兒，一同進京來，在太尉衙門裡告狀。那太尉見原告是張貴妃的內監，被告是淮安王的莊丁，這樣大的來頭，他如何敢問？便親自到秦王府中來，請秦王判斷。

秦王也十分詫異，忙親自到張府中去查問；那張老兒拿出唐皇的詔書來，秦王看了，也無話可說，只得把這公案擱起。

後來唐皇到洛陽來，一進了宮，張婕妤便哭訴秦王如何如何欺侮她父親；唐皇聽了大怒，立刻把秦王傳進便殿來。喝問他：「如何不奉詔？」

嚇得秦王忙忙奏辯說：「臣兒已有手敕在先，把上黨的美田，賞給了淮安王；臣兒原也不敢專主，只因父皇有詔在前，許臣兒專權處決。」

唐皇聽了，不待秦王奏說完畢，便大聲喝道：「我的詔令，卻不如你的手敕嗎？」

一句話，嚇得秦王啞口無言，忙爬在地下，動也不敢動。這時裴寂在一旁，忙上去解勸，把秦王扶起，令內監送出宮門。這裡唐皇嘆著氣，對裴寂說：「此兒多年斯殺，心氣粗暴，被那班儒生教壞，非復我昔日的兒子了！」

到了第二日，聖旨下來，依舊把上黨的美田賞給了張妃的父親；但是張妃心中怨恨秦王的意思，終不能解去。

不料一波未平，一波又起；不多幾天，那秦王府的屬官杜如晦，又和尹淑妃的父親結下了深仇，險些連世民也丟了王位。

原來杜如晦和秦王是個患難之交，唐皇在隋朝做弘化留守官時，他便在府中。後來秦王打平了京城，便用杜如晦為兵曹參軍。生性忠正，很得秦王的信任。秦王此番因為上黨的美田，受了冤屈，杜如晦很替世民抱不平；常對他同僚房玄齡說，必要替秦王報了這冤仇。房玄齡勸說：「如今主上寵愛張、尹二妃，妃嬪的戚黨，勢焰正大，你卻不可在虎頭上搔癢，反誤了主公的事。」

杜如晦聽了房玄齡的勸，只得忍氣吞聲地耐著。

無奈這時妃嬪的戚黨，一天蠻橫似天；他們裡面仗著妃嬪的寵幸，外面又勾結著太子府和衛懷王府中的爪牙，在京城地方，胡作妄為。大街小巷，搶劫姦淫的案件，告到御史衙門裡的，每天總有十多

起，查問起來，十有八九是那班妃嬪的戚黨犯下的案子，地方官深怕遭禍，便也不敢過問。弄得京城地方的百姓，家家怨恨。欲知後事如何，且聽下回分解。

唐宮二十朝演義（從隋煬帝豔事至隱太子得勢）

作　　者：許嘯天

發 行 人：黃振庭

出 版 者：複刻文化事業有限公司

發 行 者：複刻文化事業有限公司

E-mail：sonbookservice@gmail.com

粉 絲 頁：https://www.facebook.com/
　　　　　sonbookss/

網　　址：https://sonbook.net/

地　　址：台北市中正區重慶南路一段六十一號八
　　　　　樓 815 室

Rm. 815, 8F., No.61, Sec. 1, Chongqing S. Rd.,
Zhongzheng Dist., Taipei City 100, Taiwan

電　　話：(02)2370-3310

傳　　真：(02)2388-1990

印　　刷：京峯數位服務有限公司

律師顧問：廣華律師事務所 張珮琦律師

定　　價：430 元

發行日期：2023 年 12 月第一版

◎本書以 POD 印製

國家圖書館出版品預行編目資料

唐宮二十朝演義 (從隋煬帝豔事至
隱太子得勢) / 許嘯天 著 . -- 第一
版 . -- 臺北市：複刻文化事業有限
公司 , 2023.12
面；　公分
POD 版
ISBN 978-626-7403-67-9(平裝)
857.454　112020047

電子書購買

臉書

爽讀 APP